OS GUARDIÕES DA HISTÓRIA

CIRCUS MAXIMUS

OS GUARDIÕES DA HISTÓRIA

CIRCUS MAXIMUS

DAMIAN DIBBEN

tradução
REGIANE WINARSKI

Título original
THE HISTORY KEEPERS
CIRCUS MAXIMUS

Copyright © Damian Dibben, 2011

Publicado na Grã-Bretanha pela Doubleday, um selo da Random House Children's
Publishers UK
Random House Group Company
Copyright © Damian Dibben, 2012
Arte de capa © Steve Stone, 2012
O direito de Damian Dibben a ser identificado como autor desta obra foi assegurado
em concordância com o Copyright, Designs and Patents Act, 1988.

Todos os direitos reservados. Nenhuma parte desta obra pode ser reproduzida
ou transmitida por qualquer forma ou meio eletrônico ou mecânico,
inclusive fotocópia, gravação ou sistema de armazenagem e
recuperação de informação, sem a permissão escrita do editor.

Direitos para a língua portuguesa reservados
com exclusividade para o Brasil à
EDITORA ROCCO LTDA.
Av. Presidente Wilson, 231 – 8º andar
20030-021 – Rio de Janeiro – RJ
Tel.: 3525-2000 – Fax: 3525-2001
rocco@rocco.com.br
www.rocco.com.br

Printed in Brazil/Impresso no Brasil

Preparação de originais
LUIZA PROVEDEL

CIP-Brasil. Catalogação na fonte.
Sindicato Nacional dos Editores de Livros, RJ.

D539c
Dibben, Damian
 Os guardiões da história: Circus Maximus / Damian Dibben;
tradução de Regiane Winarski. – Primeira edição. – Rio de Janeiro:
Rocco Jovens Leitores, 2015.
 (Os guardiões da história; 2)
 Tradução de: The history keepers: Circus Maximus
 ISBN 978-85-7980-217-1
 1. Ficção infantojuvenil inglesa. I. Winarski, Regiane. II. Título. III.
Série.

14-13705   CDD – 028.5   CDU – 087.5

Este livro obedece às normas do
Acordo Ortográfico da Língua Portuguesa.

Para os loucos e maravilhosos
Morrisons de Derw Mill

1 A Rainha da Noite

Na noite em que Jake Djones provocou a própria desgraça e colocou em risco a sobrevivência do Serviço Secreto dos Guardiões da História, fazia um frio fora do comum, tão terrível que quase congelou o mar Báltico.

Da costa rochosa tomada pelo vento da Dinamarca, a oeste, até a remota e congelada Finlândia, ao norte, curvava-se até o horizonte uma área infinita de gelo (como uma fina teia de aranha, que brilhava, fantasmagórica e prata, sob o luar). Um sopro contínuo de neve macia parecia silenciar esse canto remoto da Terra em uma quietude sobrenatural.

Um navio de velas azuis quebrou a camada de gelo que ainda estava se formando. Seguia em direção às cintilantes luzes de Estocolmo, um arquipélago de contos de fadas formado por baías, cabos e ilhotas. A embarcação se chamava *Tulip* e, no leme, uma figura alta com um longo casaco de pele esticou a mão elegante e enluvada para tocar o sino.

— Está na hora, cavalheiros — anunciou o rapaz, com um sotaque suave e arrastado de Charleston.

Imediatamente, outras duas silhuetas, ambas bem encasacadas, surgiram da escuridão tomada pela neve e se juntaram a ele no leme, seguidas de um pássaro muito colorido, um papagaio, que se aninhou, tremendo, no ombro do dono. Conforme o navio seguia na direção do porto, todos olhavam ansiosos pela neve. Lentamente, seus rostos foram se iluminando...

O homem de casaco de pele era incrivelmente bonito, um sorriso brincava no rosto que mais parecia uma escultura. Ao seu lado, estava o dono do papagaio, um garoto mais baixo, de óculos, com as sobrancelhas erguidas e uma expressão inteligente. O terceiro rapaz tinha pele morena, cabelos escuros cacheados e grandes olhos castanhos que piscavam de empolgação. Eram três adolescentes intrépidos, jovens agentes do Serviço Secreto dos Guardiões da História: Nathan Wylder, Charlie Chieverley... e Jake Djones.

Charlie foi o primeiro a falar:

— Siga para aquela ilha central ali — disse, apontando um grupo de pináculos e torres. — É Stadsholmen, a velha cidade de Estocolmo, a grande joia dessas ilhas, o centro do Império Sueco. Embora, infelizmente, é claro, não estejamos chegando nos melhores dias possíveis. Em 1710, nossa velha conhecida, a peste, veio para cá e levou quase um terço da população.

— Não estamos chegando nos melhores dias? — disse Nathan, apertando mais o casaco para se proteger da neve. — Você está sendo gentil. A Suécia, no inverno de 1782, é certamente o lugar mais inóspito da história. — Ele tirou uma caixinha do bolso e passou um hidratante labial. — Se meus lábios ficarem mais secos do que estão, vão acabar caindo.

— Caramba, Nathan, é *1792*! — exclamou Charlie, fechando os olhos e trincando os dentes de irritação. — Estamos em 1792. Sinceramente, às vezes me pergunto como você conseguiu chegar até aqui.

Mr. Drake (esse era o nome do papagaio) gritou em concordância e estufou as penas, indignado com o garoto americano.

— Estou brincando com você — disse Nathan, com um sorrisinho de ar superior. — Você acha mesmo que eu estaria usando este casaco de pele até os tornozelos em 1782? Sem mencionar as botas de montaria sem fivelas, tão austeras que são praticamente napoleônicas. — Ele se virou para Jake. — Ninguém se arrumava muito nos anos 1790.

Nathan amava roupas quase tanto quanto uma aventura.

— Botas de montaria sem fivelas o caramba — murmurou Charlie. — E não vou nem falar desse casaco de zibelina. É um trabalho de selvageria bárbara. Esses pobres animais também tinham direito à vida, sabe.

Enquanto Jake ouvia os dois discutindo, tinha um forte sentimento de orgulho ao pensar que pertencia à maior e mais misteriosa organização de todos os tempos: o Serviço Secreto dos Guardiões da História.

Apenas um mês tinha se passado desde que sua vida mudara para sempre. Fora sequestrado, levado para a sede de Londres e informado de que os pais trabalhavam havia décadas para o Serviço Secreto, e que tinham desaparecido na Itália do século XVI!

A partir de então, foi como estar em uma grande montanha-russa. Ele viajou pelo tempo — primeiro para o Ponto Zero, o quartel-general dos Guardiões da História no monte Saint-Michel, na Normandia, em 1820; e depois para Veneza, em 1506, como parte da missão que saiu em busca de seus pais e para impedir que o diabólico príncipe Zeldt destruísse a Europa com a peste bubônica.

Jake reencontrou os pais, mas eles haviam deixado Topaz para trás, a misteriosa e bela jovem agente de quem ele gostava. O mais extraordinário foi descobrir que seu amado irmão Philip, que aparentemente morrera em um acidente no exterior três anos antes, também era um Guardião da História — e havia uma chance, mínima, de que estivesse vivo em algum lugar do passado.

E agora Jake já recebera sua segunda missão. Era verdade que tinha sido selecionado mais por sorte do que por qualquer outro motivo — quase todo mundo no Ponto Zero havia pegado uma terrível bactéria estomacal depois de comer sopa de mariscos, então sobraram poucos agentes com saúde — e não era uma tarefa perigosa, senão certamente não teria sido incluído, por ser novato. Mas ali estava, viajando pelo Báltico dos anos 1790 para recolher uma remessa de atomium, o líquido precioso que tornava possível viajar pela história.

— Me contem sobre a pessoa que vamos encontrar — disse, tentando esconder o tremor na voz.

— Caspar Isaksen Terceiro? — Charlie deu de ombros. — Não conheço pessoalmente, mas acredito que tenha nossa idade. Fiz um tajine de abóbora para o pai dele uma vez. Disse que o sabor viveria com ele para sempre.

Charlie era apaixonado por comida e um cozinheiro extraordinário, embora uma experiência nas cozinhas da Paris imperial o tenha tornado um vegetariano convicto.

— *Eu* encontrei Caspar Isaksen Terceiro. Duas vezes — disse Nathan, revirando os olhos. — É impossível não reconhecê-lo. Come bolos como se não houvesse amanhã e nunca para de espirrar.

— E qual é a ligação de Isaksen com o atomium? — insistiu Jake.

Aprendera tudo sobre o líquido na primeira viagem. Para viajar a um determinado ponto no passado, os agentes deveriam beber a substância diluída, misturada com precisão exata. Em geral, funcionava apenas no mar, no turbilhão magnético de um *ponto de horizonte*; além disso, e só nos poucos humanos com *valor*, uma capacidade inata de viajar pelo tempo. Os Guardiões da História precisavam desse precioso líquido para zelar pela história e proteger o passado das forças do mal, que queriam destruí-lo e mergulhar o mundo na escuridão.

— Os Isaksen *são* atomium — respondeu Charlie. — A família está no comando da produção da substância há mais de duzentos anos. Como você sabe, é bem difícil preparar. Para produzir uma quantidade eficiente, os ingredientes, que são mantidos em segredo por umas poucas pessoas, precisam ser refinados por anos…

— Décadas, eu diria — acrescentou Nathan.

— Exato — prosseguiu Charlie —, e em condições congelantes. Foi por isso que Sejanus Poppoloe, o fundador dos Guardiões da História, montou o laboratório no norte da Suécia. Depois, nos anos 1790, transferiu a responsabilidade para Frederick Isaksen, o primeiro da linhagem. Até hoje, *todo* o atomium utilizado por todas as sedes do mundo foi criado no laboratório dos Isaksen.

— Então por que marcamos o encontro em Estocolmo, e não no próprio laboratório? — perguntou Jake.

— Meu Deus. — Charlie suspirou. — Você *tem mesmo* muito a aprender. Ninguém vai ao laboratório. *Ninguém* tem a menor ideia de onde fica, nem mesmo a comandante Goethe.

Jake olhou para Charlie, surpreso. Se alguém soubesse onde ficava a base do laboratório, esse alguém seria Galliana Goethe, a comandante dos Guardiões da História dos últimos três anos.

— Só os Isaksen guardam o segredo e o passam adiante — prosseguiu Charlie. — Você consegue imaginar o desastre se a localização caísse nas mãos erradas? Seria uma catástrofe elevada ao infinito!

— Existe um mito — disse Nathan — de que fica dentro de uma montanha, à qual se tem acesso por uma caverna secreta de calcário.

— De qualquer modo — concluiu Charlie —, quando o atomium está pronto, um integrante da família faz a entrega em um local combinado previamente. Como Caspar Isaksen é fã de ópera, como eu, o teatro foi o local escolhido desta vez. E já está mais do que na hora — acrescentou com um ar sombrio. — Os estoques de atomium no Ponto Zero estão mais baixos do que nunca. Essa remessa é vital.

— Portanto, nada de deslize do novato — disse Nathan, com malícia, dando um tapa nas costas de Jake.

Jake observou o porto. Havia navios por toda parte, uma floresta intrincada de mastros e cordames. Na margem, depósitos e armazéns fervilhavam, enquanto marinheiros e mercadores, com a respiração visível no ar gelado, trabalhavam noite adentro, carregando e descarregando mercadorias: ferro, cobre e latão; caixas de cera, resina e âmbar; sacos de centeio e trigo; remessas de peles de animais e infinitas caixas de peixes cintilantes. Mr. Drake observava o movimento, atento, sempre intrigado (e um pouquinho nervoso) quando chegava a um novo destino.

O *Tulip* parou em um ancoradouro estreito, ao lado de um enorme navio de guerra. Jake e Nathan olharam deslumbrados para o enorme casco arredondado, pontuado por dois deques de canhões. No alto, a estibordo, um grupo de marinheiros com pescoços grossos, cabeças raspadas e voz rouca conversava.

Nathan trocou olhares com eles e ergueu o chapéu de pele com um gesto exuberante.

— Linda noite para ir à ópera, não é?

Os marinheiros o ignoraram.

— Seja um bom menino e fique aqui. — Charlie acariciou Mr. Drake e lhe deu alguns amendoins. — Não vamos demorar.

O papagaio observou os três jovens agentes pularem no píer.

Fechando bem os casacos, andaram com cautela pelas pedras congeladas, em meio à multidão que passava, apressada, pelo cais. Jake olhou para as barracas que vendiam carnes cozidas, peixe salgado e canecas de madeira com cidra fumegante. Uma vidente com um xale de renda chamou a sua atenção, a mão velha e enrugada jogando tarô. Ela ergueu as cartas para Jake, implorando que lesse o futuro dele. Ele parou por um instante atraído pela primeira carta da pilha: um esqueleto sorridente em frente a um oceano banhado pelo luar. A vidente arregalou os olhos, nublados e cinzentos, de forma desafiadora.

— Não vamos nos envolver — disse Nathan, pegando o braço de Jake com firmeza e puxando-o. — Ela deve trabalhar para a secretaria de turismo.

Os três contornaram o palácio real e atravessaram uma larga ponte de madeira que dava para a praça simétrica em frente ao teatro, um prédio gracioso, de três andares, com uma coroa gigante de pedra no alto. Um fluxo constante de carruagens chegava, das quais a nata da sociedade de Estocolmo, todos envoltos em casacos de pele, desembarcava e entrava no prédio.

— Ópera? — reclamou Nathan. — Existe alguma coisa mais ridícula? Pessoas acima do peso gritando sobre nada! Aquele patife do Isaksen não podia ter marcado o encontro em um lugar mais apropriado?

— Como ousa, Nathan Wylder! Como ousa! — Charlie estava furioso. — Essa é uma apresentação maravilhosa de *A flauta mágica*, de Mozart. Foi composta apenas um ano atrás. A tinta mal secou no manuscrito, e o grande homem já está morto, que Deus o abençoe. É uma oportunidade única.

Nathan olhou para Jake com uma expressão de culpa, e os três seguiram pela multidão até a entrada.

Enquanto isso, dois homens a cavalo surgiram das sombras do outro lado da praça, seus olhares grudados nos três agentes. Ao desmontarem, podia-se ver que o primeiro, com casaco de gola alta e iluminado pela pouca luz de um lampião de rua, era alto e tinha cabelo louro e liso, que lhe caía até os ombros. Seu cúmplice usava um casaco escuro e um peculiar chapéu de abas largas. O homem louro sussurrou alguma coisa no ouvido do companheiro, entregou-lhe seu cavalo e correu pela praça.

Os olhos de Jake se iluminaram ao ver o saguão. Em contraste com a escuridão de inverno lá fora, era um espaço imenso com mármore branco e espelhos dourados, iluminado por constelações de candelabros. Seus habitantes eram tão magníficos quanto o lugar que os cercava, com gente elegante, os homens usando botas pretas muito bem polidas, e as damas de longos vestidos de seda, que refletiam no piso brilhante. Muitos estavam reunidos em grupos, tagarelando; outros subiam a grande escadaria, observando ansiosamente a multidão em busca da fonte de escândalo mais recente.

Nathan estava em seu ambiente de costume.

— Eu realmente acredito que este deve ser um dos maiores momentos da moda de todos os tempos — anunciou, abrindo o casaco de pele e revelando um paletó e uma esplêndida calça azul-marinho. — Vejam as silhuetas, os detalhes, o glamour. Só os botões das roupas dessas pessoas já valeriam prêmios.

Um atendente de peruca penteada, luvas brancas e uma cara de desprezo ajudou Jake e Charlie a tirarem os casacos. A mão de Jake ficou presa na manga, e um movimento desajeitado foi seguido de um rasgo.

— Ops.

Ele corou e tentou sufocar uma risadinha ao entregá-lo para o homem. O atendente apenas suspirou, reuniu os três casacos e lhe entregou peças de marfim com números dourados antes de se retirar.

— E tome cuidado com meu casaco — disse Nathan depois que ele saiu. — Foi usado pelo duque de Marlborough na batalha de Blenheim. — Virou-se para Jake. — Não é verdade, mas nunca se pode ter cuidado demais com um casaco de pele vintage.

Um sino soou, e o público começou a se deslocar em direção ao auditório.

— É melhor acabarmos logo com isso. — Nathan suspirou. — A ópera não vai se aborrecer. Onde ficam nossos assentos?

— Mezanino, camarote M — respondeu Charlie, indicando o pavimento de cima.

OS GUARDIÕES DA HISTÓRIA

Os três subiram a escada, alheios à figura alta e loura que os observava atenciosamente por trás de uma coluna.

Outro atendente de luvas brancas os acompanhou ao longo de um corredor iluminado por velas até o camarote particular. Era um pequeno aposento forrado de vermelho-escuro, com quatro cadeiras douradas e uma vista espetacular. Jake sentiu outra onda de empolgação; era como estar dentro de uma grande caixa de joias. O teatro tinha cinco andares que subiam em forma oval até o teto, cada um contendo uma sucessão de camarotes particulares com grupos de aristocratas tagarelas. Parecia um zoológico humano: todo mundo olhava ao redor e sussurrava entre si, maliciosamente.

— E então, onde *está* Caspar Isaksen? — perguntou Nathan, olhando de esguelha a cadeira vazia. — Ele está atrasado. — Pegou um binóculo prateado sobre uma mesa lateral. — Acho que, já que estou aqui, posso ao menos estudar a arquitetura sueca... — Observou o local com o binóculo, mas logo parou. — Intrigante...

Charlie se virou para ver o que chamara a atenção de Nathan. Um camarote com três jovens damas, que coravam timidamente por trás dos leques.

— Ah, concentre-se — suspirou. — Lembre-se de que estamos trabalhando. — Tomou o binóculo e o passou para Jake. — Tenho certeza de que *você vai* encontrar alguma coisa mais interessante para olhar.

Jake examinou a plateia com mais atenção. Queria mesmo era observar as três belezuras que Nathan encontrara, mas achou que seria um pouco rude, então se virou para o outro lado do teatro. Nunca tinha visto tanta riqueza, tantas roupas caras e joias brilhantes. De repente, captou a imagem de uma jovem de vestido branco sozinha. Algo nela o fez lembrar-se de Topaz. E sentiu uma pontada de dor ao recordar aquela noite terrível a bordo do *Lindwurm*, quando ela desapareceu, provavelmente para sempre, no vórtice do tempo. Para afastar essa memória, voltou a observar o teatro. Dois camarotes depois, Jake congelou ao ver um homem louro apontando-lhe uma pistola de prata.

Jake sufocou um grito, deixou cair o binóculo, pegou-o de novo, olhou pelas lentes, balançou a cabeça, virou do lado certo e procurou rapidamente o camarote mais uma vez.

Estava vazio. O homem não se encontrava em lugar nenhum.

— Que diabos há de errado com você? — perguntou Nathan.

— Aquele camarote ali! Tinha um homem apontando uma arma.

Nathan e Charlie examinaram o lugar, onde agora estavam um cavalheiro idoso e sua esposa.

— Ele já foi, mas juro que vi.

Nathan e Charlie trocaram um olhar.

— Você é novo nisso — Nathan queria soar tranquilizador, mas seu tom pareceu condescendente —, está assustado, só isso. Estamos na ópera; todo mundo espia todo mundo. É assim que funciona.

— Ele não estava espiando. Estava apontando uma arma, uma arma prateada — insistiu Jake.

— Prateada? — observou Nathan. — Tem certeza de que não era um binóculo de ópera?

Na verdade, Jake não tinha certeza absoluta. Tudo acontecera rápido demais.

— Além do mais, ninguém sabe que estamos aqui. Só a comandante Goethe sabe nossa localização exata, então não vamos entrar em pânico. — Nathan se inclinou e sussurrou no ouvido de Jake: — Se fosse você, estaria com mais medo do que está prestes a acontecer ali. — Ele apontou para o palco.

Jake assentiu e tentou acalmar seu coração disparado.

Um sussurro excitado se espalhou pelo teatro quando as luzes começaram a se apagar. Um momento depois, instrumentos de sopro e bumbos soaram majestosamente. A orquestra começara a tocar. Jake mais uma vez observou a multidão em busca do homem louro, mas havia gente demais. Todos haviam se inclinado para a frente, com os binóculos em mãos. Houve outro salvo de trombetas, e então entraram os violinos.

Jake sentiu um arrepio descer pela espinha quando as cortinas lentamente se ergueram, revelando uma paisagem escura. A princípio, foi difícil identificar, mas uma série de efeitos de luz, cada um arrancando suspiros de admiração da plateia, ia iluminando o palco: ao fundo, uma enorme lua pairava sobre montanhas e pirâmides; à frente, havia palmeiras e flores gigantes.

— Estamos no Egito — sussurrou Charlie, impressionado —, no reino da Rainha da Noite. A qualquer momento, Tamino vai entrar, perseguido por uma serpente gigante.

— É uma montanha-russa — acrescentou Nathan, sufocando um bocejo.

Houve uma suave salva de palmas quando o jovem herói se materializou em meio à névoa do deserto, depois suspiros de medo ao ver a cobra gigante se desenrolando, vinda de cima. A cena deixou Jake paralisado. Ele sabia que o réptil não passava de um maquinário de palco, embora bastante convincente, mas lembranças voltaram rapidamente. Fazia pouco tempo que fora jogado em uma câmara terrível, cheia de cobras e escadas. No último minuto, dois outros agentes dos Guardiões da História o salvaram — sua mãe e seu pai, na verdade —, mas o incidente lhe deixara marcas.

Gradualmente, o palco se encheu de personagens curiosos: três damas misteriosas de véu, um homem vestido de pássaro ("Mr. Drake teria um acesso de gargalhadas", comentou Charlie) e, precedida de trovões ameaçadores, uma figura majestosa e fantástica que ganhou forma entre as estrelas.

— *Essa* é a Rainha da Noite — murmurou Charlie, quando ela surgiu no alto, acima dos outros. — Ela vai pedir que Tamino salve sua filha das garras do feiticeiro do mal, Sarastro. Parece apavorada — prosseguiu, sem fôlego —, mas, na verdade, é a vilã e quer roubar o sol para mergulhar o mundo em escuridão.

— Não são todas assim? As sogras? — disse Nathan, com um sorriso malicioso.

Jake estava tão hipnotizado por essa figura, tão perdido em sua voz arrepiante, tão concentrado em seus olhos malignos, que, quando soou uma batida na porta atrás dele, deu um pulo de susto.

Ele e os companheiros se viraram.

Outra batida, mas desta vez seguida de três espirros e uma voz aguda:

— Sou eu, Caspar.

Os três suspiraram, aliviados. Nathan abriu a porta, e Caspar Isaksen se espremeu para entrar no camarote. Jake não conseguia tirar os olhos dele. Caspar tinha sua idade, mas era gordinho e baixo, com bochechas vermelhas, nariz escorrendo e cabelo claro, desgrenhado, apontando para todas as direções. Tinha um sorriso preocupado e uma camada de suor brilhava em seu rosto. Usava uma jaqueta azul-turquesa e uma calça muito curta, e Jake reparou que ele a tinha abotoado errado.

— Me desculpem... me desculpem pelo atraso — ofegou Caspar, limpando o nariz loucamente e secando a testa com um lenço. — Oi. Caspar Isaksen... — Apertou a mão de Jake, depois a de Charlie. — Ah, Nathan! Já nos conhecemos, claro. Como você pode ver, não esqueci seu conselho. Você disse que turquesa me caía muito bem. *Nunca* uso outra cor — acrescentou, com grande orgulho, depois se virou, mostrou o traje de todos os lados e olhou para o palco pela primeira vez. — Meu Deus! A Rainha da Noite já chegou! Ela já mandou Tamino partir na missão? Ela é uma danada, não é?

Nathan já estava perdendo a paciência:

— Sim, sim... mas, primeiro, os negócios. Imagino que o atomium esteja aí? — perguntou, apontando para a mala na mão de Caspar.

— O atomium está... — Caspar parou no meio da frase e ergueu um dedo.

Jake se perguntava o que aconteceria depois, quando de repente o garoto espirrou. E espirrou de novo, e uma terceira vez, para dar sorte.

— Me desculpem, me desculpem. — Caspar suspirou e secou o rosto com o lenço úmido. — Você está certo, primeiro os negócios. — Ajoelhou-se, abriu a mala e começou a remexer no conteúdo. Jake, Nathan e Charlie observaram, perplexos, Caspar retirar um bolo atrás do outro. — Não posso vir a Estocolmo sem visitar a Sundbergs Konditori. Morango, canela, bolo de Natal... que delícia! — murmurou, arrumando os bolos em uma fileira.

Por fim, do fundo da mala, retirou uma pequena caixa entalhada. Depois de limpar uma camada de cobertura de açúcar e creme, entregou-a a Nathan. Os agentes ficaram imóveis, preocupados. Jake podia ver que na tampa da caixa havia entalhado um elaborado "I", de Isaksen. Nathan a abriu, e uma luz dourada cintilou nos seus rostos.

Lá dentro, sobre um forro azul-marinho, havia dois frascos de cristal, cada um cheio do líquido infinitamente precioso até a borda.

— Uma remessa é para o Ponto Zero — explicou Caspar, em tom mais profissional — e a outra para a sede da China.

Nathan estava fechando a caixa quando Jake viu um rosto de relance na plateia, e seu estômago se revirou. Lá embaixo, todos olhavam na mesma direção, com os rostos banhados pela luz do palco, exceto uma pessoa: o homem louro, sentado no canto, fitava-os diretamente.

— Ali! — gritou Jake, apontando para o homem.

Nathan, Charlie e Caspar se viraram ao mesmo tempo e viram aquela figura se levantar rapidamente com uma pistola prateada na mão. Nathan pegou o binóculo de Jake e o usou para seguir o homem, que saiu correndo, escancarando as portas duplas.

— Fomos descobertos! — exclamou. — De volta ao navio agora! — Jogando o binóculo de volta para Jake, pegou a caixa de atomium com cuidado. Ajustou algo dentro dela, Jake não conseguiu ver o quê, abriu a porta e olhou para os dois lados do corredor em curva. Não havia nada além dos candelabros tremeluzentes. — Charlie, vá por ali. Quem chegar ao *Tulip* primeiro deve prepará-lo para zarpar.

Em um piscar de olhos, Charlie estava correndo e desaparecendo pela escada.

OS GUARDIÕES DA HISTÓRIA

— Jake, Caspar, venham comigo! — disse Nathan. Caspar começou a guardar desesperadamente os bolos na bolsa.

— Agora!

Nathan foi na frente, na direção oposta de Charlie. Jake o seguiu, com Caspar ofegando em suas costas. Passos se aproximaram do outro lado do corredor, e uma pessoa apareceu.

Os três agentes ficaram paralisados. O tempo pareceu parar, e Jake viu o adversário com clareza pela primeira vez. Tinha a mesma idade de Nathan, por volta dos dezesseis anos, e, de muitas formas, parecia uma versão dele mais cruel e de cabelo claro. Tinha traços fortes, uma expressão superior e, a julgar pelas roupas impecáveis, o mesmo orgulho da aparência. O cabelo, em particular, era uma obra de arte: longo, louro e perfeitamente liso.

Jake viu Nathan ficar completamente pálido.

— Pelo amor de Deus, quem é esse... — começou a dizer o americano, quando o homem ergueu a pistola... e disparou.

2 O Chapéu de Aba Larga

A bala passou assobiando por cima das cabeças deles e acertou um dos candelabros de cristal, que caiu no chão, fazendo um estrondo.

— Foi um tiro de aviso — anunciou o garoto de voz sedosa e leve sotaque estrangeiro. — Vocês vão me entregar a caixa — disse, esticando a mão enquanto avançava. — Não faz sentido resistir. Sua espada não é páreo para minha pederneira Chaumette — acrescentou, balançando a arma lindamente elaborada.

Houve uma pausa, e Nathan falou calmamente:

— Tudo bem — disse, levantando as mãos com a caixa em plena visão. — Não estou preparado para morrer por causa de dois frascos do *imbebível*. Você ganhou.

— Nathan? — Jake chamou-lhe a atenção, perplexo.

— Não, acho que não é uma boa ideia... — choramingou Caspar. Estava espiando por cima do ombro de Jake e secando a testa com o lenço.

Nathan os ignorou, atentando para o estranho.

— Qual é o seu nome? — perguntou educadamente. — Acho que não nos conhecemos.

O garoto louro deu uma risada debochada.

— Pergunta impertinente. — Mas, depois de uma pausa, ele deu de ombros e respondeu: — Pode me chamar de O Leopardo.

— Leopardo? Que belo apelido.

— *O* Leopardo — rosnou o garoto, balançando os cabelos claros e perfeitos. — Sou peça única.

— Estou vendo — concordou Nathan. — Seu paletó de peito duplo é *de fato* bem moderno, e o detalhe de botões chineses da sua calça é sublime, para ser sincero.

O sorriso no rosto do Leopardo sumiu.

— Apenas entregue a caixa. — Apontou a arma com uma das mãos enquanto esticava a outra.

Nathan travou o maxilar, respirou fundo e entregou a caixa a ele.

Por um segundo, abrindo a caixa, o garoto tirou os olhos de Nathan e viu que estava vazia. A partir daí, tudo aconteceu ao mesmo tempo. Nathan agarrou o lenço molhado de Caspar e o jogou no rosto do Leopardo, onde grudou, deixando-o completamente cego. A arma disparou, mas a bala atingiu o teto. Nathan deu um chute alto e acertou o queixo do oponente com a bota. O garoto cambaleou para trás, perdeu o equilíbrio e caiu desajeitado no chão, a cabeça estalando ao bater na parede.

— Eu menti. Esses botões chineses são o cúmulo da vulgaridade — disse Nathan enquanto corria com os outros.

No final do corredor, escancarou a porta de outro camarote e empurrou Jake e Caspar para dentro. Trancou a porta ao entrar e se virou para encarar os ocupantes. Eram as três moças bonitas que vira mais cedo.

Elas estavam em estado de choque, segurando os colares ao redor do pescoço, mas claramente gostando da invasão.

— Sob circunstâncias diferentes — Nathan mexeu os cachos castanhos e mostrou os dentes brilhantes —, isso seria um olá, e não um adeus... Rápido, vocês dois — disse, passando as pernas sobre a amurada e pulando nas cadeiras abaixo, provocando murmúrios de irritação na plateia. Quando aterrissou no tapete, os frascos de atomium escorregaram de seu bolso, mas ele conseguiu pegá-los rapidamente.

Jake acenou para as garotas enquanto Caspar congelou, ficou vermelho e agarrou a bolsa com bolos contra o peito. Quando Jake o ajudou a passar por cima da balaustrada, as pobres garotas tiveram a visão da calça turquesa se rasgando, deixando à mostra uma meia-lua da pele rosada do traseiro grande. A vestimenta se rasgou ainda mais quando Caspar desceu desajeitadamente até o chão, dando a toda plateia uma visão ampla do seu *derrière*. Jake foi atrás com um único salto atlético. Assim que chegou ao chão, Nathan colocou as duas garrafas de atomium em suas mãos.

— Meus bolsos estão cheios de buracos — explicou, batendo no paletó. — Guarde isso.

Jake sentiu uma onda repentina de pânico, de responsabilidade intimidadora, mas colocou os frascos nos bolsos fundos do paletó.

— Por aqui — ordenou Nathan, contornando o auditório até a saída dos fundos.

Mas, quando viu o Leopardo passar pela porta, deu meia-volta e se lançou por uma fileira de assentos. Os outros foram atrás, pedindo desculpas ao passar por toda aquela seda refinada e crinolina. Caspar puxou a calça, tropeçou nos sapatos caríssimos das pessoas enquanto pedaços de bolo de Natal caíam no caminho, provocando indignação; uma senhora ficou tão furiosa que bateu na cabeça dele com o leque.

— Rápido, rápido. — Jake o empurrou pelo corredor.

O Leopardo estava se aproximando rapidamente, e eles não tiveram escolha além de subir os degraus na frente do auditório. Um grande grupo de frequentadores se levantou de perplexidade ao ver que os três atravessaram a ponte sobre a orquestra e entraram no palco. A Rainha da Noite não hesitou no meio da ária; na verdade, pareceu direcionar a fúria do falsete para os invasores, lançando notas contra eles como adagas afiadas.

O Leopardo acelerou o passo e estava a ponto de disparar de novo quando alguns guardas, avisados do incidente, entraram pelas portas laterais, com mosquetes em riste. O Leopardo ficou paralisado e lentamente recolocou a arma no coldre. Ao perceber que seria loucura tentar qualquer coisa agora, recuou com relutância por um corredor.

Nathan o viu recuar antes de se virar para a Rainha da Noite.

— Amo seu trabalho, é de arrepiar... — Fez uma reverência com um beijo teatral lançado no ar. — Estou arrasado por ter que perder o final.

O restante do elenco observou, boquiaberto, enquanto os agentes seguiram pelo cenário; Caspar esbarrou em uma pirâmide e derrubou uma palmeira, e todos acabaram saindo pelas coxias.

Voaram pelas passagens dos bastidores, desviando de grupos de artistas, contrarregras, iluminadores e peruqueiros.

Desceram a escada e chegaram a um submundo estranho de acessórios antigos e fundos de cenário pintados; pilhas de história umas em cima das outras. Jake reparou em particular numa grande imitação do Coliseu da Roma antiga, uma arena gigantesca em ruínas debaixo de um céu azul. Por um segundo, ele se perdeu na imagem, antes de Nathan o empurrar pela rede de passagens.

Quando os três chegaram a uma saída lateral, uma das muitas no teatro, Caspar parecia meio morto, arfando, seu peito se enchendo como uma gaita de fole. Nathan abriu a porta com cuidado e verificou se o caminho estava livre. Havia uma fileira de carruagens estacionadas ao longo do prédio e um grupo de cocheiros jogando cartas e esfregando as mãos para se manterem aquecidos.

Nathan sinalizou para os outros, e os três saíram sorrateiramente, esgueirando-se pelas sombras atrás das carruagens. Dali, podiam ver a entrada principal. Depois de um tempo, o Leopardo saiu, virando a cabeça de um lado para outro, em busca da sua presa. Andou rapidamente até seu cúmplice, um homem que usava um chapéu de aba larga, e sussurrou algo. O cúmplice montou no cavalo e desapareceu do outro lado do prédio.

Nathan fez um sinal para Caspar e Jake subirem em uma das carruagens. Jake abriu cuidadosamente a porta com uma moldura dourada, e entrou no interior forrado de seda. Na hora em que Caspar subiu, o veículo todo gemeu sob seu peso, tombando para um dos lados. Assim que os cocheiros se viraram para ver de onde viera aquele barulho, Nathan pulou no banco, pegou as rédeas e chicoteou de leve os cavalos.

Eles não se moveram.

Os cocheiros começaram a gritar e saíram correndo em sua direção, alertando imediatamente o Leopardo do que estava acontecendo. Nathan bateu as rédeas de novo.

— Vamos, vamos! — implorou.

Então ficou de pé e deu um chute na traseira dos cavalos, que relincharam e saíram de supetão, correndo pela praça.

Em um piscar de olhos, o Leopardo montou em seu corcel e assobiou para o companheiro. O homem de chapéu de aba larga veio em disparada, e saíram juntos em perseguição à carruagem. Dois cocheiros, irados com o roubo, pularam em seus veículos e se juntaram à caçada. O comboio disparou pela ponte, com Nathan na frente.

Jake e Caspar foram sacudidos violentamente quando as rodas subiram nas tábuas de madeira. Foram jogados para o lado quando a carruagem dobrou a esquina, Jake esmagado sob a barriga de Caspar. Quando conseguiram se ajeitar, o sueco, com as mãos tremendo, pegou algumas migalhas de bolo na bolsa e enfiou-as na boca.

— O que você está fazendo? — Jake balançou a cabeça perplexo.

— O açúcar me acalma nas horas de estresse — respondeu Caspar, pegando outro punhado de bolo.

De repente, o barulho de um tiro, e uma bala quebrou a janela atrás deles. Jake se virou, o vento gelado agora soprando em seu rosto, e viu o Leopardo subindo a colina com uma pistola fumegante na mão e o parceiro galopando rapidamente atrás.

A carruagem virou para o lado de novo quando entraram em outra curva, as rodas deslizando no gelo. Nathan sacudiu as rédeas e seguiu com habilidade pelas ruas de pedra estreitas da velha cidade, para cima, para baixo, para a esquerda e a direita, enquanto os perseguidores tentavam alcançá-los.

Os dois veículos que vinham atrás não tiveram muito sucesso. O da frente tentou fazer uma curva fechada, mas passou por uma área de gelo, deslizou e acabou batendo nos degraus de uma igreja, lançando uma chuva de fagulhas e bloqueando completamente a passagem do de trás.

Nathan desceu a colina na direção do porto. Entre os prédios estreitos, bem abaixo, na doca, conseguia ver a silhueta do enorme navio de guerra ao lado do qual o *Tulip* estava ancorado. Então, o desastre aconteceu. Uma carroça cheia de carvão surgiu em um cruzamento, bloqueando a passagem. Os cavalos hesitaram, relinchando, suas patas deslizaram no gelo. Bruscamente, a carruagem toda virou e tomou controle do próprio destino. Com um ruído de doer os ouvidos, bateu na vitrine de uma loja de bolo e a invadiu, derrubando uma elaborada prateleira de produtos.

Nathan desceu em um piscar de olhos e abriu a porta para os outros.

— Rápido! Rápido! — gritou, enquanto os ajudava a sair.

— A Sundbergs Konditori! — disse Caspar de repente ao ver o nome da loja na qual tinham batido.

Ficou arrepiado ao ver tantos pães e bolos dando sopa, mas Nathan e Jake o arrastaram por um lance íngreme de escadas até o porto. Em segundos estavam perdidos em um labirinto de passagens estreitas e escadas curvas, por onde os outros, a cavalo, não conseguiriam passar.

Saíram em um pórtico largo que levava por uma série de arcos à alfândega, uma câmara grande e de janelas altas ainda cheia de atividade e pessoas falantes, mesmo tarde da noite. Grupos de mercadores vestidos com tecidos caros conversavam com oficiais austeros de óculos enquanto mercadorias eram pesadas, moedas de ouro e prata eram contadas e relutantemente entregues. Nathan, Jake e Caspar seguiram em meio à movimentada multidão (passando por pessoas exóticas, viajantes de todo o mundo, até Caspar, com o terno turquesa rasgado, não parecia assim tão deslocado) e chegaram à porta principal do outro lado, que levava diretamente até o porto.

— Ali, olhe. — Jake apontou para o *Tulip*, mais distante na doca, à sombra do navio de guerra. Lembrou-se de que ainda estava com o binóculo da ópera no bolso da calça. Pegou-o, observou o barco e viu uma pessoa erguendo a vela. — É Charlie. Ele conseguiu.

Mas Nathan tinha visto outra coisa: dois cavaleiros chegando ao cais, um de cabelo claro e o outro com um chapéu de aba larga.

— Aqui, rápido! — disse, correndo pelas pedras em direção ao mercado de peixe.

Imediatamente foram atingidos pelo fedor salgado de peixe fresco. Como na alfândega, o mercado, iluminado por lanternas de cera penduradas em vigas, estava fervilhando. Trabalhadores do cais entregavam e pegavam caixas de peixe, enquanto pescadores barulhentos negociavam, com jatos de vapor saindo de suas bocas. Os agentes seguiram e se esconderam nas sombras atrás de três enormes pilhas de caixas. Caspar fez uma careta quando viu o que havia dentro: enguias vivas, se debatendo e se contorcendo. Jake e Nathan espiaram. Em meio às pessoas, viram o Leopardo e seu comparsa deixarem os cavalos e se aproximarem com cautela do outro lado do mercado.

Quando entraram na área iluminada ao lado do prédio, o cúmplice ergueu o chapéu para secar a testa, e seu rosto ficou visível pela primeira vez. Jake olhou fixamente. Era difícil enxergar em meio às nuvens de vapor gelado, mas havia algo de familiar no homem. Estreitou os olhos para ver melhor e percebeu que ele era jovem, de uns dezessete anos, bonito, ombros largos e pele morena.

De repente, o reconheceu; seus olhos se arregalaram e seu coração parou. Suas mãos tremeram. Seu rosto ficou pálido.

— Philip...? — disse baixinho. Tinha certeza de que o homem era seu irmão desaparecido.

Três anos antes, a tragédia havia caído sobre a família Djones, quando Philip, o irmão mais velho de Jake, desapareceu e foi considerado morto. Jake sempre foi levado a acreditar que o desastre acontecera em uma viagem escolar, e só recentemente descobriu que Philip estava, na verdade, em uma missão dos Guardiões da História, na Viena de 1689. Ninguém teve notícia dele desde então, mas o corpo também não foi encontrado, e Jake, que o amava profundamente, agora se agarrava à crença de que ele estava vivo em algum lugar.

O fantasma disse alguma coisa para o Leopardo, e os dois se afastaram do mercado, voltando a montar seus cavalos. Saíram trotando pela doca, em outra direção, seus olhos em busca de suas presas.

— Certo, vamos — sussurrou Nathan, saindo com cuidado do esconderijo.

Caspar foi atrás, mas Jake não prestou atenção; parecia enfeitiçado, preso ao chão, observando os dois cavaleiros se afastarem. Deixaram seu coração disparado, sua respiração curta e rápida, seu cérebro fervilhando de perguntas: seria mesmo seu irmão? Não o encontrava havia três anos. Só tivera um vislumbre, mas ele estaria assim agora? E se *fosse* seu irmão, por que estava junto do inimigo? Jake queria gritar pelo nome dele o mais alto possível e ver se ele se viraria.

— O que você está fazendo, pelo amor de Deus? — sibilou Nathan, voltando para agarrar o braço de Jake. — Vamos!

Ele o arrastou pelo mercado e pelo píer na direção do *Tulip*. Meio em estado de sonho, Jake se virou de novo. Os dois cavaleiros estavam quase fora do seu campo de visão. Seus olhos se fixaram na pessoa com o chapéu de aba larga.

— Nathan, sei que você vai pensar que eu estou maluco — disse, finalmente parando e se virando —, mas não posso sair daqui até saber de uma coisa.

E começou a andar, como se em transe, na direção dos cavaleiros.

Jake estava certo: Nathan pensou *mesmo* que Jake estava maluco.

— Volte aqui! — berrou. — Volte imediatamente!

Os cavaleiros, ao ouvirem os gritos, pararam e olharam para trás. Observaram as silhuetas à meia-luz no píer atrás deles e começaram a retornar.

— Temos exatamente um minuto para sair daqui.

Nathan puxou Jake pelo chão de pedras congeladas em direção ao *Tulip*, com Caspar, ofegante, ao lado.

— Aqui! — Charlie se identificou da proa. — Fornalha acesa, pronto para zarpar!

Todas as embarcações dos Guardiões da História, independentemente de sua origem, eram modificadas para ter velocidade, e a hélice do *Tulip* já começara a girar lentamente na água.

Estavam a menos de dez metros de distância quando Jake, incapaz de segurar a curiosidade, se soltou de Nathan e se virou para os dois cavaleiros, que se aproximavam rapidamente.

— Philip! — gritou o mais alto que pôde. — É você?

— Pare! — berrou Nathan, agarrando Jake mais uma vez.

— Me solte! — rosnou Jake, puxando o braço com força e batendo com o punho no maxilar do companheiro.

Charlie, que não tinha tendência a gestos dramáticos, ergueu as mãos e ofegou de horror.

— Ele está com o atomium! — disse Nathan, quando Jake saiu correndo pelo cais, na direção dos cavaleiros. Paralisado, não sabia o que fazer.

— Philip, é você? — gritou Jake de novo, meio enlouquecido.

Parou de correr quando o cavalo do Leopardo chegou ao seu lado, o cavaleiro engatilhando e apontando a arma em sua direção. Jake não prestou atenção. Não estava com medo; só se preocupava em descobrir a identidade do outro homem.

O homem se aproximou e pulou do cavalo. Avançou lentamente na direção de Jake, com o rosto ainda escondido pelo chapéu. Jake sentiu lágrimas quentes se acumularem em seus olhos.

— Philip...? — perguntou, sua voz desesperada e trêmula.

Pela primeira vez, o homem tirou o chapéu.

Na mesma hora, a esperança de Jake evaporou. Agora conseguia ver com terrível clareza que aquele *não* era seu irmão: o nariz errado, a boca errada, os olhos errados. Era um estranho.

E então o impostor também sacou a arma e, com um sorriso malicioso, apontou-a para Jake.

— Pode nos passar aqueles frascos agora — disse o Leopardo com sua voz sedosa. — Henrik, quer fazer as honras?

Henrik aproximou a arma do peito de Jake.

Nathan, Charlie e Caspar só puderam observar, sem fazer nada enquanto Jake retirava os dois frascos do bolso interno do casaco e os entregava a Henrik, que, por sua vez, os entregou ao Leopardo, que os guardou de volta na sua caixa original.

— Foi um prazer fazer negócios com vocês. — Fez uma reverência para os agentes desesperados enquanto Henrik recolocava o chapéu e montava no cavalo.

De repente ouviram um grito:

— Nãããããão! — Caspar estava correndo na direção do Leopardo. — Isso não pertence a você!

Houve uma explosão, uma arma disparada tão perto que fez os ouvidos de Jake estalarem. Fumaça saía da pistola do Leopardo. Por um momento, ninguém se mexeu, e Caspar gemeu de dor, seus olhos tomados de choque. Sangue escorria entre os seus dedos, cobrindo o abdômen. Escorregou no gelo, perdeu o equilíbrio e caiu no mar.

— Caspar! — gritou Jake.

Estava prestes a se lançar no porto quando reparou na arma que Henrik apontava novamente em sua direção.

— Matamos todos? — perguntou Henrik.

Mas o Leopardo prestava atenção no deque do navio de guerra atracado ao lado do *Tulip*. Um grupo de soldados tinha visto a briga, desembarcando e seguindo na direção deles.

— Tarde demais — disse em tom decisivo. — Temos o que precisamos.

Os dois deram meia-volta e saíram cavalgando.

— Caspar! — gritou Jake de novo, agora correndo pelo porto.

Estava prestes a se jogar na água quando Nathan o puxou.

— Fique aqui! — ordenou, furioso. — Você já fez estrago suficiente!

Jake observou com os lábios tremendo e o rosto pálido Nathan mergulhar no mar congelante. Ele gritava devido ao choque térmico que fez seus pulmões se contraírem de dor. Quando se aproximou de Caspar, tinha a respiração ofegante e tentava mover os braços, mas seu corpo estava rígido, imóvel, congelado. Do outro lado do porto, Jake podia ver o Leopardo e seu comparsa, o homem que pensara ser seu irmão, seguindo por uma viela estreita e sumindo da vista.

Charlie correu para o lado de Jake, pronto para ajudar os outros a saírem da água.

— Eu diria que eles têm um minuto até que os órgãos vitais parem de funcionar — murmurou.

Nathan conseguiu arrastar Caspar até o porto, onde Jake e Charlie começaram a puxá-lo para fora da água. Uma tarefa quase impossível: ele estava inconsciente e parecia pesar mais do que os dois juntos. Após quatro tentativas malsucedidas, um grupo de soldados suecos do navio de guerra veio ajudar. Finalmente, conseguiram colocá-lo sobre as pedras. Por um segundo, Jake, Nathan e Charlie ficaram de pé sobre o corpo de Caspar deitado de bruços, o peito arfante, os dentes batendo. Os soldados ficaram de olhos arregalados ao lado deles.

Nathan se ajoelhou, colocou as mãos no peito de Caspar e começou a pressioná-lo repetidamente, parando de tempos em tempos para fazer respiração boca a boca. Por um tempo, o garoto permaneceu imóvel. Jake mordeu o lábio de ansiedade. Então, Caspar vomitou água do mar, respirou fundo e abriu os olhos. Estava consciente, mas por pouco.

Nathan transferiu a atenção imediatamente para o ferimento. Podia ver o ponto de entrada da bala à esquerda do abdômen de Caspar e conseguia sentir o buraco de saída atrás. A água havia congelado o sangue, mas ele agora começava a jorrar de novo. Ele se virou para os soldados.

— A bordo? — perguntou. — Vocês têm um hospital? *Har ni ett sjukhus?*

Os soldados assentiram, levantaram Caspar e o carregaram para o navio.

Deitaram o pobre sueco em uma mesa na enfermaria do navio, uma cabine de teto baixo e apertada. Seu rosto estava branco, o maxilar tremia, e ele murmurava sozinho, febril. Um cirurgião de máscara, com olhos vermelhos de cansaço, passava a linha por uma agulha sob a luz de um lampião a óleo. Na parede atrás da mesa de cirurgia, via-se uma coleção de instrumentos: ferramentas médicas antigas, lâminas e serras assustadoras, algumas ainda marcadas de sangue seco.

O médico disse alguma coisa em sueco.

— Isso vai arder um pouco — traduziu Charlie baixinho.

Ele assentiu para Nathan, e cada um segurou um braço do paciente enquanto um soldado segurava as pernas.

Caspar gritou alto e se debateu enquanto o cirurgião inseria a agulha. Jake fez uma careta e trincou os dentes. Oito minutos torturantes se passaram (pareceu mais de uma hora) até que o ferimento estivesse costurado e limpo, com curativo.

Eventualmente, o delírio de Caspar passou, e sua respiração voltou ao normal. Quando voltou a si, percebeu que se sentia zangado. Seus olhos procuraram os de Jake e pareciam arder como brasa quando o encararam com selvageria.

— Você... — disse, cuspindo as palavras. — Quero dizer uma coisa para você.

Jake assentiu e deu um passo à frente.

— Peço mil desculpas — disse, suspirando baixinho. — Foi culpa minha você ter levado um tiro.

— Tiro? — disse Caspar. — Você acha que ligo para isso? Não é nada em comparação ao mal que *você* fez.

Jake só conseguiu baixar a cabeça e aceitar a punição. Caspar não era mais o garoto desajeitado e engraçado que gostava de bolos e ópera. Ele continuou a falar por entre os dentes:

— Não sei quem você é, nem de onde vem, nem o que tem a ver com o Serviço Secreto dos Guardiões da História, mas precisa saber que estragou tudo. *Tudo.* Não é só porque o atomium demorou dez anos para ser destilado, ou porque precisaremos de mais dez anos para substituí-lo; ou porque missões vitais talvez tenham que ser abortadas por causa da sua tolice. Não. O pior disso tudo é que você armou nossos inimigos. Você os armou com o poder de tomar o controle da história. E isso nunca aconteceu antes. Então, seja lá qual for seu nome, não lembro nem ligo, sinta-se mal... *sinta-se um traidor, porque é isso que você é.*

Jake engoliu em seco, e uma lágrima desceu por seu rosto.

3 Josephine de Nantes

— Onde diabos ela os conseguiu? — perguntou Miriam baixinho.
— Com um apresentador de circo em Nantes, ela me disse — sussurrou Alan em resposta. — Ele começou a passar dificuldades e precisou vender os animais para pagar as dívidas. Aparentemente, Oceane só queria um, pois se apaixonou *à première vue*, mas foi obrigada a comprar o lote todo como parte do acordo.

Era um dia excepcionalmente tempestuoso no monte Saint-Michel. Alan e Miriam, os pais de Jake, estavam de pé no píer, junto a um grupo de Guardiões da História igualmente intrigados, enquanto Oceane Noire, esnobe como sempre, distribuía ordens a todos ao supervisionar a chegada dos animais de circo. Todos estavam vestidos, inclusive Miriam e Alan, com roupas dos anos 1820: as mulheres de vestidos longos e os homens de casaca, calça e cartola. Um sopro repentino de vento balançou os vestidos das damas, e os homens seguraram as cartolas.

Uma barcaça tinha atracado, e a tripulação estava guiando os animais perplexos pela prancha até a doca: um par de pôneis e dois cavalos foram seguidos dramaticamente pelos passos pesados de um elefante. Todos os animais pareciam já estar um pouco velhos, principalmente o elefante, que parecia muito cansado, balançando a traseira, com a cabeça baixa e a pele áspera e gasta.

— Pobrezinho — suspirou Miriam.

Havia um olhar triste no rosto do animal, e os olhos de Miriam se encheram de lágrimas. Alan passou o braço em volta dela e a acalentou.

Era desnecessário dizer que Oceane não estava comovida — na verdade, mal conseguia esconder o desgosto. Borrifou algumas gotas de perfume em um lenço e o levou ao nariz quando o animal passou. Quando ele parou, se virou e balançou a tromba em sua direção, ela deu um grito alto e se jogou nos braços de Jupitus Cole, que também assistia à cena bizarra com sua típica expressão vazia e gelada.

Para a perplexidade de todos no Ponto Zero, que ficava no pequeno monte Saint-Michel, na Normandia, Jupitus e Oceane tinham anunciado recentemente o seu noivado. Ele era o austero subcomandante vitoriano, e ela, uma ardilosa herdeira da corte de Luís XV. E, apesar de serem ambos igualmente arrogantes, ninguém teria imaginado um romance entre eles.

— Onde ela vai colocá-los? — perguntou Miriam ao marido.

— Galliana disse que podem ficar na ala do antigo estábulo por enquanto — respondeu Alan —, mas não está nada feliz com isso!

Miriam olhou para a comandante. Por fora, parecia calma como sempre, mas estava claramente contrariada.

— Devíamos ser um serviço secreto — murmurou Galliana —, sem chamar atenção para cá com animais de circo... embora eles pareçam um grupo bem simpático.

— Que bom — disse Miriam, com um sorriso malicioso —, pois você provavelmente vai ter que limpá-los. Por algum motivo, não consigo imaginar Oceane Noire limpando bosta de elefante.

Naquele momento, para ilustrar o que ela dizia, o elefante ergueu o rabo e largou uma encomenda saída direto do traseiro. Dois blocos grandes de bosta marrom cheia de grama caíram no chão com um baque.

— *Oh, mon dieu, mon dieu!* — Oceane suspirou e segurou as pérolas do pescoço como se o animal tivesse soltado bombas prestes a serem detonadas.

— Eu falei — comentou Miriam. — Ela nunca viu uma coisa dessa. É claro que ela não produz nada do tipo.

Ela e Alan olharam um para o outro; ao mesmo tempo, seus olhos brilharam, os lábios tremeram e começaram a rir.

O último animal a sair do navio de carga, amarrado com grossas correntes ao redor do pescoço, levadas com cautela pelas mãos firmes de dois tripulantes, era uma jovem leoa. Todos prenderam a respiração quando ela caminhou pelo píer. Era pouco mais do que um filhote, que ainda não atingira o tamanho proporcional às patas enormes, mas já tinha uma expressão maliciosa no olhar.

— Ali está ela! — exclamou Oceane, correndo na direção da criatura. — *Ma petite.* — Houve mais um sobressalto geral quando ela se ajoelhou e jogou os braços ao redor do corpo da leoa. — Não precisamos dessas correntes bobas — disse, soltando as correntes e as lançando para os dois tripulantes. — Josephine é domada; foi criada por humanos, pelo sangue azul da França, ninguém menos... o domador era parente distante de Leonor da Aquitânia. Vejam, ela até come rúcula.

Oceane estalou os dedos para um dos atendentes intimidados, que rapidamente lhe trouxe uma bolsa bordada. De dentro, ela tirou um punhado de folhas e ofereceu para o animal. A leoa as cheirou algumas vezes e comeu, sem muito interesse.

— Ela não é inteligente? — vibrou Oceane, batendo palmas de empolgação. — *Adorable, tout simplement!* E vocês não adoraram o nome? Como a própria Madame Bonaparte.

Houve outro sopro de vento, desta vez forte o bastante para levar o chapéu de Alan, que voou girando pelo chão e depois até o mar. Ele e Miriam o viram cair nas ondas.

— Eu não gostava dele mesmo — anunciou Alan, dando de ombros. — O *Signor* Gondolfino disse que 'realçaria' meu rosto, mas só fazia minha cabeça coçar.

Miriam começou a rir de novo, e ele se juntou a ela.

— Levem todos os outros animais para o estábulo — ordenou Oceane aos servos e se voltou para a jovem leoa. — Venha, minha querida, vamos para dentro, *il fait trop de vent*. — Conduzindo a fera pela nuca, levou-a em direção à porta principal do castelo. — Vou encontrar alguma coisa bonita para colocar no seu pescoço. Diamantes, que tal?

A leoa parou e apertou os olhos para observar o grupo reunido, e as duas entraram.

Enquanto o servo de Oceane levava o elefante e os outros animais para o estábulo, Miriam olhou para o horizonte.

— Jake deve voltar logo. Espero que tudo tenha corrido bem.

Desde que eles zarparam de Estocolmo pelo mar gelado, o humor a bordo do *Tulip* estava sombrio.

Nathan e Charlie deixaram Caspar na casa de um amigo da família (Jake não teve permissão para acompanhá-los e foi instruído a esperar sozinho dentro do navio) e mandaram avisar a família Isaksen para ir buscá-lo. Compraram provisões para a viagem de volta e partiram assim que o sol começou a subir sobre o mar. Era o primeiro dia quente em semanas, e o gelo começou a derreter imediatamente.

Durante horas, Jake ficou recolhido, oferecendo ajuda no que podia: ajudando Nathan a desenrolar as velas, ou dando uma mãozinha para Charlie na cozinha. Os dois recusaram a oferta com um balanço breve de cabeça, sem sequer olharem para ele. Mr. Drake também pareceu captar a atmosfera. Jake ofereceu ao papagaio um pedaço de bolo de frutas que sua mãe colocara em sua mochila. Embora ele adorasse bolo (mesmo a receita desastrosa de Miriam), ele recusou com um movimento de cabeça e voou até se empoleirar no lais. Depois disso, Jake se recolheu à cabine.

Quando começou a escurecer de novo, Jake ainda refletia sobre os eventos horríveis de Estocolmo. *Sinta-se um traidor, porque é isso que você é*, dissera Caspar Isaksen sem meias palavras. Saber que tinha decepcionado todos, não apenas seus amigos, mas *todos* os Guardiões da História, já era bem ruim, mas a ideia de que suas ações poderiam levar ao sofrimento de pessoas inocentes era tão horrível que fez seu estômago virar líquido.

Charlie bateu na porta da cabine para oferecer polenta com fricassê de porcini. Apesar de Jake não fazer a menor ideia do que era, aceitou com entusiasmo exagerado.

Durante o jantar, manteve-se respeitosamente silencioso, enquanto Nathan e Charlie discutiam para quem o Leopardo poderia estar trabalhando e como tinha descoberto os detalhes do encontro dos guardiões com Caspar no teatro da ópera de Estocolmo.

— Odeio ser a voz da desgraça — disse Nathan enquanto colocava o prato de lado e pegava uma pequena caixa entalhada —, mas que outra explicação pode haver? — Abriu a caixa e tirou o que havia dentro: a Taça do Horizonte, feita de prata, e dois frascos pequenos de líquido, o que havia sobrado de atomium para a viagem de volta ao Ponto Zero. Ajeitou o mostrador no aparato de prata e murmurou com seriedade: — Deve haver outro agente duplo entre nós.

Semanas tinham se passado desde que Norland, o aparentemente simpático chofer, havia sido descoberto como espião no Ponto Zero.

Os três agentes tomaram suas doses do líquido de gosto horrível — Charlie compartilhou algumas gotas com o relutante Mr. Drake —, e uma hora depois chegaram ao ponto de horizonte. Ali, Jake teve as costumeiras sensações de sair do corpo, acompanhadas das mesmas imagens da história em sua mente; mas, em parte por causa da distância curta que viajavam, apenas vinte e oito anos, e em parte por causa da permanente sensação de culpa, a viagem não foi emocionante como antes.

Pouco tempo depois de chegarem às águas menos geladas de 1820, os motores do *Tulip* pararam de repente. Nathan tirou a camisa ("Óleo e seda japonesa são uma combinação infernal", explicou) e tentou consertar uma gaxeta rompida.

Mas, no final, ele e Charlie estavam preocupados com o risco de incêndio e decidiram continuar usando só energia eólica. Já passava de uma da manhã quando Charlie finalmente avistou a distinta silhueta cônica do monte Saint-Michel ao longe, e quase duas quando deslizaram pela baía.

— Parece que Galliana está nos esperando — disse Charlie, indicando uma luz em um postigo bem no alto do castelo.

O coração de Jake bateu um pouco mais forte quando a ilha, suas laterais cobertas de construções e mais construções, surgiu na sua frente. Como estavam chegando tão tarde, estava torcendo para que a notícia de sua "traição" pudesse esperar até a manhã. Evidentemente, não seria assim. Procurou mais luzes na fachada escura, particularmente na torre em que sua mãe e seu pai dormiam. Ficou um pouco triste ao descobrir que aquela parte da construção estava completamente escura; já deviam estar na cama.

— Jake — disse Charlie. — Nathan e eu conversamos sobre tudo. Quando chegarmos, deixe que *a gente* fale. Não faz sentido você se meter em problemas desnecessários.

— Acho que não me sinto bem com isso — respondeu Jake, com voz baixa. — A culpa é minha.

— A culpa não tem propósito — insistiu Charlie. — Não leva ninguém a lugar algum. Vamos resolver isso, ok?

Jake não tinha tanta certeza, mas concordou um pouco relutante.

— Obrigado.

Charlie deu de ombros.

— É para isso que servem os amigos. Todos cometemos erros. O que importa é o que se aprende com eles.

Jake ficou feliz por Charlie ter dito isso, mas, ao observar Nathan com mau humor enrolando cordas na proa do barco, se perguntou se o perdão do americano não seria um pouco mais difícil de conquistar.

— Olhe ele ali! Nosso menino — uma voz familiar veio das sombras quando se aproximaram do píer. Jake procurou na escuridão duas pessoas deitadas em espreguiçadeiras e enroladas em cobertores.

— Mãe? Pai? — chamou com alegria. Jake esqueceu temporariamente os problemas e pulou no píer. — O que vocês estão fazendo aqui?

— O que estamos fazendo aqui, Miriam? — Alan se virou para a esposa. — Tomando um agradável ar noturno, não é? — disse, referindo-se ao vento forte. — Estamos esperando você, sua besta.

Miriam abraçou o filho.

— Como você está, querido? Fez boa viagem?

Jake tentou assentir, mas o aceno saiu mais como um movimento de ombros.

— Quer uma xícara de chá? — perguntou Alan, e deu um abraço de urso no filho. Jake tentou controlar as emoções.

Houve um som alto, e uma forma saiu correndo pelas pedras.

— Felson! — gritou Jake quando o cachorro pulou nele, ofegante de alegria. — Também senti sua falta — disse, ajoelhando-se para que Felson pudesse dar uma boa lambida em seu rosto. Ele era o mastim forte e cheio de cicatrizes que já havia pertencido a seu inimigo, o capitão Von Bliecke. Jake fez amizade com ele quando os dois foram abandonados no mar.

— Ele se divertiu conosco — comentou Miriam. — Mas é claro que seu pai deu comida demais para ele e deixou que dor-

misse na cama. Só que nunca parou de olhar para o horizonte, esperando que você voltasse.
— Então, como nosso filho se saiu, Sr. Chieverley? — perguntou Alan a Charlie, assim que ele pulou do *Tulip*. — Foi motivo de orgulho para nós?
— Ele foi um bom profissional, sim — respondeu Charlie de modo bem pragmático.
— Caramba — riu Alan. — Foi tão ruim assim, é? — Ele e Miriam começaram a rir. — Venham, vamos entrar.
Jake e os pais, Nathan e Charlie, além de Felson, grudado no dono, seguiram escada acima e passaram pela majestosa porta dupla que dava acesso ao castelo. O vento soprava na enorme escadaria, fazendo as chamas das velas tremerem.
Jake não conseguia mais suportar o suspense.
— Mãe, pai, tenho uma coisa para contar para vocês...
— Ali estão a comandante Goethe e Jupitus Cole! — interrompeu Charlie, lançando um rápido olhar para Jake e lembrando-o de que era *ele* quem ia falar.
Galliana e Jupitus desciam a escadaria para encontrá-los. A comandante, com um sorriso sereno, estava de camisola e o longo cabelo grisalho penteado para trás. Jupitus, vestido impecavelmente com um paletó justo e gola engomada, descia atrás dela.
Quando eles se encontraram na metade do caminho, o grupo todo parou. Felson olhou com ansiedade de um rosto para outro.
Nathan assentiu para Charlie, que falou primeiro:
— Comandante Goethe, Sr. Cole, infelizmente temos más notícias. — Jupitus ergueu o olhar. — Falhamos em nossa missão. Fomos interceptados, e toda a carga de atomium foi perdida.

— O quê? — Jupitus perdeu o fôlego de descrença. — Perdida?

— Lamentavelmente, sim — respondeu Charlie, estoicamente.

— *Lamentavelmente?!* Você faz alguma ideia do que isso significa? — Jupitus estava lívido. — Quem interceptou vocês?

— Foi um jovem cavaleiro que se intitulou O Leopardo — prosseguiu Charlie. — Pretendo começar a pesquisá-lo para descobrir de onde veio e para quem pode estar trabalhando.

— Mas como isso aconteceu? — insistiu Jupitus.

— Aconteceu porque eu fiz besteira — disse Jake, de impulso. — Desobedeci às ordens. Foi tudo minha culpa. — Galliana ouviu com atenção enquanto Jupitus ficava boquiaberto. — E infelizmente isso não é tudo — prosseguiu Jake, sua expressão agora sombria. — Como resultado do meu erro, Caspar Isaksen levou um tiro.

— *Um tiro?* — repetiu Jupitus.

Charlie acrescentou rapidamente:

— Mas parece que ele já está se recuperando.

Miriam, ciente do profundo remorso que o filho sentia, segurou-o com firmeza pelos ombros.

— Pobrezinho... — sussurrou no ouvido dele.

— Pobrezinho? — debochou Jupitus, usando a parede para se apoiar do choque. — Isso é um desastre, um completo desastre.

— Sr. Cole, comandante... — Nathan começou a falar, finalmente. — Foi muito honrado da parte de Jake assumir a culpa, mas posso garantir que a culpa recai sobre mim mais do que em qualquer outra pessoa. Jake tentou avisar que um homem armado nos perseguia, mas eu não dei atenção. Eu sou o culpado.

— Que gentil de sua parte. Um tremendo mártir. — Jupitus balançou a cabeça, sem acreditar em uma palavra.

Apesar de sua angústia, Jake sentiu uma pulsação calorosa de felicidade: Nathan era seu amigo, afinal. Havia uma parcela de verdade no que ele dissera, mas Jake sabia que era o único responsável.

De repente, no pé da escada, a porta dupla se abriu e o vento soprou, apagando as velas e deixando todo mundo numa escuridão quase completa. Alan desceu, fechou a porta e passou a tranca.

Galliana olhou para Jake, avaliando-o com seus calmos olhos cinzentos, antes de dar a ordem ao grupo:

— Durmam agora. Podemos discutir isso de manhã.

Com corações pesados, todos seguiram para suas camas.

Jake ficou para trás por um momento. Nas paredes, os retratos em tamanho real de famosos Guardiões da História do passado olhavam para ele em silêncio. Seus olhos pousaram em um em particular: Sejanus Poppoloe, o fundador do Serviço Secreto, vestido com a túnica e o turbante característicos. Seu olhar era severo, como se ele também entendesse a magnitude da traição de Jake.

4 A Mensagem Meslith da História Antiga

Jake foi acordado por uma movimentação no corredor: passos pesados e pessoas sussurrando nervosamente. Felson, que se deitara na diagonal, também se mexeu, ergueu a cabeça e coçou as orelhas. Jake olhou para o relógio: eram 6h30. A luz entrava sorrateira pelas cortinas. Seu quarto ficava em uma das partes mais antigas do castelo. Tinha janelas de caixilhos antigos, uma cama pequena com dossel e uma lareira, onde as brasas da noite anterior ainda brilhavam.

O garoto levantou-se da cama, abriu a porta e pôs a cabeça para fora. Jupitus Cole passou, seguido por Truman Wylder, pai de Nathan, que correu escada abaixo abotoando a camisa ao mesmo tempo. Depois, o *Signor* Gondolfino, vestido impecavelmente, mesmo a essa hora do dia, mancava o mais rápido que suas velhas pernas e a bengala de marfim permitiam.

— Aconteceu alguma coisa? — perguntou Jake.

Estava com medo da resposta; talvez alguma calamidade já tivesse acontecido como resultado do desastre em Estocolmo.

Mas Gondolfino tinha uma revelação completamente nova, uma notícia que fez o coração de Jake bater mais rápido:

— Parece que chegou uma mensagem Meslith... de Topaz St. Honoré. A comandante Goethe convocou uma reunião de emergência.

Jake agora estava familiarizado com o termo: uma mensagem Meslith era um comunicado transmitido pelo tempo, enviado e recebido por uma máquina Meslith, um instrumento intrigante que parecia uma máquina de escrever com hastes cristalinas que estalavam de eletricidade.

Jake vestiu a calça, a camisa e o paletó em segundos. Não conseguiu encontrar meias, então colocou as botas sem elas e enfiou os cadarços para dentro.

— Volto para buscar você em um minuto — disse para Felson e saiu correndo do quarto.

Percorreu o labirinto de corredores e escadas, às vezes pulando lances inteiros, até chegar à porta dupla do salão. Passou a mão pelo cabelo, ajeitou a gola e entrou.

Umas quinze pessoas, a maioria membros mais antigos dos Guardiões da História, estavam conversando em tom sério — algumas sentadas ao redor de uma grande mesa, outras em pequenos grupos espalhados por todo o salão. A luz entrava pelas quatro janelas enormes que davam vista para o mar. Jake sentiu o olhar hostil de Jupitus Cole, que estava na ponta da mesa, com vários mapas abertos à frente. Assentindo para ele, Jake tentou sorrir. Jupitus apenas olhou com uma expressão fria no rosto, enquanto o garoto seguia na direção de Charlie, ao lado de um bufê cheio de doces franceses.

— Já sabemos de alguma coisa? — perguntou, sem fôlego.
— De onde veio essa mensagem?

Charlie levantou a mão para indicar que estava com a boca cheia. Continuou a mastigar por um tempo.

— Sempre achei que os brioches eram supervalorizados — disse, depois de engolir o último pedaço —, mas esse tem um toque sutil de limão, que realmente cai bem. Se você está se referindo a Topaz, sei tanto quanto você. — Ele mudou de assunto: — Acho que você não conhece o Dr. Chatterju — disse, indicando um homem de aparência distinta, de turbante e óculos redondos. — Ele é responsável pela Divisão de Invenções. Chegou ontem de Bombaim...

— Foi uma viagem necessária, porém exaustiva, para ver meus parentes — explicou Chatterju, sua voz tão elegante quando sua aparência —, que infelizmente estão espalhados não só por toda a Índia, mas por todos os séculos! — abriu um sorriso largo e esticou a mão para Jake. — Zal Chatterju. É uma honra conhecer você. Eu conheci seu irmão. Um jovem maravilhoso. E sinto que você tem o dom, como ele...?

Jake deu um sorriso tímido. Gostou imediatamente de Chatterju, dono de uma mente excêntrica e brincalhona. O homem usava uma túnica grossa, bordada e presa com um ornamentado cinto dourado. O rosto, que tinha uma barba perfeitamente aparada, era distinto, aristocrático. O turbante estava preso com uma safira brilhante que combinava com seus olhos.

— O que é exatamente a Divisão de Invenções? — perguntou Jake.

— Ah, você vai descobrir logo, logo. — Chatterju deu uma risadinha. — Sou apenas um cientista com algumas ideias malucas. — De repente, pareceu inquieto. — Para onde foi aquele garoto? Desapareceu de novo? Ele está sempre desaparecendo!

— Estou aqui, tio, bem atrás de você. — O pequeno garoto surgiu.

— Bem atrás de mim? Não seja tão insolente. Fique onde eu possa vê-lo.

O garoto obedeceu à ordem. Tinha uns onze anos, supôs Jake, e um rosto caloroso como mel escuro que parecia nunca parar de sorrir.

— Sou Amrit — apresentou-se, animado. — Sou sobrinho do Dr. Chatterju.

— Meu assistente! — corrigiu Chatterju. — É isso que você é. E ainda está sendo avaliado. — Revirando os olhos, confidenciou para Jake: — Ele é pouco mais do que uma criança, mas acha que sabe *tudo*.

Mais algumas pessoas entraram na sala, incluindo a mãe, o pai (que ainda estava meio dormindo e não parava de bocejar) e sua tia Rose. Atrás deles entrou o galgo de Galliana, Olive, que seguiu imediatamente para seu lugar cativo em cima da mesa. O silêncio se instalou quando a comandante entrou e se sentou. Jake reparou que ela usava a capa azul-marinho comprida bordada com relógios e fênix e carregava uma pilha de papéis nos braços.

— Todos estão presentes? — perguntou a Jupitus.

— Todos, menos Nathan Wylder e Oceane Noire. O primeiro — Jupitus suspirou — está lidando com a frustração pescando em alto-mar. Mademoiselle Noire ainda está se vestindo.

— Então só vamos vê-la no fim do século. — Miriam riu para o marido.

— Vamos ter que começar sem eles — disse Galliana, objetiva e prática, olhando os rostos reunidos. — Temos duas questões em pauta: primeiro, para os que ainda não sabem, a missão de Estocolmo não foi bem-sucedida. Os agentes foram interceptados por uma facção inimiga e a carga de atomium foi perdida.

Um tumulto se instalou imediatamente entre as pessoas, com gritos de:

— *A carga toda?*

— *Como é possível?*

— *Quem foi o responsável?*

Jake se mexeu em sua cadeira, desconfortável, sabendo que os olhos de Jupitus, desconfiado, estavam novamente direcionados a ele.

Galliana levantou a mão.

— O porquê ou como isso aconteceu não é relevante. — Começou a ler suas as anotações: — *O criminoso estava no final da adolescência, tinha um metro e oitenta, era louro e caucasiano. Respondia ao nome de O Leopardo. Foi ajudado por um jovem de cabelo escuro da mesma idade.* — Jake olhou para baixo. — Alguém sabe de quem se trata? — perguntou Galliana ao grupo. Não houve resposta, além de expressões vazias. — Srta. Wunderbar...?

A majestosa mulher, responsável pela Biblioteca de Rostos, lindamente vestida com trajes dos anos 1690, balançou a cabeça.

— Nada, infelizmente — anunciou, com um sotaque bávaro. — Estou no meio de uma busca mais detalhada de rostos. O agente Chieverley está me ajudando.

— Acho que não preciso dizer — prosseguiu Galliana — que *qualquer pessoa* que possa esclarecer o assunto deve se manifestar imediatamente. Isso é de suma importância. Agora, quanto à segunda... — A comandante retirou uma folha da pilha. — Recebi esta mensagem uma hora atrás, aparentemente enviada da Antiguidade.

Jake esticou o pescoço para ver. Só conseguiu identificar uma longa série de símbolos.

— Obviamente, foi codificada em hypoteca e decifrada assim... — Galliana ergueu outro pergaminho para que todos vissem. Este contém mais números, em letras maiores e mais grossas.

— O que é hypoteca? — sussurrou Jake para Charlie.

— É uma língua cifrada, um código secreto, inventado por Magnesia Hypoteca, a esposa de um dos primeiros comandantes.

Jake olhou para a mensagem traduzida: havia 28 caracteres, quase todos numerais, divididos em quatro grupos de oito, seguindo uma ordem que não fazia sentido para ele. Logo depois vinha uma única frase: *Sigam a mão da sombra*.

— Bem, os números são óbvios — respondeu Jupitus, quase sussurrando. — O primeiro grupo se refere à data de nascimento de Topaz: 19 de setembro de 1356.

— Correto. — Galliana assentiu.

Jake se lembrou de Topaz lhe contando que tinha nascido em uma barraca do exército durante a batalha de Poitiers, na Guerra dos Cem Anos. Os Guardiões da História podem nascer em qualquer época, dependendo de onde seus pais estivessem situados (ou para onde estivessem viajando) na época.

— A parte do meio — prosseguiu Jupitus — deve se referir a coordenadas geográficas.

— Exato — respondeu Galliana. — Nesse caso, uma ilha no mar Tirreno chamada Vulcano. E o grupo final deve indicar a data histórica de onde a mensagem veio.

— Me desculpe, estou sem meus óculos — disse Rose. — Qual é a data histórica?

Jake também estava morrendo de vontade de saber, pois não conseguia ler lá do fundo da sala.

— Dia 10 de maio — disse Galliana, acrescentando com voz sombria: — do ano 27. — Alguns agentes se entreolharam ansiosos enquanto ela prosseguia: — A data faria sentido, considerando que recentemente captamos uma série de conversas Meslith ligando essas coordenadas a Agata Zeldt, uma figura que está em silêncio há anos.

Agora, ruídos de surpresa preencheram toda a mesa. Alan deixou cair sem querer a xícara de café, que bateu no pires fazendo barulho.

Jake sentiu o estômago se revirar. Durante a missão em Veneza, ouvira tudo sobre a diabólica Agata. Nas palavras de Charlie, era *a mulher mais cruel da história*; o monstro que, quando criança, tentou afogar o irmão mais novo em um lago gelado; que deu uma lição na criada forçando-a a se sentar nua em um trono de ferro quente até morrer queimada. Ela também era, e este era o fato mais perturbador, a mãe *verdadeira* de Topaz. É claro que Topaz a renegou (aos cinco anos, fugiu determinada para o Ponto Zero), mas eram parentes de sangue.

Rose levantou a mão.

— Alguém sabe o que quer dizer *sigam a mão da sombra*?

Estava claro pelas expressões vagas nos rostos dos agentes que ninguém fazia ideia.

— E, mais importante — completou Jupitus —, como sabemos se veio mesmo de Topaz? Talvez a própria Agata a tenha enviado...

Nesse momento, alguém escancarou a porta dupla.

— Desculpem... vim assim que soube! — Nathan entrou no salão. Ao vê-lo, Jake abriu um sorriso impressionado: roupas e cabelos estavam pingando, uma corda e um arpão pendurados em seu ombro, carregando um peixe-espada morto em uma das mãos e uma enguia-do-mar na outra, se arrastando no chão atrás dele. — Espero não ter perdido muito; foi bem difícil tirar a enguia da água.

— Ele não tem vergonha — murmurou Charlie horrorizado, olhando para o peixe morto. — Vergonha nenhuma.

— Eles podem parecer medonhos — anunciou Nathan, rindo ao ver os rostos enojados —, mas vão ser uma boa variação ao frango assado.

Galliana suspirou, com um ar impaciente.

— Obrigada, agente Wylder. Foi muito atencioso de sua parte... Agora, se você quiser colocá-los no chão e se sentar...

Nathan colocou a pesca em uma mesinha lateral.

— Aliás — disse, ignorando o convite e indo até a janela —, existe algum motivo para termos um elefante andando no píer? Por um momento, pensei que estivesse imaginando coisas, que talvez o animal fosse de mentira, até... como posso dizer educadamente? Até ele produzir uma carga particularmente fedorenta, e posso garantir que ela era bem real, real até *demais* para tão cedo numa manhã de quinta-feira.

— Pertence a Oceane Noire — respondeu Galliana. — Se você tivesse lido o comunicado diário, saberia. Agora sente-se!

Nathan fez expressão de vergonha e se sentou ao lado de Jupitus.

— Notícias de Topaz, pelo que ouvi. — Com um sorriso rápido, olhou para a lista de números, compreendendo sua relevância imediatamente. — Minha nossa, ela *está* muito longe daqui. Essa mensagem veio dela mesmo?

Galliana respirou fundo para se acalmar e dirigiu-se a todos:

— A questão é que, apesar de o código hypoteca sugerir que a mensagem seja autêntica, não temos garantia *absoluta* de que tenha sido escrito por Topaz. Mas, considerando que ela faria contato conosco só quando tivesse informações *absolutamente vitais* sobre o inimigo, que fora sua instrução inicial, decidi mandar uma equipe para investigar essas coordenadas. Não preciso dizer que viajar 1793 anos para o passado, para o ano 27, é uma tarefa extremamente exaustiva, então só posso mandar quem tiver valor de primeira. — Galliana respirou fundo. — Designo Nathan Wylder...

— *Qui est le champion?* — Nathan deu um soco no ar. Seu sotaque francês era realmente impressionante.

— ... e Charlie Chieverley. — Charlie apenas assentiu sobriamente. — O líder do grupo...

— Suponho que serei eu? — interrompeu Nathan.

— ... será Jupitus Cole — concluiu Galliana.

Houve uma onda de burburinho. Impassível, Jupitus tomou com calma um gole do seu café. Alguns dos agentes mais velhos ao redor da mesa (em particular, o Dr. Chatterju e o *Signor* Gondolfino, o alfaiate) o contemplaram com uma pontada de inveja: quando o valor de um guardião envelhecia, ele raramente era convidado para o tipo de missão empolgante das quais participaram quando jovens.

Nathan levantou a mão.

— Comandante, não é um tanto incomum mandar um agente com a... — tomou cuidado para escolher as palavras — *experiência* do Sr. Cole para uma missão tão longe no passado?

— Se você está se referindo à idade dele — respondeu Galliana —, o valor do Sr. Cole foi testado ontem mesmo, e sua pontuação foi das mais altas, mais até do que as suas.

Nesse ponto, Jupitus não conseguiu esconder o sorriso satisfeito. Por mais que tentasse, Rose não conseguia esconder a admiração. Nathan ficou em silêncio. Nem ele ousava arrumar briga com a venerável guardiã.

— Vocês vão zarpar esta noite no *Hippocampus*, um navio mercante romano...

— *Hippocampus*... — repetiu Jake o nome para si mesmo. Parecia intrigante, familiar.

— Esta noite? — interrompeu Nathan. — Algum motivo para não podermos partir imediatamente?

— Um motivo importante, sim — respondeu Galliana, objetivamente. — O *Hippocampus* só chegará da oficina de Calais no final da tarde.

— Entendi — disse Nathan. — Estão dando uma caprichada... bom saber!

Galliana olhou para baixo e indicou pontos no mapa.

— Vocês vão usar o ponto do horizonte de Brest, contornar a Sardenha pelo leste e, de lá, seguir para as ilhas Eólias. Seu destino final é a ilhota de Vulcano. Está claro?

— Como água — respondeu Nathan.

Todos murmuraram em concordância, todos, menos Jake, que fitava o chão. Na primeira vez em que assistira a uma reunião, levantara a mão e se oferecera para participar da missão de Veneza. Sua oferta fora categoricamente rejeitada, de forma humilhante. Ele sabia que, se fizesse a proposta de participar agora, a rejeição, considerando a importância da missão, o enorme período a ser atravessado, sem contar seu fracasso em Estocolmo, seria ainda pior. Apesar disso, sua sede por aventura, sua necessidade de, no mínimo, fazer parte da missão para salvar Topaz, era forte demais. Ergueu o braço, hesitante, e falou com a voz mais grave que conseguiu:

— Posso dizer uma coisa, comandante?

Os Guardiões da História se moveram em seus assentos com certo desconforto. Apreensiva, Miriam olhou para o filho. Charlie se ocupou pegando outro brioche. Jupitus desviou o olhar para o teto.

— Comandante, estou ciente de que desonrei o serviço.

— Jake se dirigiu ao restante da sala: — Preciso confessar a todos que fui eu, e mais ninguém, o responsável pela perda do atomium em Estocolmo.

Alguns agentes sussurraram entre si.

— Desobedeci às ordens e cometi um erro pelo qual nunca vou me perdoar. Não até um dia, de alguma forma, consertar a situação. — Respirando fundo, reparou que sua mãe ficava cada vez mais angustiada. — Também estou ciente de que é uma missão perigosa e crucial, para a qual tenho certeza de que você me considera incapaz, mas imploro que me ofereça uma última chance de provar meu valor. Se me enviar nessa missão, dou a minha palavra, não irei decepcioná-la...

— Isso é ridículo! — interrompeu Jupitus, ficando de pé para enfatizar sua indignação. — Não só ridículo, é um insulto! Mostra uma completa falta de respeito pelo trabalho que fazemos aqui.

— Acalme-se, Jupitus. Não precisa fazer tempestade em copo d'água — disse Rose, tentando proteger o sobrinho.

— Estou perfeitamente calmo! — sussurrou Jupitus por entre os dentes, e prosseguiu: — Esse serviço secreto opera há décadas, há *séculos*, com sistemas rigorosos experimentados e testados. Nenhum agente sai em campo antes de passar por treinamento intenso e detalhado. E então esse *garoto* aparece e acha que pode ficar inventando suas próprias regras. Já desobedeceu às ordens quando se infiltrou na missão de Veneza...

— E, como resultado — interrompeu Alan, agora pronto para se juntar à confusão —, fez mais para deter Zeldt do que qualquer outra pessoa!

— Depois, se meteu na operação de Estocolmo — Jupitus continuou seu discurso —, fez uma bagunça, ameaçou nossa própria existência e agora tem a audácia de se levantar e se candidatar de novo. Não poderia ser mais eficiente em nos levar à destruição do que se estivesse trabalhando para Zeldt.

Agora, quase todos no salão estavam prestando atenção na discussão e emitindo opiniões em voz alta. Galliana não interrompeu, mas escutou com paciência.

Nathan se inclinou na direção dela.

— Comandante, me permite dizer uma coisa? Talvez eu possa resolver isso. — Galliana assentiu, concordando.

— Escutem... — Ele ficou de pé. — Prestem atenção, pessoal. — Quando queria falar sério, Nathan usava um charme e uma autoridade incompatíveis com sua idade, e conseguia fazer com que o respeitassem. Os guardiões pararam de falar.

— Talvez o Sr. Cole esteja certo, talvez Jake tenha desobedecido no passado, mas posso dizer que agiu de maneira impecável na Itália e na Alemanha, até mesmo na Suíça. Como informei à comandante, ele nos avisou de uma ameaça iminente, e eu acabei relegando sua importância. Invejo o talento natural que tem para fazer esse trabalho.

— Isso mesmo — acrescentou Charlie.

— E talvez essa *seja* a missão errada para Jake... na verdade, acho que é muito longe no tempo para ele... mas ainda é *incrivelmente* corajoso da parte dele se oferecer para participar.

— Isso mesmo. — Alan e Rose agora concordaram com Charlie.

— E não devemos esquecer, Sr. Cole... — disse Nathan, concluindo. — O senhor foi o homem que trouxe Jake para este nosso mundo perigoso, e acredito que devemos a ele um pouco mais de orientação.

Ficou claro pelo silêncio que se estabeleceu que todos concordavam com Nathan. Até Jupitus parecia estar arrependido. Respirou fundo, e se sentou.

Jake sorriu amigavelmente para Nathan, que piscou em resposta.

Galliana tomou o controle da situação novamente:

— Jake, Nathan Wylder está certo: você demonstrou muita coragem. No entanto, também concordo que essa missão não é certa para você. — Jake ficou vermelho quando Galliana olhou para ele antes de se voltar para os outros. — Agentes Cole, Wylder e Chieverley, o *Signor* Gondolfino vai levar vocês para tirar as medidas para as roupas.

— Aí está a dificuldade. — Nathan se virou para o homem ao seu lado. — A moda romana é um campo minado.

— Normalmente, não seria preciso dizer isso — concluiu Galliana —, mas devo pedir que vocês tomem o máximo de cuidado com a carga de atomium. Só temos estoque para umas poucas viagens. Vocês partem às sete da noite de hoje. — E ficou de pé, para indicar que a reunião tinha acabado.

Quando todos estavam saindo, Oceane Noire entrou, com a vastidão da saia do seu vestido flutuando para todos os lados e o cabelo preso em uma enorme colmeia.

— *Qu'est-ce que s'est passé?* O que aconteceu? Perdi alguma coisa? — perguntou às pessoas que tagarelavam ao deixar a sala.

Rose, perturbada pelos acontecimentos recentes, não conseguiu resistir a uma cutucada na antiga adversária.

— Sim, Jupitus vai viajar para uma linda ilha no mar Tirreno, e sem você!

Ela deu um sorriso breve e saiu quando a expressão de Oceane estava ficando amarga.

Jake voltou para o quarto e se jogou na cama. Felson se aninhou perto dele, apoiou a cabeça no joelho do garoto e lambeu sua mão.

Quando Jake recebeu aquele quarto depois da volta de Colônia, disseram que era o mesmo que seu irmão usava ao visitar o Ponto Zero. Jake revirou as gavetas e os armários em busca de algum sinal de Philip. É claro que, depois de três anos, os pertences dele tinham sido removidos ou enviados de volta para Londres, mas acabou encontrando algo. Presa embaixo da gaveta da pequena escrivaninha que ficava perto da janela, havia uma fotografia da família toda reunida no Natal: Jake, Philip, sua mãe e seu pai, todos sorrindo com alegria na cozinha dos Djones, em Greenwich.

Jake não mostrara a fotografia para os pais por medo de reavivar lembranças tristes, e guardava-a debaixo do colchão. Agora, tirou-a de seu esconderijo para examiná-la mais uma vez.

CIRCUS MAXIMUS

Philip era mais alto e maior do que o irmão. Na foto, aos catorze anos, já era bonito e confiante, e tinha um brilho aventureiro nos olhos. Um braço protetor passava ao redor dos ombros de Jake, enquanto ele olhava para o irmão mais velho com orgulho.

Houve uma batida leve na porta.

— É mamãe — anunciou Miriam baixinho. — Posso entrar?

Jake colocou a foto debaixo do cobertor rapidamente, logo antes de a porta se abrir e a mãe entrar.

— Como você está se sentindo, querido?

O garoto sorriu e assentiu. A mãe se aproximou e se sentou na cama.

— Você não está chateado por causa de Jupitus Cole, está?

Jake deu de ombros.

— Ele tem direito a ter sua opinião.

— Bem, ele tem muitas — concordou Miriam. — Seu pai e eu nunca prestamos muita atenção. — Ela respirou fundo. — Escute, querido, tenho más notícias... vamos ter que voltar para Londres.

— O quê? — Jake sentiu o estômago dar outro nó.

— Podemos ficar mais uns dias, mas precisamos fazer as malas... nós três e Rose. O capitão Macintyre concordou em nos levar no *Escape*.

— P-Por quê? — gaguejou Jake.

— Por quê? Porque você precisa voltar para a escola, para os seus amigos. Precisamos voltar para o trabalho. As pessoas estão esperando seus banheiros. Os canos entupidos de Dolores Devises precisavam ter sido consertados três semanas atrás.

O rosto de Jake ficou tempestuoso.

— Quando conheci Jupitus Cole, ele disse que não fazia sentido ir à escola, que *o mundo era o lugar para se aprender.*

— Olha, você sabe, é só mais uma das opiniões que ele tem...

— E sua loja de peças para banheiro é um desastre. Só seus amigos compram coisas lá, por pura pena, e a maioria precisa mandar consertar de novo depois da instalação. — Jake mordeu a língua e sentiu-se péssimo na mesma hora, mas não tinha como retirar as palavras já ditas.

Miriam suspirou. Esticou o braço e segurou a mão do filho.

— Sei que tudo isso parece empolgante para você. E é empolgante, é uma montanha-russa, mas também é perigoso, muito perigoso. Eu não iria aguentar se alguma coisa acontecesse com você.

— Só por causa do que aconteceu em Estocolmo?

— Não! Decidimos voltar para casa antes até de você ir para lá. Queríamos te contar ontem à noite, mas não pareceu a hora certa. Jake, você não pode ficar aqui. Nenhum de nós pode.

Jake olhou, irresoluto, para as mãos, com o rosto vermelho.

— Não é justo. Vocês tiveram a *sua* chance, viajaram por toda a história, foram para todos os lugares...

Miriam notou que algo aparecia sob o cobertor. Puxou a foto. Assim que viu o que era, seu rosto congelou de alegria... e ao mesmo tempo com uma dor insuportável. Ela fitou o filho mais velho, que estava de braços dados com Jake, sorrindo, muito feliz. Demorou um tempo até falar outra vez.

— Veja o estado dessa árvore de Natal — murmurou, finalmente, tentando trazer um pouco de leveza para o momento.

CIRCUS MAXIMUS

— A obsessão do seu pai por esses enfeites brilhosos é quase um crime.

Devolveu a foto para Jake e limpou as lágrimas do rosto. Beijou-o na bochecha e ficou de pé.

— Sinto muito, querido, temos que ir embora na sexta — disse, e saiu do quarto, fechando a porta.

5 O *Hippocampus*

Quando o sol estava se pondo atrás da montanha, um sino soou para anunciar a partida dos agentes. Jake estava nos estábulos, onde passara a maior parte da tarde com a elefanta de Oceane, agora batizada de Dora, e os outros animais do circo. Em troca de maçãs, Dora mostrou alguns truques para Jake, como equilibrar uma bola na tromba e ficar de pé nas patas traseiras. Os dois criaram ligação imediata.

Antes disso, Jake passara a maior parte do dia sozinho, evitando companhias. Sentia-se desesperadamente triste, como se não pertencesse mais àquele lugar. Naquela manhã, depois da medição de roupas, Charlie e Nathan o convidaram para participar de um treino com espadas no arsenal. Jake disse que não estava com vontade e que precisava levar Felson para dar uma volta.

Quando o sino tocou, se perguntou se teria coragem de descer e se despedir dos outros.

— Você não tem escolha — acabou por dizer para si mesmo, e desceu o longo caminho que levava ao cais.

CIRCUS MAXIMUS

Enquanto descia os degraus, avistou um pequeno grupo de pessoas que já estava reunido lá. Algumas carregavam lampiões, e havia um clima de empolgação. O navio para o qual estavam olhando era bem simples, bastante diferente do resto da frota dos guardiões. O casco era de madeira clara e manchada pelo sol; a proa era inclinada, como um barco viking, e havia duas velas quadradas listradas de creme e azul. Uma era bem grande e ficava presa ao mastro principal (junto com uma vela de gávea triangular); a outra era bem menor e ficava em cima da proa. Na popa, havia uma estrutura de madeira, delicada e quadrada.

Enquanto Jake observava, uma sensação peculiar tomou conta do seu corpo: sua mente se encheu de imagens curiosas, como luz do sol brilhante batendo em uma baía cheia de palmeiras, pilhas de velhas ânforas, uma nuvem de incenso doce soprando no vento quente.

— Incenso? — falou consigo mesmo. — Quando senti o cheiro de incenso?

O navio lhe parecia familiar, como se já o tivesse visto em sonhos.

— Aí está ele — exclamou Rose, e abriu os braços. — Já estávamos indo procurar você.

Ela vinha acompanhada de Miriam, Alan, Galliana e o *Signor* Gondolfino, envolto em uma capa elegante para se proteger do frio da noite. Oceane Noire estava distante dos outros, com ar esnobe, o filhote de leão ao lado, usando sua nova coleira de diamantes.

— Tudo bem, querido? — perguntou Miriam a Jake, esperançosa.

Ele assentiu e continuou a observar o navio. Seu nome estava inscrito em letras apagadas no casco.

— *Hippocampus?* — disse baixinho, para si mesmo. Ainda parecia familiar. — O que é um hipocampo? — perguntou ao pai.

— Fato interessante. — Alan bateu palmas. — *Hippocampus* é cavalo-marinho em latim, mas é *também* o nome da parte do cérebro que tem a ver com a memória.

Jake voltou sua atenção para a proa; imediatamente, outras imagens vívidas surgiram em sua cabeça, de balanças entalhadas em madeira e rubis brilhantes. Assim que a visão se formou, ele viu a carranca se curvando para cima na frente do navio, uma criatura com pescoço comprido e escamas e olhos vermelhos brilhantes. Foi inquietante; a visão fora muito nítida.

— Por que reconheço esse navio? — perguntou aos pais.

Fora de vista, pelas suas costas, Miriam agarrou a mão do marido.

— O quê, querido? — perguntou.

— Esse navio não estava aqui quando vim para o Ponto Zero pela primeira vez. Galliana disse que estava na oficina em Calais. Então, por que me parece familiar?

Rose, Alan e Miriam sorriam de nervoso, perplexos.

— Já sei! — disse Miriam. — O museu marítimo em Greenwich. Lembra que fomos lá ano passado? Tem uma miniatura igualzinha.

— Isso mesmo — concordou Alan, assentindo com entusiasmo.

Jake sempre sabia quando seus pais estavam mentindo. E sentiu que esta era uma dessas situações. No entanto, não havia tempo para investigar a questão, pois os três agentes estavam descendo os degraus da escada para partir.

— Ah, minha nossa — disse Rose, surpresa. — Olhem aquelas pernas!

Se referia a Jupitus, que liderava o grupo. Ele usava uma túnica que ia da cintura até os joelhos e deixava à mostra pernas fantasmagoricamente pálidas e compridas. Nos pés, calçava sandálias, e carregava uma bolsa de couro nas costas. Rose não conseguiu parar de rir. Jupitus estava todo tenso e constrangido usando um traje tão informal. Por motivos muito diferentes, Oceane também lutava para aceitar a visão. Deu o sorriso mais encorajador que conseguiu e até bateu palmas de leve, mas estava claramente constrangida. Se o mundo fosse do seu jeito, Jupitus jamais tiraria a calça e a casaca feitas sob medida, mesmo para ir dormir.

Atrás dele, Charlie parecia bem mais à vontade, com um traje similar e Mr. Drake equilibrado alegremente no ombro. Nathan vinha atrás, ostentando um traje típico. Por cima da túnica, usava um peitoral dourado e uma saia de tiras grossas de couro. Do elmo em sua cabeça, também dourado, saía uma pena vermelha. Ver Nathan usando uma roupa tão incrível provocou muita inveja em Jake. Seus colegas partiriam para uma aventura no antigo mundo romano, um lugar empolgante, cheio de gladiadores e carruagens; de conquistadores, imperadores e exércitos; de termas romanas e teatros; um lugar que Jake só veria em sonhos, enquanto partia para Londres, que sem dúvida estaria úmida e chuvosa — e de volta para a escola.

— Caso você esteja preocupado — disse Nathan, arrastando as palavras, ao ver Jake —, este é só meu traje de despedida. Nada está certo. — Jake não estava nem aí para o traje, mas Nathan continuou mesmo assim: — Sabe, as tiras de couro são, na verdade, da Trácia — apontou para a saia —, e o peitoral é anterior ao Império. Mas e daí?

— Exatamente — concordou Jake, sem prestar atenção. — É um traje e tanto.

— Então quer dizer que você vai nos deixar? — disse Nathan, de repente. — Charlie e eu não estamos nada felizes com isso. Chegou mais perto e sussurrou: — Tentamos convencer seus pais de deixá-lo aqui, mas eles parecem estar bem decididos.

— Ah, você sabe — murmurou Jake —, já perdi três semanas das aulas de história.

— Que engraçado... — respondeu Nathan. Charlie se juntou a eles. — Eu queria te dar isto...

Nathan entregou a Jake uma espada com bainha. Os olhos de Jake se iluminaram; era a mesma arma cintilante, com cabo em forma de dragão, que pedira emprestada na sua primeira viagem com os guardiões à Veneza de 1506. Na época, Nathan recusou. Agora, estava lhe dando de presente.

— Tem certeza? — disse, perplexo, e recebeu a arma com cautela, admirando o lindo objeto.

— Mas você só pode ficar com ela se prometer que vai voltar.

Jake assentiu com entusiasmo e pensou que ia chorar de novo.

— E eis um presentinho meu e do Mr. Drake... — Charlie lhe entregou uma bolsa de couro. Ao abri-la, Jake encontrou uma coleção de barbas e bigodes. — É meu kit extra. Achei que devia ficar em boas mãos.

Jake passou os braços ao redor de Charlie para agradecer, fazendo Mr. Drake gritar e inflar as penas. Em seguida, se virou para Nathan e lhe deu um abraço de urso.

— Encontre Topaz, tá? — sussurrou no ouvido do amigo.
— E, seja lá para onde você for, fique de olhos abertos para ver se encontra Philip.
— Faremos o melhor possível — prometeu Nathan, resistindo à vontade de ajeitar as roupas.
Com expressão séria, Galliana entregou a Jupitus a caixa que continha o atomium e a Taça do Horizonte.
— Guarde em segurança e tome cuidado — orientou, ainda segurando a caixa. Ele assentiu, e recebeu o objeto, com cuidado.
— Todos a bordo! — gritou Jupitus, caminhando em direção à prancha de embarque.
Oceane correu atrás dele dramaticamente, arrastando Josephine com ela.
— Você vai me escrever, não vai? Só um Meslithzinho de tempos em tempos? — Jupitus concordou com um aceno breve. — E vou começar os preparativos para o casamento! Eu estava pensando em *un thème classique*, com muitas ninfas e sátiros e metros de tule de seda. Que tal? — Ele assentiu de novo. — Boa sorte, *mon amour*! — Oceane se inclinou para a frente e deu um beijo na bochecha dele.
Jupitus olhou para a leoa com frieza.
— Tome cuidado com essa coisa, por favor. — Antes de pular a bordo do *Hippocampus*, se virou e procurou Rose no cais. Seus olhos se demoraram nela por um minuto, o que a fez ficar paralisada de choque, mas ele logo gritou de novo: — Todos a bordo!
Charlie e Nathan subiram pela prancha; Nathan fez um discurso curto "improvisado", e partiram. Jake estava infeliz. Desejava sair correndo pelas pedras e pular no navio, mas sabia

que não era possível. Apertou os dois punhos até ter as emoções sob controle de novo.

Rose lutava secretamente contra um impulso similar de pular a bordo. Desde que Jupitus anunciara o noivado com Oceane, ela afastara qualquer pensamento romântico para o fundo da mente. Mas a expressão que ele tinha acabado de lhe fazer trouxera tudo à tona. Girou furiosamente as pulseiras enquanto o navio se afastava. Em pouco tempo, as velas listradas de azul e branco estavam bem distantes no mar.

Jake observou o *Hippocampus* até parecer apenas uma forma indistinta no horizonte. Então, envolvido por uma névoa, o navio desapareceu, junto com suas esperanças e sonhos.

— O *Hippocampus*... — repetiu para si mesmo. — Tenho certeza de que já vi aquele navio antes.

O sino na torre do relógio bateu as duas horas. Com Felson ao lado e um lampião na mão, Jake andou pé ante pé pelo corredor até a sala de comunicação. Verificou que ninguém estava observando e entrou. As mesas onde os decodificadores ficavam estavam vazias; a máquina Meslith principal, o *núcleo Meslith*, como era conhecido, estava dentro de uma caixa de vidro no meio da sala, duas penas com tinta sobre rolos vazios de pergaminho, esperando a próxima mensagem da história.

— Por aqui — sussurrou para o cachorro ao seguir para a porta do outro lado. Abriu-a cuidadosamente e entrou.

Ergueu o lampião, lançando luz sobre o aposento comprido e abobadado, ocupado do chão até o teto com prateleiras de antigos livros de capa de couro. Lembrava o escritório de Londres abaixo do Monumento, com a sucessão de mesas firmes

CIRCUS MAXIMUS

adornadas com globos. Mas esses aqui só eram iluminados pelo luar que entrava através das claraboias.

Depois da missão de Veneza e Alemanha, e antes do fracasso de Estocolmo, Jake passou duas semanas no Ponto Zero conhecendo a ilha e todos os seus segredos um pouco melhor. Mostraram-lhe a câmara de testes, um aposento com paredes cobertas de tapeçarias e uma enorme quantidade de equipamentos científicos, onde o valor de um agente podia ser analisado e avaliado, e a câmara de ataque, um labirinto de escadarias em caracol e passagens de pedra em que exercícios de treinamento eram realizados. Essa câmara, que se alcançava pelo arsenal, fez Jake lembrar-se de um trem-fantasma no parque de diversões, com flechas voando, espadas caindo e bonecos "inimigos" de tamanho real pulando ou saindo do chão.

Jake também descobriu os arquivos, onde ficavam os registros; não só livros contendo todas as missões e viagens feitas, mas também relatos precisos do tempo ao longo da história, assim como tabelas de marés, de fases da lua, do nascer e do pôr do sol, estatísticas de população e várias outras informações. Ali, você poderia encontrar, por exemplo, quantas pessoas moravam em Cadiz em 1740, quanto o verão lá foi quente e o que se comia no almoço.

Foi nessa sala que Jake e Felson, depois que todos se recolheram, agora entraram. Como foi rejeitado para a missão, Jake decidiu criar uma para si: descobrir mais sobre o *Hippocampus*, por que lhe parecera tão familiar e por que seus pais lhe deram respostas tão evasivas sobre o assunto.

Na extremidade da sala ficava a sessão das viagens pelo mar: que navios foram usados e para quais destinos. Os livros, com lombadas impressas com o símbolo dos Guardiões da História, planetas girando ao redor de uma ampulheta, estavam arrumados em ordem alfabética. Uma série de doze pertencia ao *Barco Dorado*, mais quinze ao *Campana*, uns vinte ao *Conqueror*, e assim por diante. Um parecia se destacar dos outros: era o último da série dedicada ao *Escape*, o barco no qual ele viajara pela primeira vez, de Londres, naquela jornada fatídica em que descobriu que podia viajar pelo tempo. Pegou o livro e folheou cada página coberta de letras lindamente desenhadas. A última parte despertou um sorriso em seu rosto: no final da lista de nomes de passageiros, *Jupitus Cole, Charlie Chieverley, Topaz St. Honoré* etc., etc., havia o nome dele, *Jake Djones, catorze anos. Estou indo embora do Ponto Zero*, pensou Jake, *mas aqui está a prova, preto no branco, de que sou um Guardião da História.*

Guardou o livro e encontrou os registros do *Hippocampus*, compostos apenas de seis volumes. Jake pegou o primeiro e passou os olhos pelas páginas. Não havia nada além de uma sucessão de nomes que não conhecia. O segundo não continha nada de diferente. No terceiro, o nome de Galliana Goethe apareceu várias vezes. No quarto, encontrou o de Jupitus Cole e, para a surpresa de Jake, seu sobrenome. Alan, Miriam e Rose estavam todos lá, viajando separados ou juntos à Macedônia, Pérsia, Numídia, Óstia e até uma viagem a Londinium, como Londres era chamada na época do Império Romano. Ao lado de cada registro havia a idade do agente na época. Era estranho para Jake imaginar seus pais quando tinham só dezessete ou dezoito anos. Como deviam ser diferentes.

O quinto volume revelou mais nomes desconhecidos, mas, na segunda página do sexto livro, Jake levou um choque. Listado entre os passageiros de uma missão a Cagliari, na Sardenha, no ano 121 d.C. estava *Philip Djones, catorze anos*. Jake passou o dedo pela inscrição, tentando se conectar ao irmão desaparecido. Observou cuidadosamente os outros registros, mas aquela era a única menção a Phillip.

Jake estava devolvendo o livro à prateleira quando Felson rosnou baixinho, fitando a extremidade do aposento.

— O que foi? — perguntou Jake.

Rosnando mais alto, o cachorro repuxou os lábios e mostrou os dentes afiados. Uma mesa foi arrastada no chão da sala de comunicação. Assim que Jake começou a procurar um lugar para se esconder, ouviu o barulho de alguém abrindo a porta. Por um segundo, o visitante parecia um fantasma. Mas logo Jake percebeu que era um animal; teve um vislumbre de pelo dourado-escuro. A criatura caminhou até entrar em seu campo de visão, uma leoa filhote com uma expressão ameaçadora nos olhos. Josephine parou ao ver Jake e seu companheiro. Houve um momento de gélido silêncio; então, rosnando baixo, a leoa avançou na direção deles. Felson também se moveu, colocando-se à frente, para proteger seu dono, olhos apertados e dentes à mostra.

— Fique aqui. Bom menino — ordenou Jake baixinho, observando a sala rapidamente, em busca de outra saída.

Não havia nada além de prateleiras. Então, sem aviso, tudo aconteceu ao mesmo tempo: Josephine avançou, Felson a interceptou, a leoa atacou-o com suas patas gigantes; ambos caíram no chão em um emaranhado de galhos, rosnando, completamente selvagens.

— Felson! — gritou Jake, apavorado, e correu para detê-los quando o cachorro soltou um uivo.

Nesse momento, outra voz se impôs, ressoando alta e volumosa pelo aposento:

— Josephine, *arrête*! — Oceane Noire apareceu. — *Arrête tout de suite!* — gritou. Carregava um livro velho, que arremessou na leoa. Josephine soltou Felson com relutância. Oceane, com um lampião na altura do rosto, não reparara em Jake, a princípio. — O que está acontecendo? — perguntou para sua leoa de estimação. — Por que esse cachorro idiota está aqui? — Ao puxar Josephine pela coleira de diamantes, reparou em outra pessoa, meio escondida atrás de um globo. — Você? — disse, um tanto tensa.

— Você devia manter seu animal sob controle — respondeu Jake com firmeza, passando o braço ao redor de Felson, que tremia de medo.

— Esse seu vira-lata deve tê-la assustado. Ela é sensível, sabe, como um bebê. — Oceane passou a mão pelas costas da criatura. — Aliás, o que você está fazendo aqui?

— Eu poderia fazer a mesma pergunta a você — respondeu Jake, ajoelhando-se para pegar o livro. Era um pequeno volume, grosso, com uma palmeira entalhada na capa de couro.

— Me dê isso — ordenou Oceane, que, irritada, deu um passo para a frente e arrancou o livro da mão de Jake. Abriu um sorriso azedo ao enfiá-lo na bolsa. — Até onde eu sei, esse local é público — disse, com sarcasmo. — Quando não consigo dormir, acho muito tranquilizador vir aqui e ler os registros antigos.

Jake achou difícil acreditar nisso, mas não fez comentários.

— Bem, vou deixar você à vontade. — Jake passou por ela, com Felson grudado ao seu lado, e seguiu em direção à porta.

— Ouvi falar que você e sua *família* — Oceane conseguiu fazer até essa palavra parecer insultante — vão voltar para Londres... Boa sorte — disse praticamente sussurrando.

— *Bonne nuit, mademoiselle.* — Jake assentiu educadamente e saiu. — *Boa sorte?* — repetiu para si mesmo enquanto atravessava a sala de comunicação. O encontro todo fora absurdo, mas o comentário de despedida de Oceane lhe dera um arrepio na espinha. — Ela está tramando alguma coisa. Estou pressentindo.

6 Catástrofe na Sicília

A partir do momento em que Jupitus, Nathan e Charlie chegaram ao ponto do horizonte nos mares calmos dos anos 1820, perceberam que tinham um problema. Quando os anéis do Constantor estavam alinhados, todos sentiram como se uma bomba tivesse explodido dentro de seus corpos; como se a pele e os ossos tivessem sido arrancados e lançados em todas as direções. Em geral, a sensação era dramática, mas empolgante; nessa ocasião, fora nauseante e violenta. Em um segundo, flutuavam em um vácuo de negrume, e, no seguinte, espiralavam para o oceano como um avião em queda livre, disparando na direção uns dos outros numa velocidade assustadora.

Quando tudo acabou e haviam recuperado a consciência, no convés do *Hippocampus*, perceberam que seus problemas estavam apenas começando.

Os três olharam ao redor, apavorados. Chegaram aos mares do ano 27... em meio a um ciclone.

CIRCUS MAXIMUS

O Mediterrâneo era uma grande massa desordenada de colinas negras de onde deslizava uma espuma branca; o céu estava escuro e pesado como chumbo. Parecia ser noite no mundo inteiro, mas Charlie viu ao longe áreas de luz enevoada — o sol descia na direção do horizonte.

— Cuidado! — gritou Jupitus no meio da confusão, seus olhos arregalados de terror.

Charlie e Nathan se viraram e viram um abismo se abrir abaixo deles. O grande mastro se inclinou e rachou, e o navio inteiro mergulhou na vala. Os agentes se agarraram à amurada quando uma onda colossal quebrou em suas cabeças e se espalhou pelo convés, encharcando-os imediatamente.

— Para onde? — soou a voz de Nathan, acima da tempestade.

Estava ao leme, as pernas afastadas para manter o equilíbrio. Dos três, era o que parecia mais calmo, mas havia medo em seus olhos.

Jupitus tentou se equilibrar para abrir o mapa preso em sua mão. Subitamente, o navio deu outro solavanco; o mastro se balançou de um lado para outro como um gigantesco metrônomo. Jupitus perdeu o equilíbrio e caiu no convés. Quando se levantou, houve outra guinada violenta, acompanhada do uivo do vento. O mapa foi arrancado de suas mãos e voou. Nathan reagiu rápido como um relâmpago: subiu no leme e agarrou o mapa no ar.

Jupitus, com olhos vermelhos e o rosto meio verde, seguiu com dificuldade até o leme. Não sofria apenas pela náusea, mas também pela culpa. Como líder do grupo, era seu dever verificar os registros do tempo antes de partirem. Não eram sempre precisos, principalmente em um ano tão distante, mas deveriam mencionar uma tempestade daquela magnitude. A verdade era que ficara tão preocupado com a ideia de partir naquela missão distante no passado, depois de tantos anos, que se esquecera completamente de verificar o tempo. Sabia que Nathan e Charlie o apontariam como culpado.

— Posso sugerir, senhor — gritou Nathan por cima do barulho do vento —, baixar a vela principal? O motor vai ser mais eficiente do que o vento. — Jupitus assentiu. — Charlie... — Nathan fez um gesto para indicar o que queria dizer.

Charlie começou a soltar cordas encharcadas e baixar a vela principal. Mr. Drake, que se refugiara no interior do convés assim que chegaram, o observou por uma escotilha com uma expressão miserável.

Nathan abriu o mapa sobre o leme. Apesar de encharcado, tinha uma cobertura fina de cera que o protegia da água, e as formas das áreas de terra firme ainda estavam discerníveis.

— Estamos aqui... — indicou uma estrela no meio do mar, o símbolo do ponto de horizonte pelo qual tinham acabado de viajar. — Vulcano fica aqui — apontou para uma pequena ilha, a primeira no mapa; então, fez um gesto vago sobre o mar —, nessa direção. Infelizmente, também parece ser onde está o pior da tempestade. — Ele estava certo; havia nuvens negras enormes e tomadas de pulsações de relâmpagos. — Sugiro que sigamos para o sul, para Messina, na costa norte da Sicília. Lá tem um farol que pode nos guiar.

— Sim — concordou Jupitus, sombriamente —, siga para Messina.

— Mudando coordenadas para sul, sudeste — gritou Nathan para Charlie enquanto girava o leme. O navio começou a mudar de direção.

Jupitus baixou a cabeça e murmurou:

— Me desculpem, é minha culpa.

Nathan o ouviu claramente, apesar do vento e da chuva, mas decidiu se divertir um pouco.

— O que foi? O que você disse?

— Eu pedi desculpas — repetiu Jupitus, arrasado de vergonha.

Nathan sorriu e manteve os olhos à frente. Naquele momento, o *Hippocampus* surfou outra onda enorme e mergulhou em um abismo. Jupitus se agarrou com toda a força, mas, quando o navio se endireitou novamente, parecia um homem morto. Não conseguia mais controlar o enjoo, seu estômago se rebelou, e os restos do fettuccine Alfredo, preparado uma hora antes por Charlie para colocá-los no *espírito italiano*, foram embora pela mesma via em que entraram. Nathan se abaixou e observou horrorizado todo aquele conteúdo ser levado pelo vento.

O *Hippocampus* e a tripulação seguiram em frente; a tempestade em seus calcanhares. O sol se pôs no horizonte, e a escuridão parecia amplificar o rugido ensurdecedor da tempestade. Depois de cinquenta minutos horríveis e nervosos (o navio chegou a ser atingido por tanta água que chegou a ameaçar afundá-lo), finalmente viram um piscar de luz ao longe.

— Ali, o farol — disse Jupitus, fraco, erguendo a cabeça sobre a amurada. Ainda estava vomitando, embora agora só bile e muco. — Acho que o pior já passou — murmurou, referindo-se tanto à tempestade quanto ao seu estado de saúde.

Mas ele estava errado. O pior não tinha nem *começado*.

Seguiam a caminho do porto de Messina, cujas luzes piscantes agora estavam visíveis, junto com os brilhos intermitentes do farol, quando o vento parou de repente e as ondas diminuíram. Jupitus ergueu o olhar para o céu com esperança, seguro de que sua profecia tinha se tornado realidade. Conseguiu ficar de pé sem apoio pela primeira vez.

Na popa, Charlie reparou no silêncio; não um silêncio *calmo*, mas um silêncio tenso e denso, que encheu seus ouvidos. Mr. Drake pareceu ter a mesma sensação, pois balançava a cabeça, tentando desentupir o ouvido. Naquele momento, Charlie viu uma forma incomum se erguer bem atrás deles. Pegou o telescópio e observou, forçando os olhos para ver na escuridão.

— Pelas barbas do profeta! — gritou. Tinha visto uma coisa parecida dois anos antes, em uma viagem à velha Nova Orleans com Nathan e Truman Wylder (mais memorável pelo número de plugues de ouvido que teve que usar, com os dois americanos gritando um com o outro o dia todo). Era o mesmo tubo contorcido, a mesma coluna giratória de água e destroços. — Ciclone! — gritou para os outros, mas a palavra ficou engasgada. — Ciclone! — tentou de novo. — Chegando pelo norte.

Nathan e Jupitus se viraram ao mesmo tempo para observar a aparição. Estava se aproximando deles; um tubo estreito de água, como uma corda luminosa gigantesca, que avançava, recuava e avançava de novo.

— Está vindo direto para cima de nós — disse Nathan, ofegante. Olhou para a frente, aplicou força total e acelerou.

As ondas recomeçaram a subir mais uma vez, subindo e quebrando em todas as direções. A calmaria foi substituída por um silvo agudo, apavorante, depois por um rugido grave, seguido por um som que lembrava um galope, e acabou virando um estrondo sobrenatural quando o monstro acelerou repentinamente na direção deles. Charlie e Jupitus colocaram as mãos sobre a cabeça, sem conseguir aguentar a pressão. Ao olhar para cima, viram, apavorados, um vórtice colossal de água subindo do mar furioso e girando a 480 quilômetros por hora.

— Segurem-se, todos! — gritou Nathan, agarrando-se ao elmo, de cabelo em pé.

Enquanto Charlie se agarrava à amurada com toda sua força, Jupitus andou pelo convés e desceu os degraus.

— Eu não aconselharia isso, senhor. Se o navio afundar, o senhor afunda junto — gritou o americano.

— O atomium está lá embaixo, e a máquina Meslith! Sem os dois, não temos chance! — gritou Jupitus, descendo a escada até a cabine principal.

Avistou a máquina Meslith, pegou uma capa de Nathan nas costas de uma cadeira e envolveu o dispositivo com ela. Olhou ao redor em busca da caixa com o atomium, mas não parecia estar ali. O navio se inclinou em um ângulo louco, e Jupitus voou para o lado, batendo com os joelhos na moldura da porta. Ao se levantar, o *Hippocampus* deu outra sacudida. Ele tentou voltar, mas caiu por outra porta na segunda cabine e bateu a cabeça na parede oposta.

Quando o navio começou a se endireitar, a caixa estava no chão, aberta, com um pequeno frasco de atomium e a Taça do Horizonte prateada no interior aveludado. Ainda segurando a máquina Meslith, Nathan pegou a caixinha e subiu os degraus cambaleando até o convés.

Ao mesmo tempo, o olho do ciclone deslizou bêbado pelo mar, dirigindo todo seu poder de destruição para o abalado *Hippocampus*. A sucção começou: uma lona largada sobre o convés foi puxada para o funil, seguida por um balde de madeira.

E então a estrutura inteira começou a tremer ao ser erguida da água. Jupitus passou os braços ao redor do mastro. De repente, houve um barulho horrível de madeira se quebrando, e o mastro se partiu em dois. A parte de cima saiu voando para o céu tempestuoso, levando a vela principal junto. E quando ela se foi, as cordas se enrolaram nas pernas de Jupitus e o puxaram para cima. Foi virado de cabeça para baixo quando a parte de cima do mastro começou a subir, esticada como um cabo de guerra entre o ciclone e o mar.

Nem Nathan nem Charlie já tinham visto algo parecido: era uma batalha dos elementos, o tempo contra a gravidade, e Jupitus no epicentro.

Um grito, um palavrão longo e desaforado, acompanhou a caixa de atomium, que, arrancada das mãos de Jupitus, saiu girando pelo vórtice. Em seguida, sumiu, engolida pela tempestade. Ele se agarrou ao emaranhado de cordas, as bochechas tremendo e os olhos vermelhos. E então, da mesma forma repentina que surgira, o ciclone desapareceu, e Jupitus foi depositado de volta no convés. Charlie observou horrorizado quando o mastro quebrado caiu em cima dele.

Nathan ficou olhando, seu rosto pálido. Uma das pernas de Jupitus estava dobrada para trás, e seus olhos estavam fechados. Ele não parecia estar respirando.

Jake se forçava a comer um croissant de amêndoas quando a chocante notícia do ano 27 chegou. Estava sentado no canto da sala de Galliana, usando o uniforme da escola. Era horrível vestir aquela calça áspera de novo; tinha se acostumado à sensação confortável das calças que usava no Ponto Zero. Estava quase começando a entender a paixão de Nathan por roupas.

Partiriam para Londres em trinta minutos, e Rose havia preparado apressadamente um "café da manhã de despedida" nos aposentos da comandante. Era um evento refinado, todos conversavam uns com os outros educadamente, passando pratos de doces. Rose, Alan e Miriam, espremidos em um divã, vestiam agora roupas modernas: o pai de Jake com a calça de veludo que era sua marca registrada e a mãe com um suéter velho de lã. Ao lado deles, havia um objeto familiar: a mala vermelha que Jake encontrou assim que chegou. Truman e Betty Wylder, os pais de Nathan, também haviam se juntado ao grupo, junto com o *Signor* Gondolfino e vários outros. Oceane Noire recusou o convite, alegando estar com enxaqueca, o que deu oportunidade para todos fofocarem sobre ela e sua *leoa ridícula*. Jake não contara a ninguém sobre seu encontro com elas duas noites antes — e agora que estava indo embora do monte Saint-Michel, não parecia haver necessidade de falar.

Resolveu observar o aposento. Já tinha estado lá uma vez, junto com Rose, para tomar um chá, pouco depois de voltar de Colônia. Ficara hipnotizado pelos armários de vidro, repletos de objetos dos mais variados momentos históricos, desde relógios velhos a estatuetas de jade e ossos de dinossauro. Naquela ocasião, após a insistência de Rose, Galliana pegara um violino em uma caixa, um Stradivarius antigo e reluzente, e tocara uma composição de Bach. Embora fosse uma violinista excepcional, a música encheu Jake de tristeza: Philip também tocava violino. Era apenas uma de suas muitas habilidades, aprendida, ao que parecia, sem grande esforço.

Jake viu o violino sobre a mesa de jantar de Galliana. Virou-se e olhou pela janela. No píer, o *Escape* estava sendo preparado para a viagem.

Miriam contara a Jake que chegariam em casa exatamente duas semanas depois da data em que haviam saído de Londres, no final de fevereiro, logo depois do recesso bimestral. Ele ficava horrorizado só de se lembrar da escola. Não conseguia deixar de lado o que Jupitus Cole pensava sobre o assunto: *Talvez queira ficar naquela sua escola chata e insípida. Dia após dia de estudo tedioso. Datas e equações... Para quê? Para passar em algumas provas sem sentido? Para ser recompensado com um emprego cansativo e sem graça e depois ter uma morte lenta e sem sentido?*

Jake nunca esquecera essas palavras, que agora o assombravam mais do que nunca. Enquanto se perguntava se ousaria contar suas aventuras a algum dos colegas, a porta dupla foi aberta repentinamente. Um decifrador de códigos entrou correndo, procurou Galliana, e lhe entregou, esbaforido, um pergaminho.

Galliana colocou os óculos e o examinou.

— O que foi? — perguntou Rose. Galliana lhe passou a mensagem, e Rose leu em voz alta: — *O* Hippocampus *afundou; o atomium se perdeu...* — Os guardiões se olharam, preocupados. — Minha nossa, isso não parece bom... *Enviem reforços ao porto de Messina, urgente!* — Sua expressão desmoronou quando chegou à última parte: — *Jupitus em estado crítico...* Crítico?

Alan pegou a mensagem e colocou os óculos para ler. Miriam espiou por cima do ombro dele.

— Messina? — perguntou. — O que aconteceu com Vulcano?

Estavam todos intrigados.

Jake quase engasgou com o croissant. *Enviem reforços*. Ouvira essa frase claramente. Teve vontade de levantar a mão e se candidatar imediatamente, mas achou que seria melhor ficar quieto. Ele, porém, sentou-se mais ereto e olhou para cada pessoa com atenção.

— O que você gostaria que eu fizesse, comandante? — perguntou o decifrador de códigos. — Devo chamar todos os agentes para a sala de reuniões?

Galliana franziu a testa enquanto avaliava as opções.

— O problema é a distância — refletiu. — O ano 27 seria muito para qualquer um de nós sem um diamante jovem para nos carregar.

Jake não falou em voz alta, mas pensou: *Eu sou um diamante jovem! Me enviem, eu levo vocês.* Mas ninguém estava olhando para ele.

A comandante acabou se virando de novo para o decifrador.

— Peça ao Dr. Chatterju para preparar a câmara de testes e reunir todos os agentes qualificados em meia hora. Vamos ver quem tem o valor mais forte.

Valor, Jake agora sabia, se referia à capacidade de um agente de viajar pelo tempo, sendo que os que tinham valor mais forte conseguiam viajar para mais longe (assim como dar suporte, ou *carregar*, os agentes de valor mais fraco). A regra geral era que o valor era mais forte nos jovens, particularmente quando eram diamantes. (Cada guardião conseguia ver uma forma na escuridão quando fechava os olhos. Jake, assim como o restante da família, via diamantes, embora muitos agentes só vissem quadrados ou formas irregulares.)

Galliana se virou para Miriam, Alan e Rose.

OS GUARDIÕES DA HISTÓRIA

— Odeio fazer isso, mas talvez tenha que pedir que adiem sua viagem. — Imediatamente, Jake sentiu uma onda de empolgação pelas possibilidades que se abriam. — Eu não gostaria de enviá-los em uma missão perigosa — prosseguiu Galliana —, mas talvez vocês devam considerar uma missão de rotina para entregar atomium. Vocês se importariam de passar pelo teste junto com todo mundo?

Alan e Miriam se entreolharam com incerteza, depois deram de ombros.

— Bem, não podemos deixá-los presos lá, podemos? — disse Miriam, sem grande convicção, lançando um olhar preocupado na direção de Jake.

— Se eu puder — declarou Rose com muito mais entusiasmo —, pode contar comigo!

— Que bom — disse Galliana, tirando os óculos e se preparando para sair. — Vejo vocês daqui a pouco. Preciso descer até a sala de comunicação.

Jake ficou de pé na esperança de que ela percebesse que *ele* era a melhor aposta. Mas ela o ignorou. Saiu junto com o decifrador, sob uma aura de preocupação.

— *Che dramma!* — O *Signor* Gondolfino balançou a cabeça enquanto lutava para se levantar com a ajuda da bengala. Ele deu um sorriso enrugado para Rose. — Seu delicioso café da manhã foi arruinado.

— Mãe? Pai? — Jake se sentiu obrigado a falar. — Eu não deveria fazer o teste? Sou o único diamante jovem aqui.

O rosto de Miriam assumiu uma expressão sombria imediatamente.

— Não, Jake, de jeito nenhum! — disse com firmeza. — Fale com ele, Alan.

CIRCUS MAXIMUS

Alan concordou com timidez:
— Sua mãe está certa, não é uma boa ideia.

Embora estivesse claro que não havia chance de Jake ser considerado para a missão, seus pais acabaram concordando que os acompanhasse à câmara de testes para testemunhar o procedimento. Ele os convenceu fazendo-os se sentirem culpados pela possibilidade de deixá-lo sozinho de novo, como em Londres. Jake não precisava se incomodar: Miriam e Alan torciam em silêncio para que outras pessoas fossem escolhidas, não eles.

Quando chegaram, várias pessoas já esperavam, vestidas com roupas do período da história do qual tinham vindo. Jake reconheceu um homem elegante com chapéu de aba larga e punhos de camisa de renda que parecia um dos Três Mosqueteiros; fora ao lado dele que se sentou no primeiro encontro da sala de reuniões. Alguns, como Truman Wylder, que foram *dar uma chance à velha sorte*, tinham quatro vezes sua idade. Todos pareciam muito sérios e alguns se alongavam, como se estivessem se preparando para uma corrida.

A câmara (Jake só a tinha visto uma vez, e na penumbra) era um aposento quadrado, de pé-direito alto, decorado com enormes painéis de tapeçaria que representavam momentos históricos: batalhas, viagens e procissões. O centro era dominado por uma máquina grande que parecia um pouco um Constantor gigante. Havia também um compartimento sólido e semiesférico contendo um assento com almofada vermelha, grande o bastante para acomodar uma pessoa. Ao redor da máquina, havia três anéis metálicos, cada um de grossura e circunferência diferentes. Além disso, havia uma quantidade de alavancas e painéis de controle, além de uma prateleira cheia de garrafas de líquidos coloridos e aparatos de medição. Aqui, o Dr. Chatterju, usando um jaleco branco de laboratório por cima da túnica, misturava cuidadosamente uma solução em um frasco de vidro. Amrit, seu jovem sobrinho e assistente, verificava os anéis de metal.

Depois de um tempo, Galliana entrou, junto com seu galgo, Olive.

— Prestem atenção, todos. Selecionei um destino extremamente distante para o teste, mais distante ainda do que o ano 27. Vai ser igual para todo mundo. Dr. Chatterju, a réplica do atomium está misturada e pronta?

Chatterju assentiu.

— Os participantes vão precisar se preparar. — Ele ergueu o frasco e o inspecionou. Jake conseguia ver que continha uma quantidade de líquido roxo luminoso que emitia um vapor violeta. O cientista direcionou os olhos cintilantes pela sala. — Quem vai ser o primeiro voluntário?

O mosqueteiro elegante deu um passo à frente e tirou o chapéu de aba larga.

Galliana assentiu.

— Obrigada, Monsieur Belverre. Quando estiver pronto...

Jake observou com atenção quando Belverre bebeu sua dose de líquido. Amrit ajudou-o a se sentar no compartimento esférico, prendeu cuidadosamente os braços e as pernas com tiras de veludo e colocou um par de óculos de tartaruga grande e escuro no rosto dele.

— Faça uma boa viagem. — O Dr. Chatterju sorriu ao puxar uma alavanca dourada ao lado da máquina.

Os três anéis começaram a girar, cada um em um ângulo diferente, devagar a princípio, mas logo adquirindo velocidade. Em segundos, moviam-se tão rápido que pareciam apenas uma mancha ao redor do núcleo. Ali dentro, Jake conseguia ver Belverre, com as mãos retorcidas e batendo a cabeça delicadamente, como se estivesse sonhando.

— O que está acontecendo agora? — sussurrou Jake para Rose, de pé ao seu lado.

— Bem, é tudo muito técnico, querido — respondeu ela —, mas de algum jeito isso testa nosso valor, nossa capacidade de viajar pela história.

O Dr. Chatterju esclareceu de forma mais científica.

— O líquido roxo é réplica de atomium — explicou. Jake adorava a forma como ele fazia todas as palavras parecerem interessantes. — Uma quantidade exata foi misturada para levar a pessoa a um destino preciso; nesse caso, bem, *bem* longe no tempo profundo. A máquina simula os efeitos de um ponto de horizonte. A pessoa apenas observa a cena e descreve a experiência depois. É pela clareza da descrição que o *valor* é graduado.

— Clareza? — repetiu Jake, sem entender direito.

— Algumas pessoas veem tudo como se fosse claro como água; algumas não veem nada.

— E algumas pessoas desaparecem completamente. — Rose deu uma gargalhada. — Lembra quando deram atomium de verdade por engano para a tia de Oceane Noire e ela acabou no ano 606, quando o monte Saint-Michel foi ocupado por ladrões francos?

— Eu fazia o trabalho de Amrit na época — comentou Chatterju, com um sorriso malicioso —, então não fui totalmente culpado. Mas *jamais* vou esquecer a cara dela quando finalmente conseguimos encontrá-la.

Depois de alguns momentos, a velocidade dos anéis diminuiu, e eles pararam. Amrit ajudou Belverre a sair. O mosqueteiro parecia meio bêbado, com olhar embaçado e passos incertos. Chatterju o conduziu e o ajudou a se sentar, depois fez uma série de perguntas, anotando cuidadosamente as respostas.

Amrit estava prestes a ajudar Miriam Djones a se sentar no cilindro quando a porta foi aberta e Oceane Noire entrou impetuosamente. Jake ficou boquiaberto ao ver suas saias amplas voando na direção de Galliana.

— *Je viens de recevoir des nouvelles tragiques...* Acabei de ouvir uma notícia trágica. — Ela suspirou dramaticamente, as mãos segurando o próprio pescoço. — Meu pobre, pobre Jupitus... Preciso ir até ele *tout de suite*!

Sem esperar permissão, apenas empurrou Miriam e se sentou na máquina. Precisou espremer os enormes *panniers* contra os quadris para caber lá dentro.

Galliana balançou a cabeça, nada impressionada, mas fez um sinal para que Amrit fosse em frente.

Conforme os anéis na máquina recomeçaram a girar, Rose sussurrou maliciosamente para Jake:

— Com sorte, ela vai desaparecer que nem a tia.

Depois que Oceane e Miriam foram testadas (é desnecessário dizer que Miriam começou a rir no momento em que foi presa e teve que fazer exercícios de respiração para se acalmar), foi a vez dos outros. Depois de cada entrevista, Chatterju passava a pontuação para Galliana, que olhava com preocupação crescente.

Passava do meio-dia quando eles terminaram. Galliana conversou com Chatterju em voz baixa e anunciou solenemente:

— Lamento dizer que apenas uma pessoa obteve sucesso no teste. Miriam, você chegou bem perto, mas não está forte o bastante para essa distância, restando apenas Rose. Como ela também foi treinada para navegação naquela era, vou enviá-la para o mar Tirreno, sem dúvida.

— *C'est ridicule!* — gritou Oceane. — Deve haver algum erro, minha visão foi clara como água.

Galliana estava cansada e preocupada, e por isso respondeu de forma tão ríspida:

— *Mademoiselle*, sua pontuação foi a pior de todo o grupo.

— Só por curiosidade, como foi a minha? — perguntou Alan com um sorriso nervoso.

Com relutância, a comandante respondeu:

— Talvez você esteja cansado por causa do tempo que passou no século XVI, mas sua leitura foi baixa.

O sorriso dele congelou. Jake não via com frequência seu pai parecer humilhado, e o sofrimento foi maior do que se a vergonha fosse sua. Miriam apertou as mãos do marido.

Galliana prosseguiu:

— Como vocês todos sabem, nunca permitimos que agentes viajem sozinhos, por mais rotineira que seja a viagem. Portanto, vamos ampliar mais nossa rede. Vou entrar em contato com agentes de outros locais. Com sorte, encontraremos alguém nas próximas vinte e quatro horas.

Jake não conseguiu se conter.

— Comandante, posso dizer uma coisa? — Não esperou resposta e abriu caminho pela multidão, evitando deliberadamente contato visual com os pais. — Considerando que a missão é, nas suas próprias palavras, uma entrega de rotina e que a necessidade de atomium dos nossos agentes é obviamente urgente, será que você poderia ao menos considerar me testar para a tarefa? Poderia lhe poupar muito tempo.

Alan Djones às vezes dizia coisas sem pensar direito, como se falasse funcionasse de maneira independentemente do que a mente ordenava. Essa foi uma dessas ocasiões.

— Vá em frente, comandante, dê outra chance a ele — disse, de supetão.

— Alan! — Miriam colocou a mão com força no ombro dele. — Já discutimos isso, lembra?

— Mãe, por favor, me deixe apenas tentar. — Jake se virou para ela, suplicante. — Entendo que você tenha medo e sei que tenho muito a aprender, *tudo* a aprender, para ser um verdadeiro Guardião da História. Mas nunca fui bom em mais nada...

— Nunca foi bom em mais nada? — interrompeu ela. — E ciências e arte e basquete? E sua pesquisa de geografia foi a melhor da turma.

— E nem você conseguiu ler de tão chata que era. Mãe, trabalhar para os Guardiões da História, ser parte dessa organização incrível... é uma coisa que acho que consigo fazer... quero fazer... — Sua voz ficou mais grave e ele endireitou os ombros. — Eu *vou* fazer, de uma forma ou de outra.

Fez-se silêncio, e depois Miriam deu um suspiro profundo.

— Sou apenas sua mãe. Que importância tenho?

Jake sabia que isso era o mais próximo de um consentimento que conseguiria dela. Deu-lhe um beijo na bochecha e se virou esperançoso para Galliana.

Ela o observou e assentiu.

— Sem promessas. Vamos testá-lo, só isso. Dr. Chatterju, uma última dose, por favor.

— Obrigado, comandante, obrigado! — exclamou Jake, empolgado, e deu um passo à frente para tomar sua dose.

CIRCUS MAXIMUS

Quando Chatterju entregou-lhe o pequeno frasco com líquido roxo fumegante, sussurrou com malícia para Jake:
— Na verdade, eu já tinha uma dose preparada, só por precaução.
Jake devolveu um sorriso conspiratório e bebeu rapidamente. Já tinha se preparado, supondo que teria gosto tão repulsivo quanto o atomium genuíno, mas na verdade sentiu algo cítrico e doce.
Sem a assistência de Amrit, subiu no assento acolchoado. Suas pernas e seus braços foram presos e os óculos posicionados em seu rosto. Esses eram espelhados por dentro, e Jake conseguia ver, meio ofuscadas, suas pupilas cor de mel. Em seguida, ouviu o zumbido suave dos três anéis girando e começando a acelerar. E então sentiu uma brisa fresca no rosto. Foi tomado por um torpor sonolento, e seus olhos ficaram cada vez mais pesados. Quando parecia que iria cair em sono profundo, a claridade tomou conta de sua visão e deu um pulo na cadeira. Jake viu-se em um lugar extraordinário...

7 Um Novo Começo

Estava andando debaixo de um teto formado por palmeiras na direção de um intensa luz do sol. Areia macia abafava seus passos. O ar já não era mais frio, e sim absurdamente quente — ou pelo menos parecia quente. Jake não sabia se era apenas uma ilusão. Ao chegar ao limite da área de palmeiras, parou e observou a cena.

À sua frente havia um complexo de construções ao redor de um palácio, um grupo de prédios baixos e espalhados, ligados por caminhos arborizados. Era cercado de aglomerados de palmeiras, e as paredes vermelhas vibrantes se destacavam contra o intenso céu turquesa. Para todos os lados, havia o deserto, uma sucessão infinita de dunas ondulantes e macias que seguiam ao longe.

De repente, levou um susto com um som agudo. Um pássaro saiu voando de uma palmeira, pairou acima da sua cabeça e seguiu para o deserto. Uma bela criatura que brilhava como pedra preciosa à luz do sol, suas asas verde-esmeralda bem abertas. Quando voava para longe, Jake viu uma série de formas no horizonte. Eram difíceis de distinguir no começo, o ar dançando no calor; mas, quando olhou melhor, identificou três triângulos de proporções similares, um menor do que os outros dois.

— As pirâmides...? — murmurou, maravilhado. — As pirâmides do Egito... — Quando olhou para aquelas estruturas antigas, serenas e solitárias no amplo cenário, intocadas pelo mundo moderno, sentiu uma onda repentina de emoção. Coração inflado, uma lágrima brotou. — A história é incrível... — sussurrou de forma solene. — Simplesmente incrível!

O sol queimava como um maçarico. A garganta seca ansiava por água. Saiu andando pela areia na direção do palácio um garoto de catorze anos de uniforme escolar, com apenas sua sombra de companhia naquela amplidão sem fim.

Aproximou-se da suntuosa entrada, portas de madeira três vezes maior que a altura normal, com rebites de tiras prateadas. De cada lado, havia uma enorme estátua: duas figuras douradas gigantes com corpos humanos e cabeças de animais. Cada uma estava com o antebraço imperiosamente sobre o peito, segurando um cetro. Jake olhou para as cabeças, com focinhos compridos e orelhas pontudas; parecia um anão perto delas, pois sua cabeça chegava apenas aos joelhos das estátuas.

Abriu as portas, entrou no frescor ecoante do interior e seguiu uma passagem larga de mármore até um amplo átrio. Já tinha visitado prédios antigos outras vezes (no ano anterior, em uma terça-feira chuvosa, sua turma fora observar mosaicos romanos empoeirados), mas sempre teve dificuldade em imaginar como havia sido *realmente* no tempo de sua construção:

ruínas, por definição, são velhas, deterioradas e desbotadas. A primeira coisa que Jake reparou foi o colorido do local.

Em todos os lados havia fileiras de colunas de pedra, pintadas de todas as cores do arco-íris: carmim, anil, azul-escuro, púrpura, verde-água e vermelho. Atrás das colunas, as paredes eram cobertas de hieróglifos complicados, um milhão de símbolos vívidos: pássaros, besouros, luas e incontáveis outras imagens. Gatos cochilavam nas sombras. Um se levantou, arqueou as costas, alongou as patas e se encolheu para dormir mais um pouco.

No centro do aposento, sob uma abertura para o céu, havia um laguinho quadrado, ao redor do qual incensos acesos exalavam um aroma de jasmim. Jake foi examiná-lo, ajoelhou-se e enfiou as mãos na água. Sua garganta agora estava seca como papel, e queria beber um pouco de água; mas a água, como todo o resto, era apenas uma ilusão vívida.

A única mobília era uma mesa de pernas finas com vários pergaminhos em cima. Jake examinou um que tinha sido desenrolado e suas pontas presas com pedras. Era um mapa, sem dúvida o mais antigo que já tinha visto, mostrando o sinuoso Nilo e as pequenas cidades à sua margem. Inclinava-se para observá-lo quando ouviu o som de passos rápidos, vindos de um dos corredores.

Jake se virou quando um grupo de guardas entrou em fila no aposento. Tinham pele escura, eram ágeis e fortes e carregavam espadas com lâminas curvas; usavam peitorais de couro, sandálias grossas e capacetes de bronze. Jake se escondeu atrás de um pilar quando começaram a se espalhar, mas parecia que era invisível para eles. Na verdade, um andou diretamente através dele. Depois de terminarem a busca, os guardas ficaram em posição de sentido, enquanto passos suaves se aproximavam: cinco jovens apareceram usando vestidos brancos plissados, com cintos e colares tão coloridos e elaborados quanto as colunas pintadas.

Ficou claro que a última pessoa a entrar tinha uma posição de respeito, pois todos fizeram uma reverência no momento em que entrou. Era mais baixa e mais magra do que o restante, mas parecia ocupar o espaço com uma aura de poder. De pés descalços, foi até a mesa e olhou o mapa. Em seguida, sem se virar, se dirigiu a seu séquito. Aos ouvidos de Jake, a voz dela soou tão estranha e musical quanto o canto de um pássaro.

Deu um passo à frente para vê-la melhor. Sabia que era invisível, sabia que na verdade estava sentado em um maquinário em uma sala na Normandia, mas teve medo dessa pequena mulher que irradiava tanta autoridade. Ela usava um adorno de cabeça no formato de um pássaro, igual àquele de asas cor de esmeralda que ele viu antes de entrar no palácio. Sua pele era clara como mármore, os lábios vermelhos como morangos e os olhos escuros e deslumbrantes como azeviche.

Quando Jake olhou neles, sentiu uma lufada fria de ar. Percebeu imediatamente anéis dourados rodando ao seu redor, e os olhos da mulher começaram a sumir, até que só restaram duas pupilas brilhantes e pretas; depois disso, com um estalo, elas também desapareceram.

Jake se viu mais uma vez na sala de teste, com os pais e todos os outros agentes olhando para ele.

— Tudo bem, querido? — perguntou Miriam com hesitação. — Você estava bastante abalado.

Jake assentiu fracamente, atordoado pela transição repentina de um palácio no Egito para a câmara mal iluminada e suas tapeçarias escuras. Amrit soltou o cinto e ajudou Jake a descer da máquina. Em seguida, o Dr. Chatterju deu um passo à frente, segurando seu bloco e sorrindo calorosamente. Olhando através dos óculos redondos, começou a fazer uma série de perguntas sobre a viagem que Jake acabara de fazer.

Jake não precisou de encorajamento; descreveu tudo em detalhes, as palmeiras, o palácio, o pássaro, as pirâmides ("Você as *viu* mesmo?", exclamou Alan em voz alta. "Ninguém nunca as *vê!*"), o pátio, o lago, o mapa e as mulheres. A cada informação adicional, o grupo ao redor ficava mais e mais atônito, alguns balançando a cabeça em descrença.

— *C'est impossible!* — resmungou Oceane quando Jake disse a cor exata e a forma do adorno de cabeça da dama altiva.

Depois de um tempo, Chatterju, que anotava tudo furiosamente, tentando acompanhar Jake, balançou a cabeça e deixou o bloco de lado. Quando o garoto terminou, os outros agentes estavam todos olhando para ele, impressionados.

— E então? — perguntou Jake. — Passei?

Galliana respirou fundo e olhou para Miriam com expressão questionadora. Mas foi Alan quem falou primeiro:

— Se você passou?! — Ele deu um passo à frente e passou o braço ao redor do filho. — Se passou! Nunca ouvi nada parecido! Nem Nathan Wylder consegue ver tantos detalhes em um teste no passado tão distante.

Jake se permitiu um esboço de sorriso quando o pai beliscou sua bochecha com orgulho.

— Ele é um aventureiro, Miriam — disse, com lágrimas nos olhos. — Nosso garoto é um aventureiro e não tem nada que a gente possa fazer quanto a isso!

Miriam só ficou olhando para ele, petrificada.

Galliana assentiu para Jake.

— Parabéns. Você acabou de viajar para o ano 1350 a.C. O teste prova que você poderia viajar para lá no tempo real... se bem que, é claro, a verdadeira viagem não seria tão agradável. Você tem um talento incomum, Jake.

Nesse ponto, Oceane decidiu que já tinha ouvido o bastante.

— Preciso ir procurar Josephine, ela deve estar morrendo de fome — anunciou, e saiu bruscamente da sala, esbarrando em Jake com os *panniers* de novo.

Ninguém prestou atenção nela.

— O ano era 1350 a.C.? — murmurou Jake. — São... mais de dois mil anos atrás.

— Três mil, cento e setenta, para ser precisa. Fora Rose, todo o resto só conseguiu ver formas vagas.

— E quem era a dama no final? — perguntou Jake. — Ela foi real?

— Ela foi real em uma época. Tive o prazer duvidoso de conhecê-la. Era encantadora, mas tão perigosa quanto um fosso de víboras.

— Cleópatra? — perguntou Jake com empolgação. Na verdade, era a única egípcia famosa que conhecia.

— Minha nossa, não, não essa encrenqueira. — Galliana balançou a cabeça. — E foi bem antes da época dela. Aquela era Nefertiti.

Jake respirou fundo. Empertigou-se o máximo que conseguiu e tentou falar com uma voz mais grave e adulta:

— Isso quer dizer que posso ir na missão com Rose?

Galliana olhou para Miriam. Por um momento, houve silêncio, mas a mãe de Jake acabou dando de ombros e se resignando ao destino. Sabia que, por mais que tentasse, não podia impedir o filho de se tornar um Guardião da História.

— Foi assim com Philip — disse, baixinho. — O poder era simplesmente forte demais.

Em menos de uma hora, Jake e Rose estavam sendo medidos para que suas roupas romanas fossem preparadas, Jake pelo próprio *Signor* Gondolfino. Já havia recebido uma túnica branca e sandálias parecidas com as que Charlie usara, e agora o alfaiate ajustava com cuidado a toga branca.

Gondolfino estava conversando com o menino:

— Estou vestindo você como um jovem nobre, o belo filho de um senador ou similar. Já falei antes, mas vou dizer de novo: — seus velhos olhos brilharam — *bel viso*, um rosto e tanto para a história. — Ele prendeu a toga no lugar com um alfinete de ouro e alisou a roupa sobre o corpo de Jake. — Agora você precisa de uma espada.

Ele estava prestes a ir até uma mesa onde uma variedade de armas romanas estava espalhada quando Jake o impediu.

— Posso levar esta? — perguntou com esperança, mostrando a arma que Nathan lhe dera.

Gondolfino ajustou os óculos e examinou o punho prateado em forma de dragão.

— Bem, não é exatamente do período certo — balançou a cabeça —, mas tem algumas das características da *gladius hispanus*... talvez possamos usar essa mesma.

Jake a prendeu no cinto com empolgação.

— *Molto galante*, muito galante! — Gondolfino assentiu e fez um gesto para que Jake se admirasse no espelho. Olhando para seu próprio reflexo, viu um jovem romano altivo que o fitava.

CIRCUS MAXIMUS

No andar de cima, Rose colocava um vestido, uma *stola* romana, com um dos outros figurinistas, um homem alto e arrogante de paletó xadrez e calça antiquada. Seu cabelo já tinha sido preso no alto da cabeça e adornado com pedras preciosas. Depois de amarrar uma faixa na cintura, o figurinista deu um passo para trás e admirou sua criação. O vestido realçava as curvas do corpo de Rose.

— Um tanto voluptuoso, não acha? — Ela riu enquanto passava maliciosamente uma perna pela frente do vestido, assumindo uma postura sedutora.

— Acho que é a perfeição plissada — exclamou o figurinista, levando a mão ao pescoço em um gesto dramático.

Quando estavam prontos, Jake e Rose desceram rapidamente para o arsenal. O Dr. Chatterju tinha pedido que passassem lá a caminho do porto; ele e Amrit estavam esperando ao lado da galeria de tiro.

O doutor os chamou para olharem uma coisa que ele tinha em mãos.

— Isso é para vocês levarem para a Sicília. É um protótipo de dispositivo de suspensão elaborado pelo agente Nathan Wylder. Ele está me perturbando há meses por causa disso, e acho melhor entregá-lo agora que está finalmente funcionando.

— Dispositivo de suspensão? — perguntou Jake.

Ele estava perplexo: o objeto parecia um cinto. Tinha uma fivela dourada grande no formato da cabeça de um leão, com pedras preciosas no lugar dos olhos, uma verde e uma azul, e cada uma detalhadamente entalhada com o logo dos Guardiões da História, pequenos planetas ao redor de uma ampulheta.

Chatterju demonstrou como funcionava. Empurrou Jake para o lado, mirou a fivela como se fosse uma arma na direção de uma viga de madeira no teto e apertou o olho azul. Houve

OS GUARDIÕES DA HISTÓRIA

um zumbido repentino quando um pequeno dardo saiu voando da boca do leão dourado, levando um fio fino. O dardo se prendeu à viga.

— Amrit, você pode fazer a gentileza...?

O garoto deu um passo à frente, e Chatterju amarrou o cinto na cintura dele com firmeza. Em seguida, apertou o olho verde. Para a estupefação de Jake e Rose, Amrit, ainda sorrindo, começou a subir na direção da viga, carregado pelo engenhoso dispositivo, até que sua cabeça bateu no teto. Mesmo nessa hora, ele continuou sorrindo.

— É um feito de engenharia surpreendentemente simples — riu Chatterju com orgulho. — Poderia carregar o peso de Henrique XVIII, mesmo em seu período mais pesado.

Amrit foi baixado, e o fio, rebobinado. Em seguida, o dispositivo foi engatilhado e entregue a Rose.

Quando estava saindo do arsenal, Jake viu algo de soslaio. Seguiu olhando em frente e fingindo que não tinha visto; mas, escondida nas sombras, atrás de uma estante de armas, uma figura os observava. A silhueta, com enormes *panniers*, era inconfundível: Oceane Noire.

— Assim que você chegar, vai nos avisar, não vai? — perguntou Miriam logo que ele chegou ao cais.

A tarde estava ensolarada, e um grupo de pessoas se reuniu para se despedir, incluindo a elefanta Dora e Felson, com as orelhas erguidas de ansiedade pela partida de Jake.

— Vou, mãe.

— E, quando chegar ao ponto de horizonte, se segure *com força* na Rose, entendeu? Voltar milênios na câmara de testes é uma coisa; a realidade é bem mais apavorante. Na primeira vez que viajei essa distância, praticamente entrei em coma.

— É verdade — assentiu Alan. — Tive que fazer respiração boca a boca nela. — Ele deu um tapinha nas costas da mulher.

— Há *alguns* benefícios nesse trabalho.

— Já entendi — disse Jake, enquanto jogava a bolsa no convés do pequeno barco que os esperava.

Ele leu o nome escrito em letras douradas, meio apagadas, o *Conqueror*. Lembrou-se de que Topaz o tinha mostrado quando chegara pela primeira vez ao monte, descrevendo o barco como um *dhow* bizantino. Tinha uma forma parecida com a do *Hippocampus*, mas era bem menor, do tamanho de um pesqueiro grande. A vela mestra era quadrada e decorada, também em dourado apagado, com o desenho de um tridente.

— Fiz comida para vocês dois, para a viagem — continuou Miriam com animação, e entregou ao filho um embrulho com vários pratos cobertos. — Só precisa esquentar. Acho que talvez eu tenha me superado — acrescentou, com um sorriso orgulhoso antes que uma lágrima surgisse em seus olhos. — Você está tão lindo, querido. Não está, Alan?

Alan deu um abraço no filho.

— Estamos orgulhosos de você — sussurrou no ouvido de Jake.

— Mãe, pai, antes de ir, preciso contar uma coisa para vocês. — Jake ficou muito sério de repente; olhou de um para outro e baixou a voz: — Fiquem de olho em Oceane Noire. Eu não confio nela. Alguém deu informações ao inimigo sobre a missão de Estocolmo. Talvez *ela* seja a agente dupla?

Nesse momento, ele e os pais observaram Oceane na muralha acima deles. Ela se inclinou no parapeito, de costas para eles, e abriu o leque.

— Agente dupla? — Miriam riu. — Isso significaria ter que fazer algum tipo de trabalho.

Jake se inclinou mais para perto.

— Duas noites atrás — sussurrou — eu a vi entrando nos arquivos no meio da noite.

— Nos arquivos? — Miriam franziu a testa. — O que *você* estava fazendo lá no meio da noite?

Jake deu de ombros.

— É uma longa história. Conversamos sobre isso outra hora. Mas Oceane estava se comportando de maneira estranha. Segurava um livro com a imagem de uma palmeira.

— Acho que não é crime carregar um livro com a imagem de uma palmeira na capa — observou Miriam.

— Ela entrou em pânico quando eu o peguei — insistiu Jake. — Como se estivesse escondendo alguma coisa. E agora mesmo, no arsenal, ela nos observava. — Colocou a mão no ombro da mãe. — Por favor, vocês me prometem ao menos ficar de olho?

— É claro que sim, querido — Miriam sorriu —, se você acha importante.

Galliana fez um pequeno discurso, no fim do qual entregou a Rose o atomium para a viagem.

— Guarde com sua própria vida — sussurrou para a velha amiga. — Nossa situação é arriscada.

Ela observou Rose colocar cuidadosamente o frasco na bolsa de viagem, já lotada. Galliana sabia que a mala era completamente errada para a Roma antiga, mas não falou nada, pois sabia que, como um talismã, a bolsa de Rose ia para todos os lugares com ela, até mesmo para o ano 27.

Todos se despediram. Jake estava subindo na prancha de embarque quando Felson deu alguns passos esperançosos. Jake se ajoelhou e passou a mão pela grande cabeça cheia de cicatrizes.

— Eu volto logo. Mamãe e papai vão cuidar de você, e a Dora também.

A elefanta mostrou sua boa vontade esticando a tromba e brincando com a orelha dele.

Jake e Rose subiram a bordo do *Conqueror* e soltaram as amarras. Como Rose era treinada em navegação, os dois seguiriam sozinhos.

Rose sentiu um arrepio de empolgação.

— Esse é o tipo de barco robusto e rápido que eu adorava navegar antigamente.

Jake observou o grupo de pessoas e animais em terra diminuírem cada vez mais. Mesmo quando Miriam não era mais do que um pontinho, conseguia ver que ainda estava acenando. Em seguida, sumiu, perdida na névoa.

O vento soprou nas velas e balançou o cabelo de Jake. Mais uma vez, ele foi tomado pela pura emoção das aventuras que viriam.

— A sensação é incrível, não é? — gritou para Rose, que estava no leme. — Como um novo começo?

Rose assentiu com um sorriso determinado, escondendo de Jake seu medo profundo do ponto de horizonte que se aproximava. Mesmo já tendo feito isso várias vezes no passado, mesmo garantindo a si mesma que tudo ficaria bem, viajar para o passado distante a enchia de pavor.

Nessa ocasião, seus medos acabaram sendo justificados.

8 Pelo Oceano Até o Mundo Antigo

O momento entre pegar o atomium e chegar ao ponto de horizonte foi um dos mais peculiares e enjoativos da vida de Jake. Rose o avisou, entregando-lhe a dose com a mão trêmula, que nenhuma viagem pelo fluxo temporal era igual a outra.

— Há muitas variáveis — dissera em tons sombrios —, e, quanto mais no passado, mais variáveis entram em cena.

Portanto, apesar de ser a sexta vez que Jake tomava aquele líquido de gosto horrível, esse episódio se tornaria único.

Como sempre, minutos depois, sua cabeça começou a latejar e se sentiu tonto e desorientado; o som do mar ficou distante, e tudo ao seu redor — o navio, a cabine, até mesmo Rose — pareceu irreal. Por mais desconfortáveis que as sensações fossem, tinha se familiarizado com elas nas viagens anteriores. Bem mais perturbadoras foram as desagradáveis visões. Antes, normalmente no próprio ponto do horizonte, Jake vislumbrara imagens da história; o vulto de um castelo ao luar ou uma catedral parcialmente construída. Essas imagens eram fugidias e estranhamente animadoras, mas as que estava vivenciando naquele momento eram tanto diabólicas quanto prolongadas. Primeiro, ouviu uma série de sons: cavalos bufando, espadas batendo umas nas outras, sinos tocando, gritos distantes, primeiro de pessoas sozinhas, depois de multidões. Em seguida, o barulho cresceu como bactérias e virou *imagens sólidas*; de repente, Jake viu vinhetas sangrentas de guerra, de palácios desmoronando, de incêndios furiosos e terremotos abaladores. Viu cavaleiros sedentos por sangue invadindo uma fortificação; um grupo de mulheres chorando e fugindo de um massacre atravessando um rio iluminado pelo luar; uma procissão de homens mascarados sendo levados até um cadafalso em uma cidade coberta de neve; dois exércitos enormes atacando um ao outro em um vale. Os sons de batalha eram tão altos que Jake precisou cobrir os ouvidos. E, mesmo assim, as visões o assombraram: céus estalando com trovão, frotas de navios afundando e covas se enchendo de corpos.

Depois do que pareceu uma eternidade, os pesadelos começaram a desaparecer, e Jake voltou a ficar ciente do barco, do vento e do mar. Sentiu-se normal o suficiente para se sentar (estava recostado na balaustrada da proa) e verificar se Rose estava bem. Para seu horror, viu que ela não estava mais no convés. O leme do navio estava abandonado e girava de um lado para outro. Os anéis do Constantor estavam quase alinhados, o que significava que eles se aproximavam rapidamente do ponto de horizonte.

— Rose?! — gritou enquanto pulava de pé. — Rose, você está aí?

Arrastou-se até a popa e observou o oceano. Se o impensável tivesse acontecido e ela tivesse caído ao mar, ele precisaria saber imediatamente, antes de disparar para o passado. Não conseguia vê-la, mas não fazia ideia de quanto tempo tinha passado em transe. Olhou de novo para o Constantor, e os aros estavam ainda mais próximos.

— Rose? — gritou em desespero enquanto descia os degraus até a cabine principal, que estava deserta.

A todos os outros sintomas de Jake, a náusea, a tontura e a cabeça latejante, foi acrescentada uma nova onda de pânico. Ele abriu a porta da segunda cabine. Também não havia ninguém lá; os beliches estavam vazios. Quando Jake percebeu que estava despencando em um vórtice de desespero, ouviu um gemido e viu um pé calçado com sandália saindo de baixo da cama.

— Rose, você está bem? — disse, correndo até ela.

No começo, ela não reparou em Jake; estava em seu próprio mundo, se balançando de um lado para outro, delirante, agarrando a bolsa.

— Rose, você tem que se levantar. Estamos perto do ponto de horizonte.

Ela percebeu uma pessoa ali e sorriu.

— Ele me ama, sabe... Jupitus Cole me ama. — Em seguida, seu rosto ficou sombrio. — Mas vai se casar com Oceane Noire.

— Rose, não temos muito tempo — insistiu Jake, tentando levantá-la.

— Pensei que não o amasse — murmurou ela —, mas agora não tenho tanta certeza...

Jake achou que ela devia estar bêbada e até procurou uma garrafa vazia. Mas então se lembrou da vez em que foi para Veneza, em 1506: começara a fazer uma dança irlandesa e acabara abraçando Topaz na proa do *Campana*. *Ele* devia ter parecido bêbado aos olhos de todos.

Jake teve outra ideia: correu até a galé e pegou um copo de água, voltou, e, pedindo desculpas antes de agir, jogou o líquido no rosto de Rose. Charlie fizera o mesmo com ele, e isso o reavivou imediatamente. Agora, o oposto aconteceu: o sorriso de Rose congelou por um momento e ela desmaiou.

— Rose? — Ele a sacudiu de novo, mas ela estava inconsciente. *Tudo bem, tome a iniciativa*, disse Jake para si mesmo. *Será tão difícil entrar em um ponto de horizonte? Já os vi fazerem...*

Ele subiu os degraus, correu para o leme e o segurou com força. Era pesado e parecia ter vontade própria; precisou usar toda a sua força para virá-lo para a direita, para a esquerda e para a direita de novo, até os anéis dourados finalmente se alinharem.

O barco começou a vibrar.

— Dez, nove, oito... — contou Jake, segurando o leme com toda força.

Um redemoinho o envolveu; cores piscaram. Quando chegou ao três, tudo caiu em profundo silêncio, formas de diamantes explodiram, e ele disparou como um míssil em direção ao céu.

Tudo que tinha vivenciado na última hora podia ter sido horrível, o enjoo, as visões absurdas, o pânico, mas aquele momento era pura magia; um dos mais misteriosos e espetaculares da vida de Jake. Ele disparou (ou, pelo menos, seu *alter ego* disparou) para o céu silenciosamente, gracioso e veloz como uma flecha, atravessando a troposfera, a estratosfera até o azul profundo da termosfera. A Terra se afastou e, pela primeira vez na vida, Jake viu o planeta por inteiro. Quando olhou para ele, uma bola azul intensa em um firmamento infinito de estrelas cintilantes, sentiu-se calmo. Naquele momento, ele se deu conta de que, nessa pequena esfera abaixo dele, *toda* a história aconteceu, desde a Londres dos dias modernos, em que ele cresceu, até o monte Saint-Michel do século XIX, a Itália e a Alemanha do século XVI, os tempos romanos para quando estava viajando. Tudo isso e todas as centenas de outras civilizações: os gregos, os fenícios, os assírios, os antigos chineses e egípcios. O planeta azul fora o lar de todas essas eras e suas glórias; sua arte e seu aprendizado, seu progresso e suas invenções; seus reis, conquistadores, exploradores e déspotas. Foi um momento de admiração profunda que Jake jamais esqueceria.

Em segundos, ele estava voando de volta para a Terra. Enquanto disparava pelo céu, os continentes foram ganhando forma mais uma vez: a África e a Europa se formaram abaixo. Um momento depois, ele seguia em direção ao Mediterrâneo. Por fim, viu o *Conqueror*, sozinho no mar brilhante. Encontrou-se de pé ao leme com a toga branca e Rose cambaleando pelos degraus que levavam ao convés. Num impulso final, voltou a si mesmo.

Jake olhou ao redor, forçando os olhos devido à luz do sol. O céu era completamente diferente aqui, de um azul-cobalto brilhante, e o ar estava fresco e quente. Rose, ainda um pouco atordoada, se aproximou e deu um abraço no sobrinho.

— Nós conseguimos! — murmurou. — O ano 27.

Eles se entreolharam, e ela caiu na gargalhada.

Calcularam a rota e velejaram pela tarde quente, atravessando serenamente o mar cintilante. Rose se sentia meio grogue (viajar pela história, explicou, era muito mais exaustivo para adultos do que para jovens), e Jake sugeriu que ela se deitasse e o deixasse no leme. Ela insistiu que estava agitada demais para dormir, mas faria uma tentativa. Acomodou-se em algumas almofadas e, segundos depois, já roncava como a buzina do navio.

Quando o sol começou a se pôr e o céu mudou de rosa a marrom a azul-escuro, Jake, mantendo um olho no leme, colocou no convés dois bancos e uma mesa. Cobriu-a com uma toalha branca e pegou facas, garfos, guardanapos e um lampião, que encontrou em um armário empoeirado. Aqueceu os pratos de comida que a mãe havia lhe dado e finalmente acordou Rose.

Ela demorou um tempo para acordar, mas, ao ver o que Jake havia preparado, começou a chorar.

— Me desculpe — soluçou, procurando um lenço na bolsa. — Estou um tanto emotiva esta noite...

Jake levou-a a seu lugar como um garçom profissional.

— Minha mãe disse que se superou — disse enquanto removia as coberturas dos pratos.

Houve um momento de silêncio enquanto Jake e sua tia observaram perplexos o conteúdo dos pratos, e então os dois caíram na gargalhada. Todos os pratos estavam tão queimados que não passavam de um pedaço de carvão impossível de identificar.

— É verdade que a apresentação talvez pudesse melhorar — observou Rose, enfiando uma colher pela superfície de uma das comidas —, mas tenho certeza de que está delicioso.

Ela serviu duas porções, e os dois comeram com certa apreensão. Uma garfada gerou mais risadinhas inseguras, seguidas de uma discussão do que poderia haver no prato:

— Nozes? Bacon...? Unhas do pé? — Esse último comentário gerou ondas de gargalhadas tão incontroláveis que Rose precisou sair da mesa, sacudindo as pulseiras, para respirar ar puro e se acalmar na proa.

Culpados por rirem à custa de Miriam, depois da sobremesa ("pudim de pavor com manteiga", como Rose o batizou), Jake e ela fizeram um brinde caloroso:

— Aos amigos ausentes! — exclamaram e bateram os copos.

Conforme as estrelas começaram a surgir acima deles, como um teatro celestial ilimitado, Rose fechou os olhos e deixou o vento quente acariciar seu rosto. Contou a Jake sobre algumas das missões que fizera quando jovem, particularmente uma expedição às montanhas do Tibete no tempo antigo de Kanishka, e outra para o Peru dos incas, onde se apaixonou por um belo fazendeiro nas planícies verde-esmeralda abaixo de Machu Picchu.

— É claro que não adianta nada se apaixonar por um civil — suspirou com olhos úmidos —, porque ele não pode voltar com você. Já é bem difícil explicar que você mora do outro lado do mundo, imagine do outro lado da história.

A palavra "amor" fez Jake lembrar o que Rose tinha dito antes sobre Jupitus: *Pensei que não o amasse, mas agora não tenho tanta certeza*. Decidiu que não queria constrangê-la com mais perguntas, mas estava desesperado para saber se dissera aquilo devido aos efeitos do atomium ou se era mesmo verdade. Enquanto olhava para a estrela polar, pulsando delicadamente no céu acima, avaliou seus sentimentos sobre o assunto.

Até um mês antes, quando Topaz St. Honoré entrou em sua vida com seu sorriso misterioso e os olhos azuis, o amor, ao menos o amor *romântico*, era algo que não entendia. Sempre lhe pareceu exigir um gasto desnecessário de muita energia. Jake não sabia bem como colocar em palavras, mas se sentia diferente agora. De alguma forma, a mera existência de Topaz o fazia querer fazer as coisas melhor, ser mais corajoso e ousado. Ela não pedia nada dele, mas Jake se sentia responsável por tornar o mundo um lugar melhor e mais seguro. "Um lugar melhor e mais seguro?", disse para si mesmo, balançando a cabeça. "De onde eu tiro essas expressões?"

Ao amanhecer, Jake avistou terra firme no horizonte e chamou Rose, que dormia profundamente debaixo de um cobertor, com a cabeça sobre a bolsa.

— Já chegamos? — perguntou. — Devo ter cochilado de novo.

Jake não conseguiu evitar um sorriso: ela dormira a noite toda. A viagem ao passado a deixara mesmo exausta. Ela se sentou, seus cabelos cacheados completamente embaraçados, e olhou ao longe.

Apesar do nascer do sol, o farol ao longe ainda brilhava como um fogo aceso, mas Jake já via uma enorme área de terra à frente. Podia discernir o contorno indistinto de uma cidade, atrás da qual surgia, em tons de roxo brilhante, um vulcão.

— O majestoso monte Etna— suspirou Rose em tom sonhador. Retirou um espelhinho da bolsa, abriu-o e examinou os olhos inchados. — Rose Djones, também majestosa — acrescentou com uma risadinha.

Enquanto Jake guiava o *Conqueror* para o porto de Messina (gostava cada vez mais de navegar), reparou em outro navio se aproximando na direção oposta, levado por duas dezenas de remos que se moviam rapidamente e em sincronia. Ficou olhando assombrado quando o navio passou por eles, fervilhando de atividade. Vários homens, guardas pessoais, muitos deles barbados, usavam peitorais dourados que brilhavam no sol matinal. Na popa, debaixo de um toldo, um casal elegante e soberbo estava deitado em um espaçoso divã de veludo. Um criado os abanava com penas de pavão. O homem, vestido com uma toga branca imaculada, tinha olhos pequenos e pele morena escura. Sua companheira tinha lábios finos e repousava a mão no pescoço enquanto observava o mar.

— *Salvete, amici!* — gritou Rose meio brincalhona. Um dos guardas, um homem corpulento e bonito, sorriu e piscou para ela, mas o casal esnobe a ignorou completamente. — Se você achava Oceane Noire ruim — disse ela a Jake —, os romanos, ao menos alguns, levam a arrogância a um novo nível. Mas quem pode culpá-los? Foram a primeira civilização da história a governar o mundo, praticamente de uma ponta a outra.

Depois de contornarem a ilha na qual ficava o farol (Jake reparou que a luz era produzida por fogo *de verdade*; uma fumaça escura saía em direção ao céu azul), o porto começou a tomar forma: um amontoado de construções brancas com telhados terracota, intercalados por grupos de ciprestes e palmeiras, que subiam até o alto das colinas as redor. O porto estava lotado de navios de todas as formas e tamanhos, aportando ou zarpando, entregando ou recebendo carregamentos, em meio a uma cacofonia de pessoas gritando e animais berrando.

— Se tudo correr conforme o planejado — disse Rose, indo até Jake no leme —, os agentes devem estar esperando aqui. Procure por eles enquanto tento ancorar essa coisa com segurança; preciso praticar. Estacionar sempre foi meu ponto fraco!

Quando Rose assumiu o leme, Jake ficou de pé na proa e observou o cais em busca de seus amigos. Estava empolgado com a perspectiva de vê-los de novo. Conhecia Nathan e Charlie havia poucos meses, mas já sentia que eram seus melhores amigos. Quando pessoas da sua idade estão preparadas para arriscar a vida por você — e você está preparado para fazer o mesmo por elas —, a amizade ganha um significado diferente.

Jake tremeu de empolgação ao examinar os ocupados messênios, um povo atraente, robusto, que brilhava no sol mediterrâneo, ocupados com suas tarefas matinais, todos usando túnicas, togas e sandálias. Procurou a figura alta de Nathan entre eles, o cabelo castanho maluco de Charlie, até mesmo a silhueta magra e arrogante de Jupitus. Quase se engasgou quando viu um papagaio colorido, mas percebeu que estava pousado no braço de um velho pescador com rosto enrugado e cuja cor era completamente diferente da de Mr. Drake.

Conforme chegava mais perto, Rose batia em quase tudo que ia na direção oposta. Foram necessárias quatro constrangedoras tentativas para que conseguisse estacionar, murmurando desculpas intensas para uma variedade de sicilianos furiosos, até que o barco finalmente bateu no cais. Já familiar com os procedimentos, Jake pulou e prendeu as amarras.

— Algum sinal deles? — perguntou Rose.

Jake balançou a cabeça.

— Devo dar uma olhada melhor? — perguntou, esperançoso. Além de ansioso para encontrar os outros, também estava desesperado para explorar esse mundo novo e empolgante.

— Tudo bem, mas não vá longe demais.

Jake se lançou pelo porto, observando, maravilhado, toda a atividade, e absorvendo inúmeros aromas e sons diversos. Por todos os lados, negociantes e mercadores compravam e vendiam ânforas de vinho, sacos de grãos, tonéis de mel e caixas de azeitonas frescas. Havia barracas vendendo cerâmicas e jarrinhas de vidro, peles de animais empilhadas, tecidos e papiro.

OS GUARDIÕES DA HISTÓRIA

Havia pirâmides de corante em pó em cores brilhantes: carmesim, castanho, azul-marinho e amarelo-ovo. Negociantes vendiam mármore, peças para mosaico, marfim, ouro e pedaços de âmbar. Havia carnes sendo assadas sobre carvão, e currais de animais *vivos*: ovelhas, bodes e galinhas.

Jake observou tudo. Só uma visão tirou o sorriso de seu rosto: uma jaula contendo vários seres humanos, com expressões apavoradas. Estavam acorrentados juntos, vestidos com trapos, os cabelos imundos e a pele nojenta. Um homem barrigudo com dentes pretos e cabelo grisalho oleoso segurava uma menina pelo braço enquanto a leiloava. Ela era mais nova do que Jake.

Uma onda de pesar tomou conta de Jake, e depois de raiva.

— Escravos? — murmurou para si mesmo, parou e ficou olhando, com maxilar trincado, para o homem barrigudo.

Quando um possível comprador, um homem de barba branca, foi examinar os dentes da garota, como se estivesse comprando um cavalo, Jake disparou, ultrajado.

Nesse exato momento, viu o papagaio olhando para ele fixamente. Estava empoleirado em uma janela, e desta vez Jake não teve dúvida.

— Mr. Drake?

O pássaro saiu voando de repente, passou por cima de sua cabeça e pousou no ombro de alguém. Jake não viu quem era, a princípio, mas logo seu coração saltou. Era Charlie, que aparecera em meio à multidão. Nathan vinha a seu lado, magnífico em sua toga branca brilhante. Os dois estavam bronzeados da semana que passaram ao sol. Jake queria gritar para eles, mas decidiu que seria errado chamar atenção, principalmente porque ainda era um agente iniciante. Assim, esperou com paciência, fazendo a expressão mais séria que conseguiu, o coração disparado sob a túnica.

No fim das contas, Jake não precisava ter se preocupado quanto a demonstrar suas emoções: assim que os três ficaram cara a cara, Nathan largou a bolsa, deu um passo à frente, tomou Jake nos braços e lhe deu um abraço forte. Charlie fez o mesmo.

— Como você está, Jake? — disse Nathan, sorrindo. — É ótimo te ver aqui.

— É? — perguntou Jake, com um sorriso trêmulo.

— Claro que é. Sentimos sua falta. Você está um tanto extravagante nesta túnica. — Nathan esticou a mão para sentir a textura do tecido. — Foi o que pensei... algodão egípcio. Leve, resistente e lindo de ver. Acho que Gondolfino gosta de você. Vimos você chegar lá da *villa*. Vamos...? — Ele se virou na direção do cais, onde o *Conqueror* estava ancorado. — Estamos com pouco tempo.

Jake olhou na direção da jaula dos escravos. A garota estava sendo desacorrentada e entregue ao homem de barba branca, em troca de uma quantidade de moedas.

— Desagradável, eu sei — disse Charlie baixinho, empurrando-o para a frente —, mas são épocas diferentes. Você precisa se acostumar. Além do mais — falou, indicando o comprador —, ele parece gentil. A vida dela pode até melhorar.

Jake afastou o olhar com relutância e seguiu Nathan de volta ao barco. Rose pulou para o píer quando os viu se aproximando.

— Graças a Deus vocês estão bem! — exclamou, beijando os dois de maneira continental, com um beijo em cada bochecha. Mr. Drake, no ombro de Charlie, se afastou, fazendo cara de nojo. — E então, onde está aquele velho infeliz? — perguntou, olhando ao redor na expectativa de ver Jupitus.

— O Sr. Cole está na *villa* — murmurou Nathan por entre os dentes —, arrancando toda solidariedade que pode, devido a seu péssimo estado.

— E qual exatamente é esse péssimo estado? — perguntou Rose, um pouco nervosa.

— Você vai ver quando chegar lá. Lamento informar que ele selecionou você para cuidar dele depois que nós três prosseguirmos para Vulcano.

Jake sentiu uma emoção imediata com a ideia de *nós três*: fosse lá qual fosse a missão, ele agora fazia parte dela.

— O que aconteceu com o *Hippocampus*? — perguntou.

Charlie recontou brevemente os terríveis eventos da tempestade e como quase se afogaram. Quando terminou, Rose balançou a cabeça e respirou fundo.

— Meu Deus, ninguém verificou os registros de tempestade?

Nathan não conseguiu resistir e deu um sorriso debochado.

— Boa pergunta.

Charlie foi, como sempre, diplomático:

— Pelo que sei, o Sr. Cole estava bastante preocupado antes de sair, portanto seu descuido foi compreensível.

— Adorei! — exclamou Rose. — *Não* por vocês terem passado por momentos tão ruins — acrescentou rapidamente —, mas pelo infalível Jupitus Cole ter feito besteira.

— De qualquer modo — prosseguiu Charlie —, precisei de três dias e de *toda* minha criatividade para consertar a máquina Meslith, e foi por isso que vocês ficaram tanto tempo sem notícias nossas. E o mais incrível de tudo é que o *Hippocampus* vai voltar ao mar.

CIRCUS MAXIMUS

Nathan apontou para as docas, na direção de um armazém.
— Está sendo reconstruído lá agora mesmo. Esse é seu outro trabalho, Srta. Djones: ficar de olho no progresso. Devem terminar no final desta semana.
— Parece que estou de férias — anunciou Rose alegremente. — E então, onde é essa famosa *villa*?
— Siga este caminho até o alto... — Nathan apontou para um lance de escadas. — É uma porta dupla cercada de buganvílias. E boa sorte. — Ele se virou para Jake. — E então? Pronto para zarpar de novo?
— Sem dúvida! — respondeu Jake com uma continência, para a consternação de Charlie.
— Por favor, não o encoraje — disse, jogando a bolsa no convés do *Conqueror*. — Ele já acha que é Deus.
Antes de os agentes se separarem, Rose pegou o dispositivo de suspensão que o Dr. Chatterju tinha lhe dado, o cinto com a fivela em forma de leão, e entregou para Nathan.
— Minha invenção! — exclamou seu inventor, ao perceber o que era. — Chatterju é um gênio! — acrescentou, colocando-o imediatamente no lugar do cinto que estava usando e prendendo a bainha de volta.
Os três jovens agentes se despediram de Rose, subiram no *Conqueror* e zarparam. Nathan guiou o barco com confiança até alto-mar. Enquanto Charlie abria o novo mapa do mar Tirreno, Jake observava sua tia subir a escada até desaparecer de vista.

Rose subiu pelo caminho até o alto, seguindo passagens estreitas e banhadas pelo sol que cortavam o quebra-cabeça de casas, até o ar se refrescar e o barulho da cidade ficar para trás. Dentro delas, agora conseguia ouvir o almoço sendo preparado.

— Ah, a buganvília.

Sorriu ao ver o cor-de-rosa intenso das flores que caíam ao redor de uma velha porta. Rose virou a maçaneta de bronze, abriu a porta — muito antiga, até para o ano 27, rangendo de forma agoniante — e entrou. Deu um suspiro de prazer ao se ver nos jardins espaçosos e selvagens de uma bela *villa*. De todos os lados, uma série de varandas velhas, cada uma coberta com vasos de flores cheirosas, seguia pela lateral da colina. O som de água vinha de pequenas fontes e lagos. Havia também uma vista espetacular do porto, da baía atrás e do mar azul, perfeito.

Rose olhou ao redor em busca de algum sinal de vida.

— Jupitus? Você está aí? — perguntou baixinho, mais para si mesma.

Logo viu uma pessoa sentada à sombra de um pórtico. Quando se aproximou, viu que a perna direita da pessoa estava envolta em gesso e apoiada em um banco. O pouco de pele que se podia ver tinha um tom de alabastro fantasmagórico e pertencia inconfundivelmente a Jupitus Cole. Supondo que ele estivesse adormecido, Rose se aproximou na ponta dos pés.

— Estou ouvindo você, Rosalind — murmurou Jupitus, sem virar a cabeça. — Um rebanho de bisões galopando na minha direção seria mais sutil.

Por um momento, Rose se encheu de raiva, mas, quando se deu conta do estado lastimável em que ele se encontrava, deixou a raiva de lado.

— Você vai ter que ser legal comigo — disse com um brilho no olhar —, senão não vou fazer almoço para você.

Ele deu de ombros sem afastar o olhar do oceano.

— Já almocei.

CIRCUS MAXIMUS

— Bem, você vai ter que ser legal comigo de qualquer jeito — respondeu ela em tom mais firme e intenso.

Agora ele olhou para ela, com olhos orgulhosos e tristes ao mesmo tempo e com um leve sorriso.

— Você fica bem com o cabelo assim, Rosalind — disse ele baixinho. — É bem romântico.

E voltou o olhar para o mar.

9 A Mão da Sombra

— Pois então, estamos no ano 27... O que você sabe sobre ele? — perguntou Charlie.
Jake deu de ombros.
— Ah, o de sempre, eu acho...
— Entendo. Basicamente, não muito, né?
Eles estavam de pé na proa, à sombra da vela. Nathan ainda estava ao leme, a cabeça inclinada na direção do sol, um refletor de luz improvisado de metal brilhante ao redor do pescoço para maximizar seu bronzeado.
— O que você sabe sobre a Roma antiga em geral? — prosseguiu Charlie.
— Sei sobre Júlio César — disse Jake com entusiasmo. — Ele foi assassinado.
— Sim, no Teatro de Pompeia pelos colegas senadores, mas isso já faz mais de setenta anos agora. Você sabe *por que* ele foi assassinado?
Jake respondeu com um gesto de cabeça entre um sim e um não. Ele gostava quando Charlie agia como um professor excêntrico, mas também ficava com um pouco de medo.

— Porque queria governar Roma sozinho. Em resumo, ele queria ser *rei* — explicou Charlie.

— Entendo — murmurou Jake, sabiamente.

— Mas Roma odiava a ideia de um rei, de um único governante. Por centenas de anos, ela foi o que chamavam de *república*, com um novo governo eleito a cada ano. Por isso, mataram Júlio César. — Charlie demonstrou fazendo uma mímica rápida de esfaqueamento, desagradável o bastante para que Mr. Drake saísse voando e pousasse na retranca do mastro.

— O problema era que Júlio César já tinha convencido tantas pessoas de que um rei... ou melhor, um *imperador*, como eles chamavam... seria uma boa ideia, que era tarde demais para voltar ao jeito antigo. Enfim, para resumir, houve dezessete anos de uma guerra excessivamente sangrenta, algumas decapitações bem nojentas e tudo o mais. Até que o filho de César, Augusto, acabou se tornando o primeiro verdadeiro imperador de Roma.

— Um homem e tanto, o Augusto — disse Nathan, enquanto rearrumava o refletor de sol.

— Muito talentoso mesmo — concordou Charlie. — Expandiu significativamente o Império Romano, até o Egito e o norte da África e, a leste, até a Macedônia, ligando tudo com centenas de estradas, além de reconstruir completamente a própria Roma, transformando-a, em suas próprias palavras, *de uma cidade de tijolos em uma cidade de mármore.*

— Então ele ainda é o imperador? — perguntou Jake.

— Morreu treze anos atrás — respondeu Charlie. — Seu enteado, Tibério, é o líder agora.

— Meio complicado esse Tibério — observou Nathan.

— Nathan tem razão. Ele foi um bom general, mas nunca quis realmente ser imperador, o que explica por que agora vive como recluso na ilha de Capri, governando a distância por meio de seu braço direito, Lúcio Sejano, outro sujeito complicado do exército.

— A distância? — perguntou Jake.

— Por correspondência — explicou Charlie. — Ele governa todo o Império Romano por cartas.

— Mas não se engane. — Nathan deixou o leme e se aproximou dos dois, esticando os braços dramaticamente e falando em um tom teatral: — Roma está no auge, mais rica do que se podia imaginar, com exércitos enormes por todos os lados; a maior e mais poderosa civilização que o mundo já conheceu.

— Me desculpe... — Charlie balançou a cabeça. — Não consigo levar você a sério com essa coleira ridícula.

— O quê? — Nathan deu de ombros. — Você preferiria um pescoço não bronzeado? Como o de um bárbaro? Os romanos são muito críticos, muito cientes do corpo. Se você fizer as coisas um pouco errado, vira motivo de piada. Além do mais, sou criterioso, Charlie Chieverley. — Empinou o queixo e voltou para o leme.

— Você? Motivo de piada? — Charlie balançou a cabeça para Jake. — Não é possível.

Jake sorriu sozinho: estava com saudade das implicâncias divertidas entre os dois. Ao olhar para o mar, empertigou a coluna, endireitou os ombros e sentiu orgulho de estar em uma missão com os amigos novamente. Mas logo sua mente se voltou à tarefa: encontrar Topaz St. Honoré. Ela enviara aquela mensagem Meslith de supetão para o Ponto Zero com a época e as coordenadas de onde estava, a ilha de Vulcano em maio do ano 27, junto com a frase codificada *Sigam a mão da sombra*.

CIRCUS MAXIMUS

Topaz assombrava os pensamentos de Jake desde que desapareceu nas águas espumantes do mar do Norte. A imagem dela às vezes aparecia sorrindo ou gargalhando, como no dia em que se conheceram em Londres, ou no baile do vilarejo às margens do Reno, na Alemanha. Em outras ocasiões, ela espreitava nas sombras, perdida, cheia de tristeza, prisioneira da própria história horrível. Apesar de ter sido criada desde os cinco anos pela família de Nathan no monte Saint-Michel, ela era parente de sangue de uma das maiores inimigas dos Guardiões da História, a diabólica família Zeldt. Além de filha de Agata, também era sobrinha de Xander, o príncipe que planejara, em vão, destruir a Renascença.

No começo da tarde, uma ilha apareceu no horizonte à frente.

— Deve ser ela — comentou Charlie. — Vulcano, de todas as ilhas Eólias, a que fica mais ao sul.

Ele ergueu o telescópio para examinar, depois passou para Jake, que observou Vulcano com grande interesse: tinha talvez treze quilômetros de largura, penhascos íngremes e uma vegetação tão densa que parecia uma pedra de esmeralda gigante surgindo do mar.

— Um destino bastante estranho; a população é escassa e só tem um pequeno porto — disse Charlie, apontando para um amontoado de casas na base de uma ladeira íngreme — que atende a vários grupos mineradores. Até o vulcão está adormecido. É claro que, como em toda parte no mundo romano, há todo tipo de história local: alguns dizem que a ilha é a chaminé da oficina de Vulcano, outros que é a entrada do submundo.

Ao ouvir a palavra "submundo", Jake reparou que Nathan lançara um olhar nervoso a Charlie.

Quando o *Conqueror* deslizou para a baía, Jake sentiu um cheiro, um fedor pungente e azedo, que ficava cada vez mais forte conforme se aproximavam. Olhou para Nathan, cujo rosto estava contorcido de nojo.

— Minha nossa, Charlie — disse o americano. — Você andou comendo lentilhas de novo? Pensei que já tivéssemos falado sobre isso.

— É enxofre, seu idiota — retrucou Charlie. — Obviamente, é um dos minerais que escavam aqui. Olhe... — Ele apontou para caixas cheias de uma pedra amarelada. — Além de carvão, ao que parece — acrescentou, com um aceno na direção de uma pilha de pedras pretas.

O enxofre foi um pouco demais para Nathan, que pegou um lenço de seda e tapou o nariz.

Quando pararam no cais de madeira improvisado, vários habitantes de aparência carrancuda, com rostos sujos das minas, os observaram de soslaio, desconfiados.

— Que pessoal simpático — comentou Nathan baixinho.

Charlie, que nunca levava a hostilidade para o lado pessoal, desembarcou e se aproximou alegremente de um grupo particularmente mal-humorado; estavam com uma cara de que o rasgariam em dois e o comeriam de lanche, mas ele simplesmente lhes deu bom-dia, mostrou o mapa e fez várias perguntas. É desnecessário dizer que Charlie era o único dos agentes que conseguia falar e entender latim com real fluência. Os mineiros responderam com vários grunhidos e balanços sombrios de cabeça. Quando descobriu o que queria, Charlie voltou para perto dos amigos.

— Certo, acho que decifrei tudo. Aparentemente, as coordenadas de Topaz se referem a um pequeno templo a uma hora de caminhada montanha acima. Está deserto há décadas, mas era originalmente dedicado a Proserpina, ou Perséfone, a deusa do submundo. — Mais uma vez, Nathan lançou a Charlie aquele olhar de apreensão. — Às vezes é chamada de "Rainha das Sombras", o que é muito interessante, considerando a mensagem de Topaz: *Sigam a mão da sombra*. De acordo com a lenda — explicou Charlie —, Proserpina foi sequestrada por Plutão contra sua vontade, e sua bondade virou maldade, o que fez com que sua mãe, Ceres, planejasse todo tipo de vingança contra a humanidade.

— Sim, fascinante — interrompeu Nathan com impaciência. — Por que eles estavam todos balançando a cabeça?

— Ah, só por causa de uma história local boba sobre o templo ser assombrado pelos fantasmas das vítimas dela.

— Não! — exclamou Nathan de repente, com voz tão aguda que Jake levou um susto. — De maneira alguma! Você sabe muito bem que não encaro fantasmas em *nenhuma* hipótese.

— Ele tremeu de horror. — Vocês dois vão sozinhos. Vou esperar aqui e ficar de olho no navio. Além do mais, essa história toda é suspeita. Por que Topaz nos levaria a um templo abandonado no meio do nada? Não faz sentido.

— E é por isso que precisamos investigar — insistiu Charlie, fechando a capa melhor. — *Todos* nós! Não é negociável.

Pouco tempo depois, após deixar Mr. Drake almoçando alegremente, Charlie ia na frente guiando os outros pelo caminho íngreme na direção do velho templo. Jake reparou que Nathan ficava olhando nervoso de um lado para outro. Fazia frio na floresta, na sombra, e um aroma de madeira dominava o ar. O silêncio imperava, fora o grito ocasional de um pássaro, mas às vezes um galho quebrava, e Nathan parava de repente e ficava olhando para as copas escuras das árvores, certo de que um fantasma estava prestes a atacar.

— Se fosse um fantasma — observou Charlie, puxando-o —, você provavelmente não o ouviria se aproximando.

— Obrigado — bufou Nathan. — Agora você me deixou muito mais tranquilo.

Por fim, eles saíram de debaixo das árvores e contornaram um pico rochoso. Gradualmente, o terreno se aplainou. Era um lugar ainda mais perturbador do que a floresta. Uma imobilidade sobrenatural pairava no ar; o solo era preto e seco, e rochas vulcânicas gigantescas se espalhavam entre as árvores mortas e contorcidas. Nathan ficou ainda mais irrequieto, e o sangue sumiu completamente de seu rosto quando o templo finalmente surgiu à frente, duas colunas em ruínas, meio tortas, ladeando uma entrada escura.

— Isso tem que ser algum tipo de erro... — Ele balançou a cabeça. — Por que não verificamos as coordenadas de Topaz de novo?

Charlie o ignorou e seguiu para a entrada. Um lance de escadas de pedras rachadas descia escuridão adentro. Nathan se manteve distante.

— E aí, o que você consegue ver? — perguntou, nervoso.

— *Shh* — ordenou Charlie. — Estou ouvindo alguma coisa... — Ficou escutando com atenção. — Alguma coisa... ou *alguém*.

— Quem? — Nathan engoliu em seco. — O que você está ouvindo?

Charlie continuou sussurrando:

— Almas perdidas... Consigo ouvi-las chamando. Estão dizendo...

— O que estão dizendo?
— Um homem muito perigoso se aproxima; um homem de físico forte, de vaidade infinita.

Nathan contorceu o rosto tentando ouvir as vozes, mas só ouvia o vento soprando pela abertura escura.

— Um homem que acha que azul destaca seus olhos. Traga-nos a cabeça de Nathan Wylder...

— Cala a boca, Charlie, cala a boca! É uma ordem. Todos temos nossos pontos fracos. Você não gosta de queijo de cabra nem de falta de pontualidade, então faça o favor de respeitar minha única fobia.

— Olha só, por que a gente não entra junto? — sugeriu Jake, tentando esconder um sorriso. — Eu seguro o seu braço, se você quiser.

Para ser sincero, Jake também estava com medo, pois o sopro daquele vento parecia mesmo fantasmagórico, mas sentiu que agiriam mais rápido se parecesse tão imperturbável quanto Charlie. Sob outras circunstâncias, Nathan jamais aceitaria a proposta de Jake, mas agora segurou a mão do amigo e a apertou com força.

Charlie tirou uma tocha da bolsa, a acendeu e saiu andando.

— Eu fico com isso, muito obrigado. — Nathan pegou a tocha e foi andando logo atrás, com Jake ao lado.

Seus pés esmagaram cascalho quando começaram a descer a escada. O ar foi ficando mais frio conforme entravam mais fundo na montanha, e uma brisa leve continuou a soprar, assustadora. Por fim, se viram em uma ampla câmara e olharam ao redor. O que viram não deixou Nathan nada tranquilo. Até Charlie se viu com o coração disparado.

Como uma cripta debaixo de uma catedral, o lugar era inesperadamente grande, pavimentado com grandes retângulos de pedra preta antiga e um teto tão alto que desaparecia na escuridão acima. Do outro lado, dominando o espaço e observando qualquer intruso ameaçadoramente, havia uma enorme estátua sobre um pedestal.

— Nossa amiga Proserpina, imagino — disse Charlie, ajustando os óculos.

Muito maior do que o tamanho natural, uma deusa guerreira de expressão cruel, sentada, as mãos em forma de garra esticadas, como se estivesse prestes a esmagar os inimigos.

Nathan estava de pé, parecendo outra estátua, apertando com tanta força a mão de Jake que quase o machucava. Jake libertou seus dedos e saiu para examinar o resto do aposento: em buracos nas paredes havia quatro estátuas bem menores, que pareciam frágeis em comparação com a ameaçadora deusa. Duas lamparinas, apagadas, estavam penduradas no teto, mas, fora isso, a câmara estava vazia. Algo pareceu se mover apressadamente, e foi a vez de Jake congelar quando um rato passou correndo pela parede.

— Odeio essas criaturas — murmurou baixinho, se juntando a Charlie, em frente à estátua.

— Essa deve ser a antecâmara — disse Charlie, observando o rato desaparecer por um buraco no canto. — *Sigam a mão da sombra...* — refletiu, observando a deusa. — Aqui, me deem uma ajuda.

Jake fez o que ele pediu, uniu as mãos e ajudou Charlie a subir no pedestal, de forma a ficar na altura dos olhos da estátua. Com cuidado, ele observou as mãos assustadoras de Proserpina para ver se havia algum movimento nelas.

— As mãos devem ser a chave que vai nos permitir entrar em algum lugar.

Nathan avançou hesitante na direção de uma das estátuas menores. Ergueu a tocha e examinou-a com atenção, contorcendo o rosto de asco. Detalhadamente entalhada na pedra, parecia um cadáver muito magro usando um vestido fantasmagórico, a cabeça pendendo para o lado e vermes de pedra rastejando para fora dos buracos dos olhos. Quando olhou mais de perto, a cabeça se ergueu de repente e olhou de volta para ele. Nathan gritou, a tocha saiu voando, e o aposento mergulhou na escuridão.

— Pelas barbas do profeta! Nathan, o que você está fazendo? — gritou Charlie.

— Ela se moveu! A estátua se moveu e olhou pra mim! — berrou Nathan.

Jake ouviu a tocha cair e tateou pelo chão até encontrá-la. Pegou seu isqueiro de pedra (desde que Nathan lhe dera naquela noite escura da Veneza do século XVI, Jake nunca andava sem ele) e reacendeu-a.

Nathan estava encolhido no chão.

— Está vendo? — disse, apontando para a estátua. — Ela estava olhando para baixo antes.

Por mais que Charlie quisesse debochar da tolice de Nathan, acabou tendo que concordar.

— Incrivelmente, você está certo... — Ele olhou para as outras efígies. — Um momento atrás, todas as quatro estavam olhando para baixo; agora, só aquela está. — Quando eles se viraram para olhar, ouviram um som de pedra se arrastando e a última estátua também ergueu a cabeça medonha.

— Já chega, vamos embora — disse Nathan enfaticamente.

— Deve haver outro caminho para entrar sei lá aonde estamos indo.

— Tenha calma! — disse Charlie. — Está óbvio que elas foram *feitas* para assustar as pessoas e impedir que desçam aqui. É por isso que dizem que o templo é assombrado. — Para demonstrar a falta de preocupação, se aproximou e bateu na coxa magrela de uma das estátuas. — Está vendo, é só pedra. O mais importante é que precisamos descobrir como avançamos além desta câmara. Portanto, façam o favor de raciocinar juntos para descobrir o que significa *sigam a mão da sombra*.

Naquele momento, uma lembrança antiga e esquecida ressurgiu na mente de Jake: uma noite, quando faltou luz na sua casa (seu pai, em uma tentativa infeliz de fazer um guarda-roupa embutido no corredor, tinha perfurado acidentalmente a caixa de luz), eles acenderam velas na cozinha, e Jake e o irmão fizeram bonecos de sombra na parede.

Ele olhou para a estátua de Proserpina com as mãos esticadas, depois para as duas lamparinas de bronze penduradas no teto. Seguiu até uma delas e ergueu a tocha, como se fosse acendê-la. Para a surpresa de todos, o fogo pegou imediatamente. Ele foi acender a outra, que também pegou fogo, fazendo um barulho agradável. Intrigados e perplexos, Charlie e Nathan se entreolharam enquanto Jake foi para trás da estátua e examinou a parede dos fundos.

— Ali — disse. — *A mão da sombra.*

Nathan se levantou, e ele e Charlie foram olhar. Ficaram atônitos: a luz das lamparinas criou dois pares de sombras sobrepostas, formando a imagem de uma grande mão, com o indicador apontando um tijolo em particular, um dos milhares que formavam a parede dos fundos.

Parecia óbvio agora. Jake colocou o dedo no tijolo, esponjoso ao toque, e apertou com força. Um momento depois, com um som áspero, e a parte do meio toda da parede se ergueu, revelando gradualmente um espaço secreto.

— Vai roubar nosso emprego logo, logo — disse Charlie, dando um tapinha nas costas de Jake. Nathan ficou tão impressionado que esqueceu por um momento seu medo de fantasmas.

Jake seguiu na frente enquanto Charlie colocava uma pedra na abertura para que não ficassem presos lá dentro. Os três apertaram os olhos na escuridão. Aproximadamente da largura de um túnel do metrô de Londres, e coberto por uma trama tênue de teias de aranha. Na extremidade, sob um círculo de luz indistinto, viram uma figura encolhida.

— Ou é outra estátua... ou alguém muito imóvel — sussurrou Charlie.

— Que gentileza sua acabar com meu sofrimento — respondeu Nathan ironicamente.

— Andem, vamos — disse Jake, seguindo em frente. Sentia que estava tentadoramente perto de Topaz e que não havia um momento a perder.

— Pare! — gritou Charlie de repente, e puxou-o de volta. — Olhe!

Ele apontou para uma forma protuberante na parede: um entalhe de pedra de uma cabeça de cachorro com a boca aberta, pronta para matar.

— Tem outra ali — disse Jake, ao ver uma forma idêntica na parede oposta. — E ali! — Ele indicou uma terceira no teto.

Charlie compreendeu imediatamente.

— É claro... Cérbero, o cachorro de três cabeças que protege a entrada do submundo. E, como o verdadeiro, tenho a sensação de que esse não é o tipo simpático. Olhem dentro da boca, ali.

Jake e Nathan olharam para a cavidade negra entre os maxilares do cachorro na parede esquerda e conseguiram identificar, em vez da língua, o leve brilho da ponta de uma flecha.

Charlie tirou a capa, amassou-a e jogou-a cuidadosamente em um ponto entre as três cabeças. Houve um estalo triplo e um som de ar em movimento. Três brilhos de luz convergiram, e a capa enrolada caiu no chão com três flechas enfiadas. Charlie a pegou, tirou as flechas, jogou-as de lado e abriu a capa. Agora cheia de furos.

— O que você acha, Nathan? Com aparência gasta, como manda a moda?

Nathan revirou os olhos.

— Odeio esse tipo de visual. Não me desperta respeito. Falando sério, tecido rasgado aleatoriamente? E a arte?

Mais uma vez, Jake seguiu em frente, com os olhos grudados na figura encolhida e imóvel no fim do túnel. Parou pouco antes de chegar a ela. O primeiro palpite de Charlie estava certo: era mesmo uma estátua, mas entalhada em madeira, não pedra. Fez Jake pensar em uma relíquia antiga que se poderia encontrar em uma catedral, um homem velho com rosto magro pouco discernível por baixo do capuz e da capa e a mão enrugada esticada, com a palma para cima. Estava de pé como um mastro no meio de um pequeno barco de madeira, cruzando um canal que desaparecia dos dois lados na montanha. Nas sombras embaixo, havia poças de água.

— Esse deve ser o Caronte — disse Charlie, cada vez mais impressionado pela configuração. — O barqueiro que leva ao submundo. Nossos anfitriões, sejam lá quem forem, estão fazendo as coisas com riqueza de detalhes... embora o rio Estige já tenha estado melhor — acrescentou, assentindo em direção ao canal úmido. — Que perfeito... — Então notou outra coisa: — Tem um buraco na palma da mão dele. Você sabe o que diz a lenda, não? — disse, virando-se para Jake. — Você precisa pagar ao barqueiro para levá-lo para o outro lado do Estige. Se não pagar, vai vagar pelo limbo por toda a eternidade.

— Limbo por toda a eternidade... — refletiu Nathan. — Me parece aquela viagem que você me obrigou a fazer, dos relógios de cuco da Suíça. — Charlie o ignorou, tirou uma moeda de ouro do bolso e enfiou no buraco. — Espere! — gritou Nathan. — Discussão primeiro, por favor.

— Ops!

Charlie deu de ombros, abriu os dedos e soltou. Os três ouviram a moeda rolar para dentro do braço e cair com um estalo metálico.

Nada aconteceu por um momento; em seguida, gradualmente, começaram a ouvir um ronco distante de água. Reverberou lá de dentro da montanha e se aproximou rapidamente, cada vez mais alto. Por fim, começou a fluir pelo canal, apenas um gotejar no começo, depois um filete, e, em pouco tempo, uma torrente espumosa. O barco de Caronte tremeu e se ergueu do fundo do canal.

— Rápido, todos a bordo! — gritou Charlie, pulando. Jake foi atrás com empolgação, segurando-se no barqueiro rígido.

Nathan ficou no lugar, balançando a cabeça.

— Parece que vocês esqueceram que estou no comando aqui e ainda não discutimos isso. Quem sabe para onde esse rio pode levar? — Mas não fazia sentido brigar, o curso era inevitável. — Totalmente antiprofissional... — resmungou, e correu atrás e pulou a bordo na hora em que o barco saiu pelo túnel.

Os três gritaram, um pouco de medo e um pouco de animação, conforme o barco balançava para lá e para cá, descendo a montanha, sob o olhar firme do barqueiro de madeira. Em determinado ponto, o túnel ficou plano e a velocidade diminuiu, quase parou; em seguida, caiu de novo, e eles desceram rapidamente.

    Seguraram-se em Caronte, todos de boca aberta em um grito ininterrupto conforme seguiam pelo trecho final, até chegarem a uma área iluminada, onde o barco acabou parando. Pularam para fora e subiram um pequeno lance de escadas para ver onde estavam.

    E se viram no paraíso.

10 A GUARDA HIDRA

O sol lançava sua luz dourada sobre um vale verde e íngreme, que levava a um penhasco alto acima do mar. No meio, havia um grupo de belas construções, todas ligadas por jardins magníficos, cheios de flores coloridas, gramados, terraços, passarelas com colunas e fontes. Ocupando a posição principal, com vista para o oceano cintilante, ficava uma bela *villa* de mármore branco, cercada por altas palmeiras.

O local fervilhava de atividade. Um pequeno exército de jovens bronzeados, com aparência saudável e em boa forma, parecendo olimpianos, treinava em áreas diferentes do campo. Em uma caixa de areia circular, dois jovens lutavam com espadas. Mesmo de longe, Jake conseguia ver que não era uma competição casual de treino; pareciam e soavam como se estivessem lutando até a morte. Em outras áreas, jovens praticavam boxe, arco e flecha e artes marciais romanas. Os que não treinavam estavam sentados em bancos, observando com atenção, enquanto esperavam sua vez.

Outros grupos de criados, escravos e jardineiros, todos usando uniformes marrons idênticos, trabalhavam agitadamente pela propriedade.

Jake, Nathan e Charlie, que tinham se escondido na sombra, entre um amontoado de árvores e uma pequena construção, observaram tudo em silêncio. Em vão, Jake examinou as garotas para ver se Topaz estava entre elas.

— Um acampamento de férias? — disse Nathan com sarcasmo quando o gladiador vencido foi arrastado inerte e sangrento da caixa de areia.

— Nathan, olhe — disse Charlie, apontando para uma estrutura alta, uma jaula gigantesca com teto em forma de domo, construída de uma malha intrincada de pedra. Lá dentro, vários pássaros enormes e com aparência cruel voavam ou estavam sentados em poleiros altos. O domo em si tinha no alto uma estátua apavorante de uma gigantesca ave de rapina, asas esticadas para voar. — Gaviões — disse. — Ou, se eu não estiver enganado, um tipo particular de gavião. Um cruzamento com a *Polemaetus bellicosus*, a águia-belicosa, uma das aves de rapina mais mortais do planeta, para que fiquem ainda mais sedentos de sangue. Nathan e eu já ouvimos falar deles antes, não é?

— Sem dúvida que sim. — Nathan olhou com raiva para o enorme aviário. — É o bicho de estimação preferido de Agata Zeldt. A comandante estava certa, aqui deve ser o esconderijo dela.

Mais uma vez, ao ouvir o nome de Agata, *a mulher mais cruel da história,* Jake sentiu o estômago revirar. Ela era irmã de Xander Zeldt, o príncipe negro de quem quase não escapara na Alemanha. Também era mãe de Topaz, embora Topaz a tivesse repudiado completamente.

A dinastia Zeldt era dos inimigos mais antigos dos Guardiões da História. A mera menção do nome deles podia apavorar até os agentes mais corajosos. No começo, Rasmus Zeldt era amigo e contemporâneo de Sejanus Poppoloe, o fundador do serviço secreto, mas enlouqueceu, renegou a organização e se declarou rei não só do mundo, mas do próprio tempo. Muitas gerações se passaram, até que o monstruoso rei Sigvard aparecesse e declarasse guerra contra toda a história, jurando destruir o mundo e mergulhá-lo no mal. Ele fez um passeio pelas maiores atrocidades do passado, da Inquisição espanhola até as caçadas às bruxas em Salém, para aprender a arte antes de começar sua campanha de horror: tentar destruir o passado, acabar com ele e fazer o mundo se desdobrar em algo selvagem e profano.

Quando ele morreu de repente em uma campanha na antiga Mesopotâmia, seus filhos, Xander e Agata (Alric, seu segundo filho, estava desaparecido havia décadas), continuaram seu trabalho com zelo ainda maior. Durante toda uma geração, os Guardiões da História lutaram incansavelmente contra eles, impedindo plano após plano de se concretizar. Três anos atrás, quando Philip, o irmão de Jake, desapareceu, eles sumiram do mapa, mas recentemente Xander ressurgiu com um esquema maléfico para destruir a Renascença. Ele foi vencido e fugiu, terrivelmente queimado, em seu navio de guerra, o *Lindwurm*.

Mas agora parecia que a irmã dele, Agata, estava aprontando algo terrível.

— E então, achamos que essa é a residência pessoal dela? — Nathan apontou para a *villa*.

— Deve ser onde ela está — disse Jake, observando as colunas. — O que fazemos agora?

— Homens se aproximando ali na frente. — Charlie indicou com a cabeça dois escravos subindo as escadas na direção deles.

Bateram em retirada para o outro lado da construção. Ao olhar por uma janela, notaram que era uma lavanderia; havia tinas de lavar, assim como lençóis e roupas penduradas para secar. Os dois escravos entraram, pegaram algumas túnicas de uma pilha, marrons como as deles, e saíram.

— Estão pensando o que eu estou pensando? — perguntou Nathan, pulando pelo parapeito da janela. Verificando se o local estava mesmo vazio, esticou a mão, pegou três uniformes e pulou de volta para fora. — Olhem — disse, mostrando um bordado na frente de cada um. — Para o caso de precisarmos de mais provas, *A* de Agata. — A letra estava inscrita sobre o símbolo de um gavião voando com as garras estendidas.

Os três tiraram rapidamente as túnicas claras e vestiram os uniformes marrons.

— O visual escravo não é meu estilo — reclamou Nathan, ajustando o tecido barato para esconder a espada. — Charlie Chieverley, que diabos você está vestindo? — exclamou. — Acredito que tenha se superado.

Ele se referia à roupa de baixo, que Charlie estava tentando, sem sucesso, manter escondida enquanto se vestia: uma calçola com bordados de figuras romanas.

— É educativa! — Charlie corou vestindo rapidamente a nova túnica. — São meus personagens favoritos do mundo antigo: Aristóteles, Arquimedes, Cícero... só para citar alguns.

Tinha acabado de se arrumar quando um homem corpulento com rosto marcado contornou a construção na direção deles, gritando alguma coisa em latim. A princípio, o coração de Jake parou, pois achou que eles tinham sido descobertos, mas ficou claro que a irritação do homem era relacionada a trabalho: usava a mesma túnica marrom que os outros, mas parecia estar no comando. Charlie fez uma reverência e respondeu educadamente. Por fim, com o final da falação, o homem saiu andando escada abaixo na direção de outro grupo infeliz de escravos.

— Temos que levar aquelas cestas para o laboratório imediatamente — traduziu Charlie quando o homem já estava longe; apontou para uma pilha de cestas de vime cheias de pedaços de pedras, o mesmo enxofre de aroma intenso que tinham visto no porto. — E também deixou escapar que a *magistra*, Agata Zeldt, presumo, não está na residência no momento. Isso pode ser bom ou ruim. Rápido, é melhor levarmos as pedras; não queremos atrair atenção.

Agiram imediatamente, e cada um pegou duas cestas. Quando Jake levantou a sua, o fedor nauseante grudou no fundo de sua garganta, o que lhe deu ânsia de vômito.

— Onde vocês acham que fica o laboratório? — perguntou Nathan, tentando não respirar enquanto avaliava as várias construções.

— Ali. — Jake indicou com a cabeça uma construção baixa octogonal, para onde dois homens levavam carga similar.

Seguiram o caminho na direção do prédio, passando perto do aviário. Era hora da alimentação, e um homem jogava com uma pá grandes pedaços de carne crua em um cano que levava à jaula. Os pássaros, quase tão grandes quanto pessoas, voavam em frenesi, gritando e brigando, arrancavam pedaços de carne com os bicos afiados.

— E qual será esse negócio de enxofre? — perguntou Nathan. — Alguma ideia, Charlie?

Charlie deu de ombros.

OS GUARDIÕES DA HISTÓRIA

— Pode ser usado para fazer centenas de coisas: remédios, pesticidas, papel, borracha vulcanizada, ácido sulfúrico...

Naquele momento, um grupo de jovens guerreiros, agitados após uma briga sangrenta, veio gingando pelo caminho na direção deles. Fizeram Jake se lembrar de uma gangue de valentões temperamentais na escola dele, só que esses agora eram máquinas de luta musculosas e fortes. De perto, Jake conseguia ver o uniforme mais claramente: cada um usava um peitoral moldado cinza-claro de couro, com penas saindo nos ombros. Mais penas decoravam a parte de trás das grossas botas de gladiador. Para completar o tema ave de rapina, dois guardas usavam máscaras brilhantes de bronze com buracos horizontais para os olhos e um nariz armado, em arco, como o de um gavião; os outros carregavam as suas.

Os três jovens agentes mantiveram as cabeças baixas ao passarem, mas Jake reparou que um dos guardas, cujo rosto parecia esculpido, com uma covinha no queixo, os observava com olhos desconfiados.

Conforme desciam os degraus e seguiam pelos caminhos na direção da construção hexagonal, Jake, com o coração disparado, continuou a observar todos os rostos femininos, na esperança de um vislumbre de Topaz; mas ela não se encontrava ali.

Ao entrarem, viram-se em um enorme aposento. Estava escuro e frio... e vazio. Havia no ar um odor horrível e denso, não só de enxofre, mas de algo ainda mais ácido. Havia várias bancadas de trabalho cobertas de instrumentos cintilantes de bronze, balanças e copos de medidas, além de jarras com amostras, líquidas e em pó.

— Suponho que o odor repugnante venha daquelas coisas horríveis ali — disse Nathan, apontando para uma variedade de plantas curiosas ao longo de uma parede. De cada uma saía uma flor enorme, todas com uma língua gigantesca sem cor definida saindo do meio de pétalas azul-escuras.

— *Amorphophallus titanium*. — Charlie assentiu. — Flores-cadáveres, como são encantadoramente conhecidas. Além de terem cheiro de carne podre, elas têm um estômago realmente capaz de comer um roedor pequeno. Estou cada vez mais encantado com nossa anfitriã.

Um homem apareceu por outra porta; seguiu para uma bancada e começou a esmagar alguma coisa com um socador em um pilão. Era alto e magro, com rosto fino e uma comprida barba trançada. Sem nem olhar direito para os garotos, indicou que deixassem as cestas no canto. Eles as colocaram com cuidado ao lado de uma pilha de caixas repletas de pedras. Jake viu de relance uns recipientes de vidro estranhos, de formato hexagonal, como a construção, e cheios até a boca com um pó preto.

Mas o homem de barba os dispensou com uma batida brusca de mãos, e foram obrigados a dar meia-volta e sair do prédio. Do outro lado de um pátio de pedra ficava o casarão principal, aonde um grupo de escravos uniformizados entrava por uma porta lateral em fila.

— É para lá que vamos agora — disse Nathan. — O segredo é parecer que sabemos o que estamos fazendo.

Dito isso, respirou fundo e atravessou o pátio, com os outros em seus calcanhares. Quando tiveram certeza de que ninguém os observava, entraram pela porta lateral em uma passagem escura que percorria todo o comprimento da casa. Do outro lado, os escravos estavam dobrando a esquina, seus passos ecoando baixinho no piso de pedra, e logo desapareceram de vista.

Os garotos passaram por uma porta que levava ao átrio central e espiaram o local. Era tão largo, alto e iluminado quanto as áreas de serviço eram apertadas e escuras. Tinha uma escadaria enorme e o piso era de mármore branco.

Nathan indicou para que seguissem pela passagem.

— Eu diria que aqui é o caminho das suítes particulares — sussurrou, e começaram a subir a escada.

Só que não haviam notado que dois homens corpulentos os observavam do final do corredor.

Ao chegar a uma porta, Nathan sinalizou para que ficassem em silêncio e desembainhou a espada com cautela. Abriu a porta e espiou lá dentro, depois sinalizou para que os outros o seguissem.

Estavam em um quarto de vestir feminino. Jake se perguntou se conseguiria ver Topaz, até que Charlie anunciou:

— Os aposentos de Agata. Olhem.

Apontou para uma cômoda cuja base parecia outra monstruosa ave de rapina. O tema de pássaro estava em toda parte: no puxador de uma penteadeira, em um afresco no teto, pintado nas tampas de vidros coloridos de perfume e maquiagem.

Uma pequena passagem levava ao quarto. Mais uma vez, Nathan, com a arma na mão, avançou cautelosamente e, ao ver que estava vazio, sinalizou para que Jake e Charlie fossem atrás.

O ambiente era tomado por uma cama que mais parecia um trono, iluminada por raios do sol do fim da tarde que entravam por duas janelas enormes, molduras sem vidro com uma única barra horizontal, que davam vista para o oceano. O quarto estava vazio, mas havia sinais de ocupação recente: a roupa de cama estava no chão, toda emaranhada; um baú havia sido esvaziado e suas gavetas, deixadas abertas.

Nathan estalou os dedos para Jake.

— Fique de pé ali e veja se não tem ninguém se aproximando — ordenou.

Jake foi até a porta principal. Como estava entreaberta, ele podia ver o patamar e o alto da escadaria.

Enquanto isso, Nathan seguiu até a janela e olhou para baixo.

— Ai — disse, assobiando. — Uma queda e tanto.

Charlie examinou uns pergaminhos grandes que estavam abertos em uma mesa, presos com pesos nos cantos. O de cima era um mapa antigo da Europa, Ásia e África; embora seus formatos fossem meio estranhos, os continentes eram distinguíveis. Uma faixa larga, saindo do Atlântico, passando pelo Mediterrâneo e pelo norte da África e que seguia até o golfo Pérsico estava pintada de vermelho.

— A extensão do Império Romano? — perguntou Nathan.

— Em teoria — suspirou Charlie. — Mas nossa amiga Agata parece estar querendo tomar tudo para si.

Ele se referia ao símbolo de gavião com um A em cima que estava impresso em todos os países no mapa.

De onde Jake estava, só conseguia ver uma área vermelha espalhada no papel. Ao virar a cabeça para ver melhor, reparou em uma coisa caída no chão: uma única folha de pergaminho que tinha ficado presa debaixo de seu pé. Ele a pegou e examinou. Parecia a página inicial de um manuscrito: havia um único título, escrito a tinta, *Contadores*, e, abaixo, um desenho de sete ovos de ouro. Jake se perguntou se isso era importante.

— Pessoal — sussurrou para os outros —, o que vocês acham disso? — Não houve resposta. — Pessoal...? — chamou ele de novo.

OS GUARDIÕES DA HISTÓRIA

Nem Nathan nem Charlie estavam ouvindo. Eles tinham visto uma coisa chocante.

— É quem eu penso que é? — perguntou Nathan. Referia-se a um quadro na alcova que mostrava um jovem arrogante, esnobe, com cabelo louro perfeitamente liso.

— O Leopardo! — exclamou Charlie, atônito.

11 Saída do Paraíso

Jake ficou sem ar ao ouvir o nome. *O Leopardo*, o espião vil de voz aveludada que os interceptara no teatro da ópera de Estocolmo, o homem cujo cúmplice Jake lamentavelmente confundira com Philip, o agente inimigo que fugiu com todo o carregamento de atomium.
Da porta, Jake se virou para olhar. Mesmo do outro lado do quarto, aquela expressão de desprezo era inconfundível.
— Não, isso já é demais — declarou Nathan ao bater os olhos em um retrato similar em uma alcova adjacente. — Por que Topaz está ao lado desse idiota?
Ao ouvir o nome dela, Jake abandonou a posição, sem notar as duas sombras que subiam a escada em direção ao patamar, e foi atraído irresistivelmente para o segundo quadro. Era ela. Não dava para confundir: o rosto misterioso, os olhos azuis, os cachos dourados. Ele percebeu que havia sido pintado recentemente; ela ainda estava com a expressão desesperada de um animal preso que tinha visto no *Lindwurm*. O que já era bem ruim, mas havia um choque ainda maior: as duas pessoas

eram parecidas, sem a menor sombra de dúvida. O Leopardo (como estava pintado debaixo do quadro) tinha a mesma boca, as mesmas maçãs do rosto e os mesmos olhos de Topaz.

Jake se viu fazendo uma pergunta cuja resposta tinha medo de ouvir:

— Vocês acham que eles são parentes?

Charlie olhou para Nathan.

— O que você acha? Será que ela tem um irmão do qual não sabemos?

Nathan não disse nada, só ficou olhando de forma sombria para os quadros, com o maxilar trancado.

A descoberta fez a mente de Charlie sair em disparada.

— Odeio ser quem sugere isso, mas vocês acham que ela contou a ele alguma coisa sobre os Isaksen? Obviamente, ela não tinha como saber do encontro na Suécia, mas é uma coincidência estranha: *ela* desaparece e, de repente, *ele* está na Suécia.

— Charlie, você não está raciocinando — observou Nathan. — Os Zeldt já sabiam sobre os Isaksen, há séculos. Além do mais — acrescentou, quase com raiva —, não existe circunstância na qual Topaz falaria, nem mesmo sob pressão.

— *Omittite arma!* — gritou uma voz da porta.

Os três se viraram e deram de cara com dois guardas musculosos, gladiadores do campo de treinamento, ambos armados com espadas. Em um instante, os Guardiões da História puxaram suas armas, embora a de Jake tenha ficado presa na túnica.

— *Omittite arma!* — repetiu o primeiro guarda.

— Você quer que a gente largue as armas? — perguntou Nathan enquanto os homens avançavam. — Vão ter que pedir com mais educação.

De repente, duas portas escondidas atrás dos quadros se abriram, e mais seis soldados entraram. Jake ficou paralisado, sem saber para que lado se virar, com a espada ainda presa. Charlie se virou, mas foi pego desprevenido e desarmado imediatamente. Nathan lutou com coragem, rebatendo os golpes de espada dos atacantes, mas os números não estavam a seu favor e, em poucos segundos, quatro lâminas apontavam para sua cabeça. Brilhando, pairaram na frente dos seus olhos.

— Acho que mais educado do que isso não fica.

Ele deu de ombros, ainda se recusando a entregar a arma. Com um golpe preciso nos dedos da mão dele, um dos guardas o fez soltar a espada. Jake finalmente desprendeu sua própria arma e, apesar de a batalha estar perdida, apontou com desafio para cada soldado, andando na direção da porta.

Ele parou quando suas costas entraram em contato com alguma coisa afiada. Virou-se lentamente e viu um *nono* soldado. Jake reconheceu-o como o jovem de covinha no queixo que os observara com tanta atenção ao passarem. De impulso, ele atacou, mas o garoto logo segurou a mão de Jake com sua pata enorme e olhou-o com uma intensidade estranha enquanto o desarmava.

Os Guardiões da História foram reunidos e levados para fora do quarto, os recém-chegados protegendo a retaguarda. Jake ficou horrorizado consigo mesmo: mais uma vez, desapontou os amigos. Se tivesse ficado de guarda na porta, eles talvez tivessem tido tempo de fugir.

Quando atravessaram o patamar e começaram a descer a escada, o nono soltado gritou para seus colegas. Eles se viraram, claramente perplexos; em seguida, do nada, o jovem de covinha empurrou Jake e os outros para fora do caminho, preparou

OS GUARDIÕES DA HISTÓRIA

o punho e deu um soco no maxilar do primeiro guarda com força total. O pescoço do homem estalou; a descrença surgiu nos seus olhos quando cambaleou e caiu por cima de todo o pelotão, derrubando-os como um monte de pinos de boliche. Como uma gigantesca bola de neve fora de controle, eles rolaram pelos degraus em uma confusão de membros, tornozelos se torcendo, crânios rachando, sangue se espalhando no mármore branco.

— Amigos de Topaz? — perguntou o rebelde com um sotaque forte enquanto pegava as armas largadas pelos colegas. Os garotos estavam estupefatos, mas Charlie conseguiu erguer a mão trêmula. — Lucius Titus — anunciou o jovem, mostrando os dentes brancos perfeitos e apertando a mão de cada um com firmeza. — Eu estava esperando vocês. — Ele devolveu as espadas. — Me sigam. Temos pouco tempo.

E saiu andando pelo corredor.

— Onde está Topaz? — perguntou Jake, atrás dele.

— Rápido! — sussurrou o soldado enquanto dobrava uma esquina.

— Quem ele disse que era? — perguntou Nathan. — Ele parece bem satisfeito consigo mesmo.

Charlie deu de ombros.

— Lucius Titus?

No saguão abaixo, Jake viu um dos guardas caídos levantar a cabeça ensanguentada, procurar um apito e soprar com força. Ele não precisava ter se dado ao trabalho: a porta da frente já estava sendo aberta e outro grupo de soldados entrou marchando.

— Acho que devíamos seguir o sujeito — decidiu Charlie, e eles saíram correndo pelo corredor.

Lucius os estava esperando.

— Vamos rápido! — ordenou, levando-os por uma porta, batendo-a e trancando-a de cima a baixo.

Eles se viram em outro quarto como o de Agata, porém menor. Lucius abriu um baú, tirou dois pedaços compridos de corda e começou a prender uma ponta à barra de ferro da janela.

— Topaz está aqui? — perguntou Jake.

Nathan acrescentou casualmente:

— Adoraríamos dar uma palavrinha com ela.

— Foi embora com a magistra.

— A magistra? — repetiu Nathan. — Concluo que queira dizer a encantadora Agata? — perguntou para Charlie. — Os Zeldt adoram seus títulos vulgares.

— Foi embora para onde? — perguntou Jake, um leve desespero surgindo na voz.

Lucius apertou o nó, jogou a corda para fora da janela e começou a amarrar a ponta da segunda.

— Com licença — disse Nathan. — Posso perguntar o que está acontecendo?

— Nossa única saída... — Lucius apontou para baixo. Os soldados tinham chegado à porta do quarto e batiam nela, tentando arrombá-la. — Ou vocês querem ficar e lutar? — Charlie examinou a rota de fuga: uma queda íngreme que dava direto para o mar. — Mesmo se vocês caírem, vão estar em segurança — tranquilizou Lucius. — É bastante fundo.

Mas a atenção de Jake tinha sido atraída por outra coisa: um vestido azul-claro com bordado dourado na bainha e no decote, caído sobre uma cadeira. Pertencia a outra era.

— Eu... eu conheço isso — gaguejou. — Topaz estava usando esse vestido quando a vi pela última vez. Este quarto é dela? — perguntou ao soldado, agora olhando ao redor com grande interesse. Uma corrente comprida e grossa chamou sua atenção: uma ponta estava presa à parede, e a outra tinha um aro com uma tranca. — Ela estava presa aqui? — perguntou Jake, ficando pálido. Ele trincou os dentes. — Onde ela está? Exigimos saber.

— Ela foi embora! — insistiu Lucius com firmeza, jogando a segunda corda pela janela. — Para Herculano.

— Herculano? — perguntou Jake.

— Fica no continente — explicou Charlie. — Ao norte de Pompeia. Tem uma biblioteca maravilhosa lá.

— O que ela está fazendo em uma biblioteca? — Jake continuou seu interrogatório, embora as batidas na porta estivessem ficando mais fortes.

O prego da fechadura de cima tinha quase se soltado e o de baixo estava seguindo o mesmo caminho.

— Perguntas depois, pode ser? — Charlie pulou no parapeito da janela. — Jake, vamos? — perguntou, segurando a primeira corda.

Jake seguiu a deixa, mas olhou para baixo e viu a queda.

— Vocês estão de brincadeira! — exclamou, assustado.

Eles estavam mais no alto do que em qualquer penhasco do qual já tivesse ousado apenas olhar para baixo.

— Quando vocês quiserem — comentou Nathan sarcasticamente, com um olho na porta que balançava.

Jake segurou a segunda corda, respirou fundo e começou a descer. Assim que estava abaixo da janela (o andar mais alto ficava diretamente acima do mar), ela pendeu para o lado e ele quase não conseguiu se segurar. Quando Nathan pegou a mesma corda acima dele, ela se balançou para o outro lado. Jake se agarrou com tudo e continuou a descer lentamente.

CIRCUS MAXIMUS

Os quatro desceram pelo penhasco íngreme, Charlie e Lucius em uma corda e Jake e Nathan na outra. De repente, houve um barulho acima de madeira rachando e o som de uma porta sendo quebrada e aberta. Um momento depois, dez rostos belicosos, cada um protegido por uma máscara de bronze com aberturas horizontais para os olhos, apareceram no vão acima e, em segundos, os soldados estavam mirando flechas.

— Vejo vocês lá embaixo — anunciou Lucius. — Vamos!

Jake observou com espanto ele chutar o penhasco e soltar a corda. Erguendo os braços no ar, mergulhou, gritando enquanto despencava. Na metade do caminho, apenas para se exibir, ao que parecia, deu uma cambalhota antes de entrar na água com o corpo perfeitamente reto, gerando um movimento de círculos concêntricos bem abaixo.

— De jeito nenhum! Não vou fazer isso — gaguejou Jake, aumentando a velocidade com que descia a corda e queimando as mãos, quando uma flecha vinda de cima passou assobiando ao seu lado.

Nathan também estava estarrecido, mas por outro motivo.

— Só *uma* cambalhota? — zombou ele. — Nada de rodopio nem pirueta? Que amador.

E ele também soltou a corda e se jogou com um floreio, tentando dar duas voltas *e* um rodopio no caminho. Na verdade, apesar da bravata, não foi tão elegante quando Lucius, e bateu na água em um ângulo estranho. Charlie abriu um pequeno sorriso.

Agora, revoadas de flechas cortavam o ar, e, para piorar as coisas, o inimigo estava começando a cortar as cordas. Jake e Charlie sabiam que pular era a única opção.

— Vou contar até três — gritou Charlie para Jake, encolhendo a cabeça quando uma flecha passou voando — e vamos

juntos. — Jake assentiu sombriamente. Sentiu arrepios surgindo na pele ao redor do pescoço. — Fique o mais reto que conseguir. Um, dois — Jake fechou os olhos em oração —, três.
Ele abriu os olhos de novo, deu impulso para longe do penhasco e soltou. Um arrepio sutil subiu por sua espinha, cores e luzes piscaram ao redor dele. Ouviu uma flecha passar ao seu lado em câmera lenta, mas então a gravidade assumiu o controle e ele despencou, acelerando em direção à morte certa. O oceano disparou em sua direção, e ele bateu na superfície. Seu primeiro pensamento foi que aquilo não era água; parecia chão sólido e sentiu uma dor agonizante em sua coluna. Mas logo perdeu a audição, e tudo ficou frio, escuro e azul. Em segundos, estava nadando na direção da superfície cintilante. Assim que saiu na luz do sol, outro amontoado de flechas entrou assobiando na água.
— Aqui! — gritou Nathan. — O soldado quer que a gente vá por aqui. — Apontou na direção da boca de uma caverna debaixo do penhasco. — Aparentemente, vai até o porto.
Lucius estava se segurando em uma pedra com um sorriso estonteante.
— Vamos! — chamou.
Nathan, Jake e Charlie, que não ficava à vontade na água e já tinha engolido baldes, nadaram atrás dele até a caverna, lotada de estalactites que se retorciam montanha a dentro.
— Topaz me disse que vocês vir — explicou Lucius — e que eu ajudar vocês. Esperar já três dias.
— O prazer é todo nosso — disse Nathan, com um sorriso nada sincero.
— Como você fala inglês? — perguntou Charlie, mantendo a cabeça para fora da água com dificuldade.

— Todos nós aprender inglês — declarou Lucius. — A magistra manda. Além do mais — abriu um sorriso —, tive aulas extras com Topaz.

Jake olhou para ele. Não sabia bem se tinha ouvido direito no túnel ecoante, mas havia um calor distinto na voz do soldado.

— E a magistra é sua comandante? — perguntou Charlie.

— Não é mais. — Lucius riu com vontade.

— E qual é sua ligação com Topaz? — perguntou Nathan sem meias palavras.

Lucius não respondeu à pergunta, mas perguntou a ele:

— Você nadar bem?

— Eu nado muito bem, obrigado — respondeu o americano com firmeza. — Na verdade, ganhei vários prêmios por minhas habilidades na água.

Ele demonstrou com nado *crawl* em grande velocidade.

— Seu amigo é muito orgulhoso! — Lucius riu de novo, e o som ecoou pela câmara.

Quando o silêncio voltou, ouviram outras vozes atrás deles. Charlie olhou para trás e viu um barco pontudo carregando cinco ou seis soldados, suas máscaras estranhas e bicudas refletindo a luz.

— Os Hidras nunca desistem! — comentou Lucius. — Somos treinados para lutar até a morte.

Todos se viraram e saíram nadando rapidamente pelo canal.

— Imagino que os Hidra sejam seus amigos simpáticos da *villa* lá de cima? — disse Charlie, cuspindo água. — Bom nome — comentou com Jake. — Da mitologia grega: a serpente do mal que tem várias cabeças.

— Não mais amigos! — gritou Lucius quando mais disparos, desta vez identificados por Charlie como *pila*, lanças e *spincula*, dardos de ferro, começaram a voar pelo ar.

Por fim, os quatro nadadores chegaram ao porto. Ao saírem da água, seguiram rapidamente pelas pedras até o píer de madeira bambo onde o *Conqueror* esperava. Mr. Drake, empoleirado no mastro, deu um grito, primeiro de prazer, quando os viu, depois de pavor, ao perceber o que estava acontecendo.

— Aquele é seu navio? — perguntou Lucius, fazendo uma cara feia. — *Exigua est*. É pequeno.

— O que ele queria? — Nathan balançou a cabeça para os outros. — Um veleiro atlântico? Um navio viking norueguês? Quem é esse ser estranho e qual é o problema dele? Todos a bordo... Vou soltar as amarras.

Jake e Charlie subiram pela prancha enquanto Lucius, fazendo uma manobra ridícula, se agachou e saltou para dentro, dando um rodopio e caindo com um floreio na proa.

Os perseguidores saíram da caverna e dispararam outra saraivada de dardos e lanças. E então, para piorar as coisas, eles viram mais três embarcações, cada uma com sua cota de soldados, contornando a costa.

— Odeio dar más notícias — Lucius indicou os soldados com a cabeça —, mas nós agora cercados.

Nathan pulou a bordo, puxou a prancha e pegou o leme.

— Você pode ter a aparência certa, o físico desenvolvido, a covinha no queixo e dentes brilhantes, mas fazemos isso há anos. E este navio pode ser pequeno, mas com certeza não é *exíguo!*

Para provar o que dizia, Nathan ligou o motor e saiu navegando, fazendo Lucius quase cair no convés. Um grupo de moradores que consertava algumas redes observava com total espanto. O *Conqueror* bateu nos três barcos carregados de homens musculosos e saiu voando pela baía.

Conforme a velocidade aumentava, Lucius começou a se agarrar à amurada, igualmente impressionado e apavorado, murmurando sobre *magicus*.

— O que ele está dizendo? — perguntou Jake.

— Está se perguntando se isso é magia — traduziu Charlie.

— *Ou se é a embarcação de Netuno* — acrescentou Nathan, revirando os olhos, antes de se virar para o soldado e dar de ombros. — Netuno, isso mesmo. Amigos em posições *baixas*.

Quando o navio chegou a mar aberto e Vulcano já não passava de uma forma enevoada no horizonte, Nathan andou até eles e, com sua voz mais séria, pediu uma reunião.

— Então Topaz foi para Herculano? — perguntou. — Você tem certeza absoluta disso?

Lucius assentiu.

— Dois dias atrás, com a magistra e o Leopardo.

— E *quem* exatamente é o Leopardo? — perguntou Nathan.

— Além de ser uma pessoa que precisa de um bom esconderijo...

Jake se preparou para a resposta.

— Irmão de Topaz — murmurou Lucius sem pensar, mas logo se corrigiu: — Meio-irmão. Eles se odeiam.

— E eles foram para Herculano por que motivo?

— A magistra...

— Não podemos só chamá-la de Agata? — interrompeu Nathan com irritação. — Esse nome está começando a dar nos nervos. E como você não trabalha mais para ela...

Lucius o encarou desafiadoramente antes de prosseguir:

— A magistra foi pegar um... *quid dico? Sarcina...* Um pacote.

— Um pacote? — perguntou Nathan. — Que pacote? — Lucius deu de ombros, então se virou para Charlie. — Você acha que é o atomium? — Foi a vez de Charlie dar de ombros. Nathan prosseguiu com o interrogatório: — Onde exatamente ela ia pegar esse pacote?

— No *theatrum*. Teatro.

— No teatro? — Nathan deu uma risada irônica. — Isso está ficando um pouco absurdo.

— Acreditar em mim. Não acreditar em mim. — Lucius levantou as mãos. — Não faz diferença.

— Na verdade, *tem* um teatro em Herculano — disse Charlie. — É tão famoso quanto a biblioteca. — Ele se virou para Lucius. — Preciso perguntar: por que você está nos ajudando?

— Eu ajudar vocês... vocês ajudar Topaz.

Ao ouvir essa admissão, Jake sentiu uma pontada de incerteza, uma premonição de alguma coisa. Viu-se fazendo a pergunta, mas não queria saber a resposta.

— E por que você quer ajudar Topaz?

Lucius mostrou os dentes brilhantes.

— Porque eu amo Topaz.

Jake não reagiu bem, mas a segunda declaração foi pior:

— E ela me ama.

Nathan também ficou perplexo com a ideia.

— Espere um minutinho aí — disse ele, endireitando a coluna e empinando o queixo. — Você está falando da minha irmã. Não sei nada sobre você. Quantos anos você tem?

— Dezessete — respondeu Lucius com orgulho. Ele era o mais velho de todos ali.

Nathan não estava gostando nada daquilo.

— Bem, isso é velho *demais* para ela — disse ele.

Lucius o encarou: eles eram da mesma altura, cada um tão impressionante quanto o outro, mas Lucius era mais corpulento.

— Eu não ligar de você não gostar — disse ele com irritação. — Eu arriscar minha vida em Vulcano — declarou, indicando a ilha atrás deles com o polegar. — Tudo que eu tinha já era. Agora, sou um *réus*... um criminoso... *me quaerent*. Vou ser caçado. — Com uma expressão de raiva, aproximou o rosto de Nathan.

— Não vamos ser dramáticos demais! — Nathan fez uma cara de desgosto, mas se recusou a recuar. — Você fez escolhas, que não têm nada a ver com Topaz.

— Já chega, vocês dois — disse Charlie, separando-os. — Vamos nos acalmar um pouco.

Ele sussurrou no ouvido de Nathan:

— Está na cara que ele é um sujeito qualquer que Topaz escolheu para ajudar. Vá mais devagar com ele.

Charlie se virou para Lucius.

— Foi muita gentileza sua nos ajudar, seja lá qual for o motivo. Tem alguma outra coisa que você possa nos contar sobre Topaz?

Lucius deu um passo relutante para trás, afrouxou o peitoral, enfiou a mão lá dentro e tirou um pequeno pacote de um bolso secreto.

— Ela mandar isto — anunciou, colocando o pacote na mão de Charlie.

Todos os três Guardiões da História se entreolharam, sem acreditar.

— Você estava com isso o tempo todo? — resmungou Nathan com irritação. — Por que não nos entregou antes?

— Dou para vocês agora! — disse Lucius, balançando a cabeça e murmurando sozinho.

Quando os outros dois se aproximaram, Charlie abriu o pacote rapidamente. Continha uma pequena tabuleta de cera com duas linhas escritas, obviamente rabiscadas com pressa. Charlie leu em voz alta:

— *Me encontrem às nove da manhã, meio de maio, Pons Fabricius...* — Ele respirou fundo. — *Código roxo.*

Os três agentes trocaram olhares. Nathan esticou a mão e pegou a tabuleta.

— É a caligrafia dela mesmo — comentou. — *Meio de maio...* É o dia 15, daqui a dois dias. Pons Fabricius fica em Herculano?

— Negativo — disse Charlie, ajeitando os óculos no nariz. — A Pons Fabricius é uma das pontes mais antigas e famosas do mundo. Ela faz a ligação com a ilha Tiberina. Fica em Roma.

— Roma? — Nathan ergueu as mãos e se virou para Lucius com atitude acusatória. — Você disse que ela tinha ido para Herculano!

— Ela me disse isso! — respondeu Lucius, e mais uma vez eles se encararam, como um par de alces.

— Acalmem-se, vocês dois — intercedeu Charlie uma segunda vez. — É bem possível que ela tenha ido para Herculano e *depois* para Roma. Fica no caminho, na costa. Nathan, sugiro que continuemos para o norte de qualquer maneira. Podemos discutir nosso destino no jantar. Vou descer e preparar alguma coisa. Toda essa agitação me deixou faminto.

Todos acabaram concordando. Charlie desapareceu convés abaixo, assobiando com alegria. Mr. Drake foi logo atrás, fugindo da linha de fogo. Nathan voltou para o leme, e Jake e

Lucius foram para lados opostos do navio refletir sobre seus variados infortúnios. Depois de observar o sol se pôr no mar Tirreno, Jake se voltou para seu rival.

Lucius era alto, muito bonito, soldado e, principalmente, quase três anos mais velho do que ele. Até onde Jake sabia, devia ser gentil (Jake não conseguia imaginar por que Topaz se interessaria por ele se não fosse). Aos olhos de Jake, aquele homem (e doía admitir) era perfeito.

Charlie voltou da cozinha quinze minutos depois, carregando uma bandeja de comidas deliciosas.

— Um cardápio mediterrâneo simples. — Ele suspirou com alegria ao colocar a bandeja sobre a mesa. — É o melhor! — Apontou para uma tigela de cada vez. — Tapenade de azeitonas, iogurte e figos frescos, salada de azedinha com chicória, falafel de grão-de-bico feito em casa e esse delicioso pão de centeio que comprei hoje de manhã em Messina.

Na verdade, Jake perdera um pouco o apetite, mas a refeição de Charlie estava, como sempre, deliciosa, e em pouco tempo os quatro brigavam pelo último pedaço.

Quando acabaram, Charlie trouxe a sobremesa.

— Eu talvez tenha me superado aqui: suflê de tâmara com sementes de papoula — anunciou com orgulho ao botar o prato na mesa. Para Lucius não ouvir, sussurrou: — Basicamente, é cheesecake.

Eles atacaram o doce (Lucius ficou impressionado) e as hostilidades foram desaparecendo, embora não por muito tempo.

— Qual de vocês é... — Lucius cuspiu uma semente ao tentar lembrar o nome — ... Yake?

— *Jake*, sou eu. Topaz deixou um recado para mim? — perguntou Jake com animação.

OS GUARDIÕES DA HISTÓRIA

— Não. — Lucius balançou a cabeça e comeu outro pedaço. Os outros tiveram que esperar que ele mastigasse e engolisse antes de continuar. — Você inimigo número um, eles dizem. Estou surpreso... Eu esperava alguém mais... — ele se virou para examinar Jake e chegou ao ponto de apertar seu bíceps, que não chegava nem perto de musculoso — mais *infigo*, mais *athletico*.

Jake ignorou o comentário maldoso e se concentrou na verdadeira bomba. Pela segunda vez naquele dia, ele sentia como se alguém tivesse acertado um golpe em seu corpo.

— Inimigo número um? — gaguejou. — O que você quer dizer?

— Você deixa o irmão da magistra, o príncipe Xander Zeldt, cego. Sua cabeça vale dinheiro. Agora a *minha* também vale. Talvez eu inimigo número um agora — declarou ele com uma gargalhada. Ninguém riu junto.

— Zeldt ficou cego? — Jake se viu perguntando, como em um sonho.

— Dizem que ele nunca mais enxergar. — Lucius deu de ombros ao se servir da última colherada de sobremesa. — Mas ele foi ver um médico especial.

Jake absorveu a notícia. Tinha visto pela última vez o príncipe Zeldt, o tio incrivelmente mau de Topaz e inimigo do Serviço Secreto dos Guardiões da História, durante sua missão para tentar salvá-la. Foi por causa da intervenção tragicamente equivocada dele que Topaz não teve escolha além de botar fogo no armário de cabeças embalsamadas de Zeldt, que explodiu na cara dele. Jake não sabia que ele tinha ficado cego e, apesar de ele merecer uma punição (afinal, tentara mesmo destruir a Europa da Renascença com a mortal peste bubônica), ficou perplexo ao descobrir que era um homem procurado agora.

— Eu não ficaria preocupado, Jake — disse Charlie rapidamente. — Todos temos um preço para nossas cabeças. É o que mais tem por aí. Na verdade, é um elogio. — Ele se virou para Lucius. — Alguma ideia de onde Zeldt foi ver esse médico? — Um lugar chamado... — Ele teve dificuldade em lembrar o nome. — Vindobona?

Charlie sussurrou para os outros:

— É o antigo nome de Viena. Sem dúvida, ele foi para o século XIX, quando a cirurgia ocular desabrochou. Pelo menos, está fora do nosso caminho.

— E ele estava com aquele demônio em forma de mulher chamado Mina Schlitz? — perguntou Nathan.

Ao ouvir o nome dela, Jake sentiu outra pontada de ansiedade. Ela era o braço direito de Zeldt, uma assassina de sangue frio. A única concessão dela à humanidade era seu amor pela cobra de estimação, embora o animal tenha morrido no incêndio do *Lindwurm*. Lucius soube imediatamente de quem estavam falando e disse que ela foi com seu mestre.

— Ela e a magistra não se gostam...

— Dá para imaginar aquelas duas juntas? — comentou Nathan. — Um festival de simpatia.

Quando a noite caiu, os três agentes discutiram para onde deveriam ir primeiro: Herculano ou Roma. Jake queria ir direto para Roma e começar a procurar Topaz, mas Charlie argumentou com sucesso que ainda faltava um dia e meio para o encontro marcado com Topaz, e como eles passariam por Herculano de qualquer maneira, era melhor ir para lá primeiro e tentar descobrir mais sobre o *pacote* misterioso que Agata Zeldt havia ido buscar no teatro.

Quando chegaram a um consenso sobre o percurso, Charlie foi para o leme (ele adorava dirigir à noite). Mr. Drake tentou ficar acordado no ombro dele, e Nathan e Jake ficaram sentados, apreciando a noite agradável e a iluminação celestial. Jake nunca se cansava da magia das estrelas. Lucius adormeceu no convés. Seu corpo volumoso e o belo rosto tremiam enquanto se debatia com algum inimigo invisível nos sonhos. Jake e Nathan o observaram em silêncio.

— Não acredito que Topaz esteja apaixonada por ele — disse Nathan. — Ela não se apaixona, não é o estilo dela. — Alguns minutos se passaram até que ele voltasse a falar. Virou-se para Jake muito sério e declarou: — Amo minha irmã, mas ela é complicada como uma caixa de sapos, sabe.

Jake assentiu e deu um meio-sorriso. Não tinha dúvida de que Nathan estava dizendo isso como um aviso. Não deu nenhuma resposta.

O *Conqueror* velejou pela noite.

12 A SIBILA DE CABELO DE FOGO

Um comboio de três carruagens escuras passou sacudindo pelo campo. Cada uma puxada por quatro corcéis negros, bestas selvagens com olhos enlouquecidos e narinas dilatadas, seu pelo brilhando ao luar. No portão de uma fazenda, um vigia ficou olhando, primeiro com olhos embaçados, depois com alarme crescente, conforme as carruagens disparavam na direção dele. A terra tremeu; ele ouviu os gritos cruéis dos cocheiros, o estalo de chicotes, e os veículos passaram trovejando, jogando cascalho nele e deixando uma nuvem de poeira sufocante para trás. Chegaram ao topo da colina e desceram na direção das luzes tremeluzentes de uma cidade.

As carruagens pareceram voar pelas ruas escuras e estreitas da cidade, alheias às pessoas e aos animais que entravam no caminho; duas rodas se levantavam do chão quando viravam as esquinas. Subiram uma colina íngreme, passaram por um arco que levava ao pátio de uma enorme *villa* e ali pararam de repente. Dois portões gigantescos, cada um decorado com

OS GUARDIÕES DA HISTÓRIA

o tema de um pássaro enorme, fecharam-se atrás dos veículos com um estalo alto.

Por um segundo apenas não houve som além do ofegar e resfolegar dos cavalos; e então, com eficiência veloz, um pelotão de guardas entrou no pátio em fila e parou em posição de sentido. O cocheiro da primeira carruagem e seu companheiro, os dois com peitorais cinza e penas nos ombros, característicos da Hidra, pularam no chão, abriram a porta da carruagem e desceram o degrau antes de fazerem uma reverência e darem um passo respeitoso para trás.

A primeira pessoa a sair da escuridão de seda do interior do veículo foi um jovem alto, de membros longos e atléticos. Ele também usava o uniforme da Hidra, mas cada elemento (o peitoral, as ombreiras, as botas e o capacete) era feito de ouro e ébano. Seu cabelo louro era perfeitamente liso e seu sorriso, cruel. Em suas costas, havia uma capa luxuosa de pele com as manchas de um leopardo.

Desceu em um movimento ágil, tirou as luvas e inclinou a cabeça quando outra pessoa apareceu, como um fantasma. Era uma dama, alta e elegante, usando um vestido negro cintilante e um véu preto que cobria sua cabeça e ombros. Através dele, só um leve vislumbre de rosto pálido podia ser visto, emoldurado por um cabelo cor de fogo. Toda sua figura inspirava medo. Gelava o sangue até de seus soldados leais. Quando desceu, eles pareceram retesar a coluna ao mesmo tempo e seus rostos assumiram expressões de terror.

Ela colocou a mão lânguida no ombro do companheiro (Leopardo era ao mesmo tempo seu filho *e* seu capitão) e sussurrou alguma coisa, depois se virou e seguiu para a *villa*.

O Leopardo andou até a segunda carruagem, abriu a porta e falou com seu ocupante, que saiu em seguida: um homem corpulento de meia-idade, coberto por uma capa. Ele lançou um olhar cansado e inchado pelo pátio enquanto o Leopardo se dirigia à terceira carruagem, que estava trancada com correntes. Abrindo um sorriso sádico, ele espiou pelas laterais de treliça e rosnou alguma coisa para a pessoa lá dentro.

Como uma noiva das trevas, Agata Zeldt caminhou por uma passagem larga e iluminada por tochas no coração da *villa*, seu salto alto estalando no piso de mármore. Quando passava, os escravos ficavam paralisados, com as cabeças bem baixas. À frente dela, uma porta dupla enorme de marfim e ouro a esperava, aberta.

Atrás da porta, um salão enorme estava iluminado por braseiros baixos com chamas tremeluzentes. Lá havia uma jaula gigantesca, um aviário coberto dividido em dois compartimentos. A parte esquerda era habitada por um prisioneiro solitário acorrentado a um poste, usando o uniforme da Hidra. Era corpulento e musculoso, mas agora estava ferido e maltrapilho, após dias encarcerado. Ele ergueu a cabeça quando Agata entrou, mas ela não retribuiu o olhar; só seguiu até o compartimento da direita, onde três pássaros enormes, os mais belos e mortais que possuía, grasnavam com animação.

Um sorriso iluminou seu rosto por trás do véu de seda, e, colocando as mãos pálidas entre as barras, esperou que os pássaros fossem até ela. Eles voaram para baixo, batendo as asas de prazer, e a beliscaram de leve com o bico para obter sua atenção. Extasiada pela devoção deles, Agata suspirou, fazendo o véu dançar na frente do rosto.

Ela recolheu as mãos e bateu palmas para chamar o cuidador dos pássaros. Um momento depois, um homem barrigudo usando um avental de couro manchado de sangue surgiu da escuridão. Nas mãos gorduchas, ele carregava uma cesta, que entregou à patroa.

Agata examinou o conteúdo. A cesta estava lotada de coisas vivas, ratos, camundongos, cobras finas e besouros do tamanho de monstros, todos deslizando, arranhando e subindo em cima uns dos outros em uma sopa diabólica. Sem se deixar intimidar, enfiou a mão e pegou um roedor gordo com rabo grosso e pelado e o lançou por entre as barras. Os pássaros atacaram imediatamente, gritando de prazer, um arrancando a cabeça, outro puxando o corpo em pedaços, os pescoços se movendo conforme engoliam os pedaços de carne.

— Pobrezinhos, estão famintos — disse ela. — Mas não se preocupem, o jantar está a caminho.

Ela agora foi até o outro compartimento. Parou na frente do prisioneiro e tirou o véu, que, ao ser removido, sibilou de leve. Quando viu o rosto dela, o soldado infeliz vacilou, como se estivesse olhando para a própria Górgona.

À primeira vista, o rosto de Agata era bonito; orgulhoso, com uma testa alta. Mas um exame mais detalhado revelava uma coisa mais perturbadora: as feições, nariz, olhos, boca e queixo, todas atraentes, pareciam não se encaixar *direito*. Parecia que tinham sido separadas e montadas cuidadosamente, como na noiva de Frankenstein, deixando uma leve marca de cirurgia.

Sua idade era incalculável; como o irmão, poderia ter quarenta anos, sessenta, ou até mais. A pele, esticada de forma a apagar todas as marcas, era pálida e transparente como mármore, e deixava à mostra uma leve rede de veias azuis. Um dos olhos era azul, o outro era cinza e um pouco mais apagado do que o primeiro. O mais impressionante era o cabelo ruivo, denso e seco como cobre queimado.

— Você sabe por que está aqui? — perguntou ela.

— Não, Magistra — respondeu o prisioneiro com voz falhada.

A porta se abriu, o Leopardo entrou e se pôs ao lado da mãe. Agata enfiou a mão por baixo da capa e pegou um pequeno lote de pergaminhos, depois voltou a falar com o prisioneiro:

— Estas foram as últimas cartas que você me entregou, três cartas imperiais enviadas de Capri para Roma, junto com mais duas do Senado para Capri. Cinco correspondências no total.

— Isso mesmo, Magistra. Como sempre, eu as interceptei no porto de Sorrento e fiz as substituições necessárias.

— Então você gostaria de me explicar sobre os comunicados que restaram?

— Não, Magistra. Eu peguei todos.

Agata ficou olhando para o soldado enquanto gotas de suor se formavam na testa dele. Ela esticou a mão, e o Leopardo colocou nela outra pilha de pergaminhos. A visão fez o prisioneiro tremer.

— Meu filho pegou essas com um mensageiro já a caminho da cidade. Se essas cartas, do próprio Tibério, tivessem chegado ao destino, todo nosso trabalho teria sido em vão.

— Eu... Eu não entendo como pode ter acontecido — gaguejou o soldado. — Dez homens vigiavam o porto.

Os pássaros espiaram pelas barras do compartimento, cada vez mais empolgados, sabendo que havia uma guloseima a caminho. Seus gritos sedentos por sangue ficaram mais altos e mais agudos, e enfiavam as cabeças pelas grades enquanto batiam as asas de expectativa.

OS GUARDIÕES DA HISTÓRIA

— A história está prestes a ser reescrita — sussurrou Agata por entre as barras —, mas sua incompetência vai lhe fazer perder o show.

Ela assentiu para o Leopardo, que deu um passo e removeu a placa que separava os dois compartimentos. Os gaviões logo voaram para cima do soldado. Ele gritou desesperadamente, puxando as correntes quando as aves começaram a voar ao redor da cabeça dele, saboreando o momento especial. Em seguida, todos mergulharam juntos.

O Leopardo segurou os ombros da mãe com prazer. A boca de Agata se abriu enquanto observava o espetáculo, e ela bateu palmas quando os gritos do homem e dos pássaros se misturaram em uma cacofonia satânica. Uma gotinha de sangue voou pela jaula e caiu na bochecha branca de Agata. Ela tremeu, mas não limpou. Em um minuto, os gritos do homem morreram; só os gaviões podiam ser ouvidos, e em pouco tempo os gritos agudos foram substituídos pelo som de carne sendo rasgada.

A expressão de Agata voltou ao normal quando o momento de êxtase passou. Ela pareceu melancólica; o Leopardo sentiu e deu um beijo na nuca dela.

— Não fique triste, mãe — sussurrou. — Faltam menos de dois dias agora.

Apesar de estar acostumado às visões mais nojentas possíveis, o cuidador dos pássaros não ousou olhar para o que havia sobrado do homem preso ao poste.

Jake foi acordado por um cutucão delicado. Ele tinha adormecido, como estava acostumado, sobre as cordas do convés, confortavelmente envolto em um cobertor. Charlie estava inclinado sobre ele, Mr. Drake espiando de cima do ombro.

— Achei que isso podia lhe interessar... — sussurrou Charlie. Nathan e Lucius ainda estavam dormindo, mas Charlie não estava sendo educado, e sim querendo um pouco mais de paz.

Jake se sentou e olhou para o amanhecer: uma faixa de luz rosa surgia acima de uma área de terra à direita.

— É uma visão um tanto perturbadora — prosseguiu Charlie, apontando na direção de uma montanha em forma de cone. — Aquele ali é o monte Vesúvio. — A voz dele ficou mais séria. — E abaixo dele fica a cidade de Pompeia.

Jake tinha ouvido falar de Pompeia. Sabia que a cidade tinha sido destruída e enterrada quando o vulcão enorme entrou em erupção. Ele começou a identificar o contorno da cidade, muros altos descendo pela colina entre a montanha e o mar. Não sabia direito quando Pompeia encarou seu destino terrível, então esperou vê-la em ruínas, mas as ruas ainda estavam movimentadas com a atividade matinal.

Charlie continuou seriamente:

— A cidade tem mais cinquenta e dois anos até que a calamidade aconteça. Tudo vai ser destruído: o mercado, os teatros, estádios, templos, lojas e palácios, desaparecidos em um piscar de olhos.

— O que aconteceu exatamente? — perguntou Jake, mas logo se corrigiu. — Quero dizer, o que *vai* acontecer?

— Em agosto de 79, depois de oitocentos anos adormecido, aquele vulcão vai explodir como nenhum outro antes. Uma fonte de cinzas e pedras vai subir a milhares de metros no ar; vai continuar assim por dias e noites. Incrivelmente, a maioria vai sobreviver a isso, mas vai desejar não ter sobrevivido. Pois depois virá o evento piroclástico — Mr. Drake saiu de perto de Charlie de repulsa; não era às palavras que se opunha, mas aos gestos intensos que as acompanhavam —, uma onda de gás fervente e sufocante, viajando a mais de trezentos quilômetros por hora e que imediatamente transforma tudo que toca — Charlie fez uma pausa para dar efeito e estalou os dedos — em carbono negro.

Mais uma vez, Jake observou a cidade. As partes mais altas dos muros agora recebiam a luz do sol nascente, e pensou tristemente em seu destino, tirando algum consolo do fato de que seus habitantes ainda teriam 52 anos de paz.

— Na outra direção — Charlie apontou para outro ponto da costa, mais distante —, naquela península bem no fim da baía de Nápoles, está Miseno, onde a frota romana está ancorada. A marinha romana demorou para deslanchar, mas agora é a maior frota que o mundo já viu. É uma visão e tanto, dê uma olhada.

Ele pegou seu pequeno telescópio, o abriu e entregou a Jake, que mirou na terra ao longe. A princípio, não conseguiu discernir a confusão de formas, mas logo viu uma sucessão de cais, cada um com uma flotilha de enormes navios de guerra. Parecia uma cidade por si só.

O silêncio do começo da manhã foi rompido por Lucius gritando enquanto dormia:

— *Bellum parate! Ferte milites!*

Ele estava deitado de costas, com as mãos se retorcendo como se prendessem algum inimigo imaginário. Depois de alguns minutos de ação, durante os quais Lucius bateu com os punhos no convés, Nathan saiu da parte inferior, de roupão de seda, tirando a máscara dos olhos e empurrando até a testa.

— Eu torcia para *eu* estar tendo um pesadelo — disse —, mas ele ainda está aqui. — Aproximou-se e cutucou Lucius com o pé, calçando o chinelo até ele acordar. — Bom dia, Lucy

— disse com sorriso venenoso. — Infelizmente, há tarefas a serem feitas. Nós fizemos um sorteio, e você vai limpar a latrina.

Lucius olhou para ele, estupefato.

— Pelo amor de Deus, Nathan — resmungou Charlie com irritação —, deixe-o em paz. Ele não fez nada contra você.

Mas a expressão de Nathan tinha mudado. Avistara a cidade de Pompeia ali perto. Ele fez uma reverência respeitosa com a cabeça.

— Pobre lugar — murmurou.

Pouco tempo depois, chegaram ao pequeno e organizado porto de Herculano, um pouco depois de Pompeia. Enquanto Charlie guiava o *Conqueror* para o cais, explicou para Jake que Herculano também seria destruída pelo vulcão, mas os danos não seriam tão graves. Lucius os ouviu enquanto polia a espada e perguntou de que eles estavam falando. Charlie, apesar de claramente contrariar as regras dos Guardiões da História de não interferir no futuro, disse para ele que achava que aquele não era o melhor lugar para Lucius morar; explicou que era especialista em vulcões e tinha uma sensação ruim em relação àquele. Lucius olhou para Charlie de um jeito meio estranho, mas Jake teve a sensação de que o romano seguiria o conselho mesmo assim.

Nathan saiu do convés e jogou uma pilha de roupas para Lucius.

— É melhor você trocar de roupa — disse.

Lucius ainda vestia o uniforme da Hidra. Ele avaliou as roupas com expressão de desprezo.

— E pode tirar essa expressão da cara. São vestimentas de qualidade — disse Nathan, acrescentando baixinho: — São melhores do que essas roupas ridículas que *ela* faz vocês usarem. A obsessão de Agata Zeldt por penas é lamentável. Nathan tinha colocado um par de botas de gladiador e um colete justo de couro por cima da túnica. Ele puxou Jake pela roupa.

— Agora me diga a verdade — disse, fazendo uma pose. — Esse colete faz meus braços parecerem maiores?

— Faz... — Jake assentiu com dúvida. — Acho que sim, mas parece um pouco... apertado.

Ele estava certo: estava tão justo no alto dos braços que estava impedindo o fluxo sanguíneo.

— Está ótimo. — Nathan deu um puxão. — E as botas? São bem masculinas, não são?

— Muito másculas — concordou Jake. Parecia a melhor coisa a dizer.

— Porque *ele* não tem o monopólio de parecer um deus romano. — Nathan fez um gesto de inveja para Lucius, cujos músculos saltavam enquanto colocava as roupas novas.

O navio atracou, e os quatro seguiram pela rua principal, na direção do teatro, que Charlie já encontrara no mapa.

Jake percebeu que a cidade era mais próspera do que Messina. As ruas eram largas e limpas; havia mármore branco para todo lado e grupos de pessoas bem-vestidas passeavam olhando as lojas, ficavam sentadas perto de chafarizes ou apenas caminhavam pelo porto.

— É só uma cidade de férias — comentou Charlie. — Roma à beira-mar, poderíamos dizer.

Lucius ficou impressionado, quase deslumbrado, pelas demonstrações de riqueza. Ele corou quando três moças de família nobre passaram usando vestidos longos de seda e batendo os cílios para ele.

Nathan observou com ansiedade, mas elas o ignoraram completamente.

— Está óbvio que elas não me viram — murmurou para Jake.

Quando duas outras belas moças se aproximaram, ele contraiu os músculos e grudou nelas seu olhar mais fumegante. Mas elas também só tinham olhos para Lucius.

— Eu pareço ser invisível! — reclamou Nathan, puxando o colete de novo. — Nem mesmo um olhar de relance na minha direção. Falando sério, ele não passa de um miolo mole, enquanto eu tenho cérebro *e* músculos, tudo envolto em uma capa luxuosa de sensibilidade e *savoir-faire*. Como não adorar?

Finalmente, chegaram ao teatro, uma bela construção com arcos ao redor.

— Obviamente, são apenas nove da manhã — observou Charlie —, então é improvável que tenha alguma coisa acontecendo.

Jake e seus companheiros passaram por um dos arcos e entraram em um átrio escuro que contornava o teatro. De lá, subiram uma escadaria curva e saíram na luz do sol do anfiteatro. Jake, Nathan e Charlie absorveram a cena, extasiados.

O auditório a céu aberto era semicircular e consistia de uma escadaria em curva formada de assentos de pedra que levava a um palco elevado. Atrás dele, havia um enorme muro de mármore, com colunas altas, alcovas e estátuas na frente, e três portas que, presumivelmente, levavam à coxia. Contrariando a previsão de Charlie, *havia* uma exibição acontecendo, uma apresentação de uns vinte atores, com rostos cobertos de máscaras, cada uma com a boca curvada para baixo de infelicidade. Estava sendo assistida por um pequeno número de pessoas sentadas nas fileiras da frente.

— Deve ser um ensaio geral. — Charlie ofegou, maravilhado ao observar a cena.

Os dois personagens principais, um homem magrelo e uma mulher robusta, estavam falando, enquanto o coral fazia mímicas teatrais em resposta, sua a linguagem corporal se alterando de desespero para raiva e para horror, e assim por diante.

— Eles parecem demonstrar todas as emoções possíveis — disse Nathan, rindo.

Lucius, o soldado franco, sem meias-palavras, era o único que parecia não estar à vontade ali: tudo era um pouco sentimental demais para ele.

De repente, as coisas no palco se aqueceram, e a dama robusta gritou insultos para o companheiro magrelo. Jake e os outros supuseram que era parte da peça, até que a dama tirou a máscara, revelando, para o horror de Lucius, que não era mulher, mas um homem barbado de meia-idade. O ator pisou na máscara e atacou o colega. O coral tentou separá-los, mas a briga ficou tão violenta que até a plateia foi envolvida. Por fim, o ator vestido de mulher silenciou todo mundo com um palavrão e saiu tempestuosamente, jogando a peruca no chão, de repulsa.

Jake e Nathan se viraram para Charlie.

— Meu latim é razoável — disse Nathan —, mas não captei nenhuma palavra disso.

Charlie traduziu devidamente, explicando, depois de juntar as peças, que o homem que fazia o papel da mulher era um dos dois *histriones primi*, ou atores principais. O homem que *deveria* estar fazendo o papel do marido abandonou a peça sem avisar depois de algum evento infeliz no dia anterior, e o homem magrelo, o substituto, tomou o lugar dele, mas clara-

mente não era bom o bastante para o papel. *"Abdico"* foi sua fala de despedida: "Eu desisto."
— Evento infeliz ontem? — perguntou Jake. — O que foi?
— Não sei exatamente — disse Charlie, antes de acrescentar enfaticamente: — Mas parece que ele foi embora com uma mulher ruiva. — Todos os quatro trocaram um olhar. — Vamos aos bastidores para fazer mais perguntas.

Enquanto a discussão no palco prosseguia, Jake e os outros se esgueiraram por uma das portas na parte de trás. Eles se viram em uma passagem escura, cheia de objetos de cenário, mas ainda conseguiam ouvir os resmungos do ator. Eles seguiram a voz até chegarem ao camarim. O homem estava tirando o figurino e olhando com irritação para seu reflexo no espelho de cristal.

Charlie respirou fundo e se aproximou dele com cautela, perguntando em latim se eles podiam conversar. No começo, também ouviu uma torrente de xingamentos, mas, quando revelou que ele e os amigos estavam vendo o ensaio e se solidarizavam *completamente* com o drama do ator, o tom dele se suavizou. Ele inclinou a cabeça com orgulho e se apresentou como Fico Mirabilis, Fico, o Fantástico. Outro desvario se seguiu (Charlie traduziu aos poucos, mais por causa de Jake) sobre o quanto era impossível atualmente e nessa época fazer uma peça de qualidade na tradição *grega* (os olhos de Fico ficaram úmidos neste ponto); que a palavra falada estava morta; que os gladiadores e os jogos vulgares de Roma estragaram tudo; que as pessoas só gostavam de ver emoções baratas com o traseiro grudado nas cadeiras.

Charlie assentiu em solidariedade (na verdade, devia ser o melhor ator entre os dois) e esperou até que Fico se cansasse, depois perguntou sobre os eventos do dia anterior. Isso gerou uma mistura estranha de emoções: primeiro, raiva, depois ressentimento, por fim, preocupação profunda. Jake reparou que, pelo menos duas vezes, ele falou o nome Agata com desprezo.

Charlie agradeceu, se despediu e se virou para os outros, sorrindo.

— Descobri tudo que precisávamos saber.

Enquanto os quatro seguiam para a rua e começavam a voltar para o *Conqueror*, Charlie contou tudo.

— Bem — anunciou com prazer —, o pacote que Agata Zeldt veio pegar não era uma *coisa*. Era uma pessoa.

Jake imediatamente somou dois e dois.

— Era o ator que faltava.

— Afirmativo — respondeu Charlie. — De acordo com Fico, o pesadelo todo começou meses atrás, quando uma ruiva arrogante chamada Agata Zeldt chegou à cidade pela primeira vez. Ela viu a apresentação e foi aos bastidores no final, e ofereceu a Austerio, que devia estar fazendo o papel de marido, um determinado valor para fazer um *trabalho particular* para ela. Se ele concordasse, ela prometia levá-lo a Roma e torná-lo um astro. Austerio nunca contou ao velho rival qual seria o trabalho secreto.

"De qualquer modo, Agata foi embora, e Fico achou que aquilo não daria em nada. Mas ela voltou ontem para buscá-lo. Fico ficou furioso, com inveja; achava que Austerio era um péssimo ator e não merecia o estrelato. No entanto, quando eles saíram, Fico, que é o amigo mais antigo de Austerio e seu rival mais mortal, teve uma premonição horrível sobre a coisa toda e agora está muito preocupado com ele."

— Bem, isso tudo está claro como lama — comentou Nathan. — Talvez eu esteja deixando passar alguma coisa, mas ser

mentora de atores de segunda não costuma ser o caminho para a dominação do mundo.
— E Topaz? — perguntou Jake a Charlie. — Fico disse se ela também estava aqui?
Charlie parou e ajeitou os óculos no nariz.
— Ao que parece, Agata estava acompanhada só de um rapaz de cabelo claro.
Jake sentiu outro tremor de medo, assim como Lucius, que vinha logo atrás.
— Bem, é melhor seguirmos em frente — disse Jake. — Temos menos de vinte e quatro horas até a hora de nos encontrarmos com ela.
Os garotos voltaram correndo para o *Conqueror* e zarparam novamente, passando por Miseno e sua enorme frota de navios de guerra. (Jake contou pelo menos vinte e cinco ancorados ali, cada um com uma proa curva distinta, velas largas listradas e três fileiras de remos marcando os enormes cascos.) O sol viajava pelo céu enquanto eles seguiam costa acima, até chegarem em Óstia no fim da tarde.
— É o mais perto que vamos chegar de Roma de navio. São mais trinta quilômetros por terra, uma viagem épica nesta era. Sugiro que sigamos para o mercado local e procuremos transporte lá.
Nathan desembarcou.
— Talvez possamos nos permitir um lanchinho primeiro — sugeriu, de olho em uma barraca de comida do outro lado do cais. — Aquilo é sorvete? Já foi inventado? Afinal, nós estamos na Riviera Italiana.
— Lamento dizer que não — suspirou Charlie, pulando para a terra firme junto com os outros. — A não ser que você seja um imperador com um exército de servas enviadas aos

Apeninos para pegar neve. Acredito que aquilo seja *Pepones et melones*, melão cozido e frio com amido de milho. É perfeitamente adequado em uma emergência de pudim — deu de ombros —, e eu concordo que estejamos em uma.

Quando estavam atravessando em direção à barraca, uma carroça puxada a cavalo, carregada de todos os tipos de ânforas, ziguezagueou fora de controle pelo cais, quase atropelando-os antes de bater em um muro baixo. Lucius começou a censurar o cocheiro idoso violentamente, e uma discussão acalorada veio em seguida; o cachorro do homem entrou na briga, latindo e rosnando em defesa de seu dono. Jake não conseguiu deixar de sentir um pouco de pena do homem idoso; ele era tão pequeno e frágil, e estava claro que era amado por seu jovial companheiro canino.

— Minha nossa, ele é cego? — gritou Charlie de repente.

Jake olhou melhor e percebeu que ele estava certo: o homem estava se dirigindo a Lucius como se ele estivesse de pé em um lugar completamente diferente.

— Agora eu já vi de tudo — comentou Nathan. — Cocheiros cegos. O mundo enlouqueceu.

Finalmente, a carroça saiu estalando para a cidade, e os garotos foram comprar o lanche de melão com amido de milho. Enquanto Jake comia o seu (que, na verdade, era mais refrescante do que parecia), avistou dois navios de guerra, bem parecidos com os de Miseno, zarpando mais ao longe, as fileiras perfeitas de remos girando em sincronia. De perto, podia ver os conveses fervilhando de soldados e se perguntou em que missão, para que parte do enorme Império Romano, estavam partindo.

— Por estarmos tão perto de Roma — explicou Charlie —, há forte presença militar aqui também. — Ele pensou sobre o assunto. — Na verdade, pensando bem, tem presença militar em toda parte.

De repente, Mr. Drake começou a tremer de pânico.

— O que foi? — perguntou Charlie.

— Eu vi o que foi — disse Jake assustado, os olhos grudados em um grupo que se aproximava deles pelo porto, vestido com peitorais cinza, penas nos ombros e máscaras de bronze com bicos.

— Hidra! — exclamou Nathan. — Eles devem ter nos seguido até aqui. Como foi que não os vimos?

Naquele momento, houve um zunido agudo, e um dardo de metal atingiu os *Pepones et melones* de Nathan, espalhando tudo em cima dele.

— Isso foi grosseria — disse ele e fez uma careta ao ver mais quatro guardas se aproximando de outra direção. — Cabeças! — gritou, quando outra saraivada de flechas voou pelo ar.

Alguns moradores correram para se proteger, enquanto Mr. Drake, agora em desespero total, se escondeu debaixo da toga de Charlie.

— Aqui em cima! — ordenou Charlie, levando-os para longe do porto, pois não havia como chegar ao navio sem enfrentar o inimigo. Enquanto eles corriam, os guardas começaram a segui-los.

— Aqui! Rápido! — gritou Nathan, correndo na direção de uma construção com pórticos grandes de um lado da rua.

Eles dispararam pelo átrio de mármore e passaram por uma porta dupla. O colete de couro de Nathan ficou preso na maçaneta, ele perdeu o equilíbrio e deslizou de forma espetacular pelo piso de mármore molhado.

— Mas que porcaria! — reclamou ao se endireitar, mas deu de cara com quarenta pares de olhos observando-o com reprovação. Havia homens para todos os lados, a maioria de idade, ou nadando ou relaxando na enorme piscina que dominava o aposento, e a maioria completamente nua. — Ah, os banhos públicos — murmurou Nathan com uma reverência tímida.

— Eu tinha esquecido que eles gostavam de exibir tudo.

Rápida e cuidadosamente, com os olhos grudados no chão, ele seguiu os outros para fora do aposento.

Atrás deles, as portas se abriram de novo, e seis soldados entraram correndo enquanto desembainhavam as espadas. Os frequentadores das termas ofegaram e recuaram ou afundaram na piscina, enquanto os guardas avançavam em cima dos Guardiões da História.

— Espadas? — Nathan sorriu. — Isso é um pouco mais justo.

Ele puxou a dele, e Charlie e Jake rapidamente fizeram o mesmo.

Lucius estava balançando a cabeça.

— Não lutar perto. Eles têm veneno no braço, faz dormir.

Nathan e Jake não faziam ideia do que ele estava falando, mas Charlie viu que cada guarda tinha um dispositivo prateado preso ao antebraço.

— Acho que ele está dizendo que aqueles braceletes contêm alguma espécie de tranquilizante.

— Que encantador — disse Nathan. — Eles não estavam usando antes?

— Não no campo de treinamento — explicou Lucius —, mas sempre fora dele.

— Que pena que você não teve tempo de pegar o seu. — Nathan indicou o pulso nu de Lucius.

CIRCUS MAXIMUS

Eles se viraram e correram por debaixo de um arco, depois desceram uma passagem. Os soldados foram atrás, empurrando um grupo de banhistas temerosos para dentro da piscina.

Jake, Lucius, Nathan e Charlie voaram para a *palaestra*, o ginásio, onde atletas treinavam com pesos e equipamento de alongamento.

— Com licença — disse Jake educadamente, e pegou um pequeno peso de chumbo da mão de um homem com músculos inflados e atitude compatível, e o lançou na direção da porta.

Os outros seguiram seu exemplo, pegaram qualquer coisa que pudessem encontrar, como bolas de couro recheadas de areia, discos de ferro e até bustos de pedra de uma série de alcovas, e jogaram para o outro lado do aposento. Alguns objetos atingiram o alvo antes de caírem no chão, mas a maioria quicou inutilmente no piso de mármore.

Depois de percorrer o labirinto de corredores, eles finalmente viram outra porta dupla à frente. Ao correrem na direção dela, uma matrona de véu branco tentou impedi-los:

— *Vires interdicti sunt!* — gritou ela quando eles passaram.

— O que ela está dizendo? — perguntou Jake.

— É proibido para homens — respondeu Charlie, dando de ombros.

Eles abriram as portas e entraram, e perceberam imediatamente a fumaça de incenso subindo de dois braseiros dourados. Uma jovem dedilhava uma lira, enquanto cinco mulheres de idades variadas estavam deitadas em mesas de madeira para receber uma massagem. Elas se viraram alarmadas quando os invasores destruíram a paz.

— Senhoras... ou devo dizer *deusas*? — disse Nathan com malandragem ao ser observado por uma bela massagista.

Charlie revirou os olhos para Jake quando Nathan pegou o pote da mão dela e o cheirou.

— Alfazema e flor de laranjeira. Não tem nada melhor para uma pele equilibrada e um brilho radiante — comentou, antes de derramar óleo no chão brilhante em frente à porta.

Foi um golpe de mestre. Quando os soldados entraram, perderam o equilíbrio e escorregaram em todas as direções. Nathan completou o gesto derrubando um dos braseiros de incenso e acendendo o óleo, o que botou fogo nas botas com penas dos três guardas.

— Obrigado. — Nathan piscou para sua deusa, que parecia igualmente apavorada e intrigada. — Ando sofrendo de crise de autoconfiança, mas consigo ver no seu rosto que ainda tenho meus encantos.

— De onde ele tira essas frases terríveis? — perguntou Charlie aos outros.

Ninguém respondeu, e eles saíram correndo por mais corredores de mármore branco até chegarem a um átrio amplo.

— Aqui em cima! — gritou Charlie.

Ele apontou para uma grande janela aberta, na altura das suas cabeças, com vista para o jardim. Lucius juntou as mãos e fez um apoio para ele. Nathan fez o mesmo com Jake. Charlie pulou janela a dentro, mas Jake esperou enquanto Lucius oferecia ajuda a Nathan.

— Depois de você — respondeu Nathan com arrogância.

Lucius, em outro de seus saltos que desafiavam a gravidade, subiu e pulou em um segundo. Nathan tentou improvisar, mas sua mão, ainda encharcada de óleo, escorregou, e ele caiu, bateu com a cabeça no parapeito e torceu o tornozelo quando caiu no chão. Jake conseguia ver que dois guardas que tinham

sobrado estavam se aproximando pelo corredor, precedidos por suas longas sombras.
— Aqui! — gritou Jake, inclinando-se com a mão esticada. Mas Nathan ainda estava atordoado da queda e olhou sem entender para Jake, reconhecendo-o apenas parcialmente. — Nathan! — gritou Jake de novo.
O americano olhou ao redor com expressão de surpresa.
— Eu marquei uma massagem? Aromoterapia?
Não havia nada a fazer.
— Esperem por nós! — gritou Jake para os outros ao pular e pegar o amigo. — Nathan! — repetiu, desta vez dando-lhe um tapa.
O gesto obteve o efeito desejado: os olhos de Nathan recuperaram o foco, assim como seu instinto de sobrevivência. Não havia tempo para eles subirem na janela, então Jake o puxou para uma das quatro passagens que levavam para fora do átrio. Os dois soldados foram atrás, correndo a toda velocidade.
À frente deles, havia uma única porta; vapor quente escapava por debaixo dela. Jake a abriu e eles se viram em uma câmara grande e abobadada, tomada de vapor.
O calor era tremendo, e Jake sentiu os pulmões se contraírem. Conforme seguiam em meio ao vapor, conseguiam distinguir as formas dos frequentadores da sauna.
A porta se entreabriu atrás dele, permitindo a entrada de um filete de luz e dois brutamontes; mas a luz logo sumiu. Duas sombras avançaram, espadas em punho.
— Alguma ideia? — sussurrou Nathan para Jake quando eles recuaram até a parede de trás.
Jake olhou ao redor. Só conseguiu ver três aberturas no piso, com ar quente saindo delas. Ele lembrou-se de que uma vez, durante as férias escolares, ele ajudou o pai a montar uma sauna

na casa de um diretor de cinema (Alan se gabara de que era o início de uma época grandiosa, mas é claro que tudo acabou em um desastre humilhante e ameaças de processo). Mas Jake se lembrava de como o vapor poderia ser perigoso se pressurizado.

— Vá até a última abertura — disse ele para Nathan, indicando uma cuba de água. Nathan fez o que ele mandou, e Jake fez o mesmo na primeira abertura. — Agora me dê seu colete.

— O quê? — respondeu Nathan. — Meu colete de gladiador?

— Me dê logo... você odeia o colete mesmo.

Nathan o tirou com relutância e entregou para Jake, que o colocou em cima da abertura central. Agora, com as três aberturas fechadas, a câmara começou a ficar sem vapor com rapidez surpreendente, e os dois guardas ficaram visíveis de repente.

— Aqui! — gritou Jake para eles, erguendo a espada. Os soldados murmuraram alguma coisa um para o outro e partiram, assassinos, para o ataque. — Quando eu mandar — sussurrou Jake para Nathan —, tire o colete do lugar.

Ele esperou com a espada em riste. Os homens se aproximaram, e as lâminas afiadas das espadas cintilavam à meia-luz.

— Agora! — gritou ele.

Nathan puxou o colete rapidamente, e um jato de vapor subiu até o rosto dos soldados, queimando-os e cegando-os.

Quando Jake e Nathan saíram correndo para a porta, um dos guardas tentou agarrar o braço de Jake, mas ele se soltou, deu um chute no joelho do inimigo e o derrubou no chão. Entretanto, ao cair, o guarda conseguiu abrir a cápsula do bracelete prateado. Uma nuvenzinha de vapor venenoso foi liberada. Tinha o fedor de carne em putrefação, assim como as flores-cadáver do laboratório de Vulcano. Jake teve ânsia de vômito na mesma hora; seu nariz ardeu e sua garganta se apertou. Em seguida, sua visão ficou embaçada e escureceu; era como se seu cérebro estivesse se apagando. Ele sentiu a força se esvaindo e caiu, mas Nathan o pegou e arrastou para fora da sauna.

Os minutos seguintes foram como um pesadelo. Jake estava meio consciente de cambalear por mais corredores e finalmente chegar à luz do sol. Houve correria e gritos. Charlie e Lucius entraram em foco brevemente, junto com Mr. Drake, e Jake foi jogado na traseira de uma carroça. Ele estava em movimento, mas ouviu mais gritos; por fim, a confusão de rostos e barulhos se dissolveu, e ele apagou completamente.

13 Para a Cidade Eterna

Jake acordou sentindo aromas exóticos. Apesar de sua cabeça estar latejando e de ainda sentir o gosto do veneno da Hidra (os efeitos colaterais eram bem parecidos com quando ele foi drogado em Londres, na época em que conheceu Jupitus Cole), uma fragrância de pétalas de rosas reavivou seu ânimo imediatamente.

Ao abrir os olhos pesados, se viu na parte de trás de uma carroça, sacudindo pelo interior do Lácio enquanto o sol começava a se pôr. Lucius roncava ao seu lado, e Nathan olhava a estrada à frente. Estavam cercados de jarros de terracota que pareciam um tanto familiares e eram a fonte do aroma delicioso.

— Está se sentindo bem? — perguntou Nathan ao vê-lo se mexer.

Jake fez que sim, embora na verdade ainda se sentisse enjoado e grogue.

— Foi um soporífero e tanto que eles usaram — comentou Nathan enquanto passava um copo de água para Jake. — Eu também quase apaguei. Os guardas devem ter resistência.

Jake tomou um longo gole gelado. Estava prestes a perguntar onde estavam e como chegaram na carroça quando um cachorro pulou do banco do cocheiro e começou a lamber seu rosto. Jake o reconheceu imediatamente: era o cachorro fiel do homem cego que quase os atropelou em Óstia. Jake somou dois e dois. Virou-se e viu o mesmo homem sentado na parte da frente da carroça, conversando e rindo. Charlie estava ao lado dele, com as rédeas nas mãos. Puxando-os, havia um cavalo robusto, que parecia tão simpático quanto o cachorro. Mr. Drake estava sentado com satisfação no ombro do dono, inspecionando o campo que escurecia.

— Charlie fez um acordo — explicou Nathan. — *Nós* ganhamos carona até Roma; o velho Gaius ali ganha um cocheiro que o leva sem bater em tudo que aparece no caminho. — Jake olhou para o rosto gentil do homem, enrugado e bronzeado por décadas no sol italiano. — Ele tem uma história que até eu achei comovente — prosseguiu Nathan, colocando a mão sobre o coração (embora, como sempre, tenha sido do lado errado). — Ele é de uma cidade pequena na costa sul de Óstia e era carpinteiro, fazia barcos, casas, tudo. Mas sofreu uma série de desastres: primeiro, a esposa ficou doente e ainda está de cama, depois ele ficou cego. Não é muita falta de sorte? Ele não podia mais trabalhar porque não enxergava, mas tinha bom olfato. Assim, começou a fazer perfumes, a destilá-los a partir das flores selvagens da região. A ideia era vender para as termas de Óstia, mas o gerente arrogante tentou roubá-lo, o que me deixa menos culpado pelo estado como deixamos o local, e ele decidiu ir até os mercados da Cidade Eterna. — Ele balançou a cabeça e deu um sorriso triunfante. — Isto é, Roma.

— O que aconteceu com o *Conqueror*? — perguntou Jake.

— Não conseguimos voltar para ver — respondeu Nathan.

— Foi confiscado por nossos perseguidores; ao que parece, conseguimos despistá-los, mas fique de olhos abertos, só por precaução. Vamos ter que ficar com os dedos cruzados para que o escritório da Roma antiga ainda exista e para que haja uma máquina Meslith lá, senão ficaremos sem saída. Enfim, fique à vontade; vamos viajar a noite toda.

Jake olhou para o cachorro de Gaius, que agora estava deitado com a cabeça no peito de Lucius, piscando com alegria. Ele percebeu o quanto sentia falta de Felson, apesar de só se conhecerem havia poucas semanas.

Os pensamentos de Jake se voltaram para seus pais, e ele se perguntou se estavam vigiando a insondável Oceane Noire.

Por fim, pensou em Topaz; rezou para que a encontrassem. Será que ela iria ao encontro na Pons Fabricius? E, se fosse, em que estado estaria? Uma série de pensamentos sombrios começou a crescer em sua mente. Ele decidiu parar de pensar até que chegassem a Roma.

— Roma... — murmurou. — Vou à Roma antiga.

Agora que estavam tão próximos, o tamanho da perspectiva ficara claro. Visitar a cidade; ver as grandiosas construções intactas; andar entre o povo; visitar a civilização mais famosa de todos os tempos... era realmente maravilhoso.

A carroça sacudiu ladeira acima e por um imenso vale que se esticava por quilômetros à frente. A estrada seguia em uma linha perfeita no meio dele.

Viajaram durante a noite; Charlie, Nathan e Jake se revezavam nas rédeas. A música de um milhão de cigarras, escondidas entre as flores selvagens na margem da estrada, permeava o ar quente, e uma lua crescente cintilava no céu. Na metade do caminho, eles pararam para beber água e comer. Trocaram o cavalo — Charlie fez um acordo com o sonolento dono de estalagem: Gaius pegaria de volta o cavalo, a quem era muito apegado, no caminho de volta —, encheram os lampiões de óleo e partiram de novo. Ainda havia uma certa distância a cumprir, e eles não podiam correr o risco de perder o encontro com Topaz.

De vez em quando, encontravam outro veículo viajando na direção oposta. As luzes tremeluzentes pareciam demorar uma eternidade para chegar a eles, mas a carroça que vinha na direção oposta acabava chegando. Uma hora, quando Jake começava a pegar no sono, uma delas chamou sua atenção. Ele ouviu um estalo distinto antes de cruzarem com ela. O cocheiro vestia roupas mouras, e, quando Jake deu um sorriso hesitante, ele o observou com olhos escuros por baixo do capuz antes de saudá-lo com um aceno caloroso; era apenas um estranho de outra época dizendo oi. Sua carga consistia em pilhas de prata, cobre e peltre, pratos, copos e enfeites que brilhavam ao luar. A visão desse tesouro antigo desaparecendo na escuridão acrescentou à pura magia da noite.

— Comprei mariscos! — anunciou Rose enquanto fechava a porta com o pé e seguia para o jardim. — Ah! Minha nossa...
    Ela parou quando viu a constelação de belas luzes, centenas de velas e lamparinas, iluminando os terraços.
    — Eu não pretendia comprar caranguejos, pelo menos não vivos — ela olhou com incerteza para alguma coisa que se mexia na cesta —, mas infelizmente meu latim está meio enferrujado. Jupitus, você está aí?

OS GUARDIÕES DA HISTÓRIA

Ele se identificou com um erguer de braço indiferente na penumbra cintilante.

— Lindas luzes — disse Rose, indo até a cadeira dele que dava vista para a baía. — Estamos comemorando alguma coisa?

— De jeito nenhum — respondeu Jupitus com acidez. — Só preciso ver para onde estou indo. A não ser que você queira que eu quebre a outra perna.

— E exigir o dobro de solidariedade? — Rose riu. — Acho que não tenho isso tudo dentro de mim. Agora — disse, enfiando a mão com cuidado na cesta —, como você sabe, não tenho medo de muitas coisas, mas acho crustáceos vivos um desafio, para ser otimista... Ai!

Ela puxou o braço, e um caranguejo enorme saiu da cesta e caiu no peito de Jupitus.

— Sai, sai! — gritou ele furioso quando o bicho caiu em seu colo.

Ele o empurrou para o lado com as costas da mão. O bicho rapidamente se endireitou e saiu andando pelo terraço.

— Não, não!

Rose foi atrás dele enquanto o pobre bicho ziguezagueava para lá e para cá.

Jupitus ficou olhando, no começo profundamente irritado, depois achando aquilo cada vez mais divertido. Rose se aproximava do caranguejo, mas se defendia aos gritos das pinças do bicho e se afastava novamente. Quando conseguiu se refugiar em uma poça de água de um chafariz, Jupitus estava rindo tanto que seu estômago doía.

— Deixe o pobrezinho em paz — disse para Rose. — Acho que ele já conquistou a liberdade, no mínimo por me alegrar.

— Jupitus Cole, às vezes você é muito irritante! — retorquiu Rose, andando furiosamente na direção dele. — É um sujeito infeliz e cruel. Olhe! — Ela levantou as mãos, cobertas de cortes. — De qualquer modo, bem feito! Não vai ter jantar agora.

— Não vai ter jantar? — disse Jupitus, perturbado.

— Não. E nem história para dormir!

— Ah, que bom que tenho um plano B — respondeu Jupitus em um tom aveludado, e apontou para uma mesa (Rose não tinha reparado nela, escondida sob as densas buganvílias) arrumada com um banquete magnífico: peixe grelhado, saladas frescas e pratos de frios. A comida parecia deliciosa, e a apresentação, com os talheres brilhantes, as flores e as velas, estava linda.

A raiva de Rose desapareceu.

— Como foi que você conseguiu fazer isso tudo?

— Nada mau para um sujeito infeliz e cruel, não é? — disse ele, com um brilho nos olhos.

Naquele momento, a máquina Meslith, que estava em uma mesa lateral, começou a ganhar vida, a haste cristalina estalando de eletricidade. O sorriso sumiu imediatamente do rosto de Jupitus.

— De novo não — suspirou.

— Quem é? — perguntou Rose.

— Minha querida noiva, sem dúvida — respondeu, trincando os dentes.

— Bem, deve ser importante — disse Rose, avançando para olhar.

— Deixe! — disse Jupitus bruscamente, depois suavizou o tom: — Por favor.

Ele pegou o cobertor debaixo da perna e jogou sobre a máquina. Em seguida, virou-se para Rose e, sorrindo de novo, fez sinal para ela se sentar.

— Vamos apreciar nosso jantar...

Em outra parte da Europa, a milhares de quilômetros e muitos anos de distância de Messina, Alan estava montando guarda na entrada da suíte de Oceane Noire. Mantinha um olho no corredor e na escada iluminados por velas e outro em Miriam, que estava xeretando lá dentro com um lampião.

— Conseguiu encontrar alguma coisa? — perguntou em um sussurro.

— Nada ainda... — respondeu Miriam. — Só um monte de quadros um tanto dramáticos de Sua Majestade. — Ela deu uma risadinha.

Eles estavam seguindo o conselho do filho e procuravam sinal de traição nos aposentos de Oceane; em particular, um livro com a imagem de uma palmeira, que ela carregava na noite em que Jake a viu nos arquivos.

Miriam olhou ao redor, examinando o aposento grande e opulento, decorado no estilo de Versalhes antes da Revolução Francesa. Havia *chaise longues* macias, elegantes biombos e mesas com beiradas douradas. Adornando as paredes cobertas de seda havia retratos de Oceane usando figurinos "românticos" diferentes: como divindade grega, rainha egípcia, vendedora de flores turca e assim por diante. Miriam lutou para se concentrar no trabalho a fazer.

Mas teve um quadro pelo qual não podia passar sem observar melhor.

— Oceane Noire, você é ridícula — disse, rindo sozinha em deboche, ao levar a lamparina até o quadro. Nele, Oceane estava retratada como uma misteriosa princesa oriental cercada de palmeiras e palácios, dando ordens a um belo jardineiro, uma versão menos pálida e mais viril de Jupitus Cole.

— Alguém está vindo! — disse Alan, de repente, na porta.

Miriam se virou em pânico, e esbarrou no quadro. Quando estava prestes a ajeitá-lo, reparou que havia alguma coisa escondida atrás. Empurrando o quadro para o lado, revelou-se uma pequena porta. Havia uma fechadura com uma pequena chave. Miriam a girou, abriu a porta e viu um pequeno compartimento secreto forrado de veludo roxo. Estava vazio. Ela fechou a porta rapidamente e ajeitou tudo.

— Tarde demais! Ela está aqui! — choramingou Alan em desespero. Da porta, Miriam conseguia ver a sombra de Oceane subindo as escadas. — Você vai ter que se esconder — disse, logo antes de sair em disparada pelo corredor na direção oposta.

Tinha acabado de conseguir se esconder nas sombras quando Oceane chegou ao alto da escada, puxando Josephine com ela. As saias do vestido voavam de cada lado do corpo quando entrou na suíte e bateu a porta. Estava absorta demais em si mesma para reparar em Miriam desaparecendo atrás de um dos biombos.

Miriam viu Oceane ir até o quadro e abrir o compartimento secreto. De um bolso do vestido, ela tirou um livro, no qual Miriam identificou uma palmeira, colocou-o lá dentro, fechou a porta, trancou-a e jogou a chave em um vaso rosa de porcelana (também decorado com uma imagem dela) no lintel sobre a lareira. Por fim, recolocou o quadro no lugar.

Enquanto isso, Miriam observou horrorizada Josephine andar direto para o biombo.

Alguém bateu delicadamente à porta.

— *Mademoiselle* Noire, posso dar uma palavrinha rápida?

— Era a voz de Alan.

— *Qu'est-ce que vous voulez?* — respondeu ela com desprezo ao vê-lo do lado de fora com um sorriso rígido no rosto.

— Parece haver um vazamento de água lá embaixo — respondeu constrangido. — Posso verificar seu banheiro?

Oceane fez uma careta de irritação.

— Estou com a pior dor de cabeça da humanidade. *Depêchez-vous!*

— Se você puder ao menos me mostrar onde é — respondeu Alan, em voz alta, para Miriam poder ouvir.

Oceane resmungou e o levou para o outro lado do quarto. Nesse momento, Miriam correu para a porta, mas ouviu um rugido intenso atrás de si.

— Cale a boca, sua leoa imbecil — reclamou Oceane, silenciando seu animal de estimação. Quando ela desapareceu no aposento ao lado, Miriam conseguiu sair e fechar a porta.

Dez minutos depois, já em segurança no seu quarto aconchegante, Alan e Miriam, sem fôlego e empolgados, começaram a ponderar sobre como e quando poderiam botar as mãos no livro com a palmeira na capa e descobrir que importância tinha.

Momentos antes do amanhecer, o tráfego começou a aumentar. Em pouco tempo, outras estradas se juntaram à deles, formando uma passagem larga. Mercadores e fazendeiros passavam em carroças e carruagens particulares. Nathan estava nas rédeas, e Charlie estava descrevendo tudo para o fascinado Gaius. Jake se levantou, empolgado pela perspectiva de ver a cidade antiga. Até Lucius acordou do longo sono e observou as paisagens enquanto espreguiçava seu corpo volumoso.

Mas essa última parte da viagem logo ficou frustrante: depois de uma série de interrupções, o tráfego parou completamente. Um carregamento enorme de mármore tinha caído em um trecho muito estreito da estrada, e foi preciso mais de duas horas para remover tudo e acalmar a briga que começara quando, por um momento, espadas foram desembainhadas. Já passava das oito quando o caminho ficou livre, e Jake ficou com medo de não dar tempo de encontrar Topaz.

As construções começaram a se materializar através da poeira e do calor; eram apenas esparsas no começo, mas logo passaram a formar áreas mais densas.

Quando passaram por uma fileira de barracas que vendiam comida barata e coisas para a casa, Lucius se levantou de repente.

— Você tem dinheiro? — perguntou ele a Nathan, apontando para uma das barracas.

Nathan pegou a bolsinha com desconfiança. Lucius pegou uma moeda de cobre, pulou da carroça e comprou uma jarra antes de voltar para a carroça em movimento.

— De nada — disse Nathan com sarcasmo.

Conforme a carroça seguia em frente, Lucius tirou a rolha e tomou um gole do conteúdo, fazendo uma careta, e depois a passou para Nathan.

— Vocês precisam beber. Todos vocês.

— O que é? — perguntou o americano.

— Vinagre.

Nathan recusou a jarra educadamente.

— Muito obrigado, mas não estou com sede. — Ele fez uma careta para os outros. — Ele não bate muito bem da cabeça.

— Bebam — insistiu Lucius. — Vai impedir veneno da Hidra. Vocês todos bebem. Nós, soldados, bebemos em caso de acidente.

Charlie entendeu na mesma hora.

— Acho que ele quer dizer que é uma espécie de vacina contra aquele gás. Acho que é melhor fazer o que ele diz. — Ele pegou a jarra e tomou um grande gole.

Com relutância, Nathan e Jake fizeram o mesmo. Jake não gostava de vinagre em circunstância nenhuma e lutou para manter o líquido forte e ácido no estômago.

— Funciona três horas — explicou Lucius. — Depois, vocês precisar beber de novo. Isso vai deixar vocês em segurança.

— Às vezes amo esse trabalho — disse Nathan com a voz seca, enquanto sacudiam pelos subúrbios.

Olhando ao redor, Jake não pôde deixar de sentir um pouco de pena das pessoas que viviam ali: as moradias eram prédios deformados, com quatro ou cinco andares cambaleantes de altura, espremidos uns contra os outros, deixando apenas passagens estreitas e escuras entre eles. Em uma janela, Jake reparou num braço fino esvaziando um penico na rua suja abaixo. Havia bêbados de rostos vermelhos dormindo em portas, gatos e cachorros magros procurando comida em meio ao lixo. Aromas pungentes, de comida podre, de suor e urina, pairavam no ar quente. Não era bem a Roma que Jake tinha imaginado.

Charlie percebeu a decepção dele.

CIRCUS MAXIMUS

— Espere só até termos passado entre o monte Célio e o Aventino — disse, apontando para a subida à frente. — Vai ser outro mundo.

Ele não estava exagerando. Cinco minutos depois, a rua ficou plana, e a Roma antiga se estendeu à frente deles.

Os olhos de Jake se arregalaram; ele ficou de queixo caído, olhando maravilhado. Até Nathan se calou. Charlie sorriu com a satisfação de alguém que acabou de fazer mágica do nada.

À frente, ocupando uma área enorme entre sete montes, havia uma coleção ilimitada de templos, praças e arenas; quilômetros e quilômetros de mármore branco e brilhante que cintilava sob o sol da manhã. *Villas* enormes cobriam as laterais dos montes, e ruas elegantes fervilhavam de vida.

— Se não estou enganado — declarou Charlie, com uma lágrima no olho —, aquilo é a capital de uma civilização que vai mudar o mundo para sempre. A primeira metrópole verdadeiramente global. Os romanos fizeram tanto pela história que é fácil encarar como se fosse corriqueiro.

— Ele está certo, é claro — concordou Nathan. — Mas, quando tento lembrar *o que* eles inventaram, nunca consigo pensar em nada. — Ele acrescentou com malícia: — Sei que foram responsáveis por cortes de cabelo horrendos. E máquinas modeladoras de cachos de cabelo.

Charlie ficou nervoso e começou a contar nos dedos:

— Bem, vejamos... eles foram pioneiros na educação, na arquitetura, na higiene, na irrigação e no governo moderno. Revolucionaram a construção de estradas, o planejamento de cidades e a lei.

— Sim, mas fora isso... — Nathan piscou para Jake.

— Eles nos trouxeram nossa língua, nosso alfabeto, o sistema policial, o sistema de benefícios, o sistema de esgotos; moinhos movidos a água, prédios altos, calendário, ruas pavimentadas, janelas de vidro, bibliotecas públicas, cimento; até mesmo maçãs e peras! — Charlie tinha começado a ficar vermelho. — E sim, o Império Romano acabou desmoronando... mas seu legado continua vivo, Nathan Wylder, em todos os cantos deste planeta, no Ponto Zero e além.

— Estou pegando no seu pé, Charlie — disse Nathan, rindo. — Amo Roma tanto quanto você. Olhe só. É o oposto de tímido e recolhido. Tem coragem de verdade.

— O que é aquilo? — perguntou Jake, apontando na direção de uma estrutura gigantesca no vale abaixo.

Ele sentiu que devia mudar o assunto antes que a discussão ficasse mais acalorada. Um estádio de quase oitocentos metros de comprimento, contornado por fileiras de assentos de pedra, estava posicionado dentro de uma colunata retangular de proporções impressionantes.

Agora foi a vez de Nathan de mostrar empolgação:

— Só vi em livros. Ou em ruínas. Aquilo — anunciou ele — é o Circus Maximus.

— *Aquilo* é o Circus Maximus? — repetiu Lucius, impressionado. — É lindo.

— O maior estádio já construído! — exclamou Nathan.

— Ele acomoda a incrível quantidade de cento e cinquenta mil espectadores. Obviamente, é mais famoso pelas corridas de bigas, mas todo tipo de evento acontece ali: competições de gladiadores, grandes procissões, torneios atléticos e caçadas espetaculares. O *Signor* Gondolfino já contou uma história bem sangrenta de quando viu com os próprios olhos sessenta e três leopardos e oitenta e nove ursos selvagens sendo mortos.

— Com todo respeito — interrompeu Charlie, que detestava crueldade com animais —, o *signore* gosta de exagerar. De qualquer modo, nosso tempo está se esgotando. A Pons Fabricius é ali — apontou ele —, da cidade até a ilha Tiberina. Sugiro que nos apressemos.

Já eram quase nove, e a ponte ainda estava meio distante. Jake conseguia vê-la ao longe, na névoa: ao norte do Circus Maximus, onde o rio fazia uma curva, ela o atravessava até uma ilha no meio. Uma segunda ponte, de arquitetura idêntica, ia da ilha até os campos na margem oeste. Nathan apressou o cavalo, e a carruagem seguiu sacudindo pela cidade cheia de vida.

A poluição sonora era sufocante: o bater de cascos de cavalo, o estalo de rodas e o zumbido frenético de um milhão de habitantes. Havia tantas coisas para ver que Jake não sabia para que lado se virar primeiro. As pessoas seguiam em todas as direções: trabalhadores reuniam suas ferramentas e começavam a trabalhar; grupos de crianças de toga marchavam arrumadas para a escola; senhoras passeavam sob a sombra de para-sóis; soldados de cota de malha saíam de seus quartéis-generais. Animais de todos os tipos se juntavam à multidão: rebanhos de ovelhas e vacas eram levados ao mercado; mulas e burros carregavam grandes cestos de mercadorias; cachorros de todas as formas e tamanhos brincavam nas ruas, andavam ao lado dos donos ou observavam, bocejando, escondidos atrás de portas escuras.

OS GUARDIÕES DA HISTÓRIA

A maioria das pessoas vestia roupas simples, mas de vez em quando alguém de aparência importante, de toga branca impecável, seguia em meio à confusão. Jake observou um sujeito que usava uma toga com viés roxo-escuro. Estava cercado de guarda-costas armados que empurravam as pessoas para fora do caminho. Atrás dele ia um grupo de aproveitadores, todos competindo pela atenção dele.

Algumas pessoas não viajavam a pé, mas eram carregadas em liteiras acolchoadas, separadas do burburinho por cortinas de seda. Jake viu uma mulher de rosto pálido e lábios finos colocar a cabeça entre as cortinas e dar ordens aos carregadores, chegando até a dar uma chicotada em um deles.

Nas ruas, havia lojas de todos os tipos. Ficavam abertas, sem vitrines, e a maioria tinha bancadas rudimentares e placas pintadas para mostrar o que vendia. Havia ferreiros, ourives, cortadores de pedra e carpinteiros; floristas, padeiros, vendedores de frutas e de mel; um boticário, onde um farmacêutico triturava ervas com um pilão e um socador; e uma loja de cópias, onde três escribas duplicavam documentos em rolos de pergaminho; havia artesãos de sandálias, lâmpadas, chaveiros e ceramistas. Jake reparou que havia até barbeiros e cabeleireiros.

Um desses lugares chamou sua atenção: em um salão extravagante com paredes pintadas e guirlandas de flores, algumas mulheres eram penteadas, diversos cremes aplicados em seus rostos. Uma contava uma história em tons sussurrados e dramáticos, enquanto as outras prestavam atenção em cada palavra. A cena toda fez Jake pensar que pouca coisa tinha mudado desde o ano 27.

Nathan conduziu o cavalo pelo labirinto de ruas. Mas, como o caminho ia ficando cada vez mais estreito e lotado, Jake sugeriu que seria mais rápido continuar a pé. A hora do encontro já passara, e ele estava ficando desesperado. Os outros concordaram. Para agradecer ao velho Gaius, Charlie se ofereceu para montar a barraca no Fórum Boário; ele encontraria os outros na ponte em pouco tempo.

Jake, Nathan e Lucius se despediram rapidamente dando um abraço no homem idoso e foram embora, ziguezagueando com determinação por entre a multidão efervescente. O coração de Jake disparara de novo: se tudo acontecesse de acordo com o planejado, em poucos minutos ficaria cara a cara com Topaz. A expectativa era ao mesmo tempo extasiante e dolorosa. Eles correram cada vez mais rápido, até passarem pelos portões antigos da cidade e estarem às margens do Tibre.

— Ali! — gritou Jake, apontando para a ponte que levava até a ilha.

Ele se adiantou e saiu correndo.

— Mais devagar, Jake — ordenou Nathan. — Precisamos manter o controle. Talvez isso possa ser uma armadilha.

Jake obedeceu com relutância. Em pouco tempo caminhavam pela Pons Fabricius, as cabeças virando, em alerta para o perigo. As pessoas andavam bruscamente nas duas direções, ou passeando e conversando, ou vendo os malabaristas, comedores de fogo e videntes. Jake observou-as com ansiedade e viu uma jovem. Ela estava inclinada no parapeito, de costas para eles, olhando o rio. Usava uma capa com capuz, delicada como gaze, da qual escapavam cachos de cabelo cor de mel. Jake não conseguiu mais se conter; correu até ela com os olhos arregalados, a respiração acelerada e a boca seca.

— Topaz?

A garota se virou, e o coração de Jake desacelerou: não era ela. Tinha aproximadamente a mesma idade, mas seus traços eram comuns e ela não era misteriosa como Topaz. Jake sorriu constrangido e se virou. Ao alcançá-lo, Nathan lançou-lhe um olhar de reprovação, mas Jake estava preocupado demais para reparar e se virou para examinar as outras pessoas na ponte. Logo se deu conta de que lá não havia mais ninguém nem remotamente parecida com Topaz St. Honoré.

Os três esperaram, encostados na balaustrada, estufando o peito com ansiedade cada vez que viam uma figura feminina. Depois de uma hora, começaram a desanimar. Jake sustentou um sorriso forçado, mas seus olhos estavam tristes.

Houve uma breve trégua quando Charlie chegou levando bebidas, comidas e um relato alegre de que os perfumes de Gaius já estavam começando a gerar comoção no mercado. Em seguida, pousou os olhos na ilha Tiberina e ficou muito empolgado. Contou a lenda de como fora formada:

— Quinhentos anos atrás, foi jogado no rio o corpo do último rei de Roma, Tarquínio, o Soberbo, um déspota terrível. Lama e limo foram se acumulando ao redor dele até formar uma ilha. E vocês repararam — perguntou — que agora ela tem o formato de barco?

Lucius olhou para Charlie como se ele estivesse louco, mas Jake viu a semelhança imediatamente. A parte da frente da ilha se estreitava como uma proa, no centro havia um grande obelisco que se assemelhava a um mastro, e um templo entre as árvores na parte de trás era como uma popa elevada.

— É claro que isso não é coincidência — prosseguiu Charlie.

— Não diga. Isso seria idiotice — murmurou Nathan.

— Não, é verdade; os governantes de Roma queriam que a ilha se parecesse com um barco em homenagem a Esculápio, o deus grego da cura. Sabe, mais de trezentos anos atrás, em 293 a. C., houve uma peste horrível, e um mensageiro foi enviado à Grécia, para o lar espiritual do deus. Como era costume, uma cobra especial foi trazida de lá. Ela passou a viagem de volta enrolada no mastro do navio. No entanto, quando velejaram pelo Tibre, ela pulou de repente e deslizou até a ilha, mostrando que era aqui que o templo deveria ser construído. E aqui está ele até hoje, o templo de Esculápio em Roma — ele tremeu pela simples poesia da história —, em uma ilha em forma de barco!

— Fascinante! — murmurou Nathan por entre os dentes ligeiramente trincados. — Às vezes eu acho que seus talentos são desperdiçados conosco. Você deveria ser guia turístico, não?

Charlie apenas revirou os olhos e ajeitou os óculos no topo do nariz, murmurando algo sobre os filisteus.

Quando o sol chegou ao zênite e o calor ficou insuportável, Nathan decidiu que não se importava mais com a aparência e comprou um para-sol cor-de-rosa com franjinhas, o único que havia sobrado. Ele o abriu e girou com tanta extravagância que conseguiu não passar vexame.

No meio da tarde, ainda não havia sinal de Topaz. Jake ficou sentado morosamente, quase sem mexer um músculo, já sem o sorriso esperançoso. Os outros estavam agitados. Lucius foi ouvir seu futuro de uma vidente e discordou quando ela lhe disse que o seu destino era ser criador de ovelhas na Alemanha.

Enquanto isso, Nathan, para afastar do pensamento os problemas, decidiu pedir que um artista local, cujo rosto parecia um limão espremido, pintasse seu retrato. Ficou claro que o artista achava que o trabalho era abaixo do nível dele. Não é preciso dizer que Nathan era um cliente dos infernos que insistia com seu latim capenga que o homem não tinha conseguido captar sua *verdadeira mística masculina*. Uma briga sussurrada se desenrolou, e o artista acabou por jogar o quadro no Tibre.

— Os romanos são *tão* sensíveis — reclamou Nathan quando Charlie chegou para apaziguar a situação.

A tarde virou noite. Um a um, os artistas começaram a arrumar suas coisas e ir embora, e o tráfego do outro lado da ponte foi diminuindo. Quando a escuridão caiu, a cidade se dissolveu em uma miríade de luzes tremeluzentes. Charlie respirou fundo e acabou expressando o medo de todos:

— Está óbvio que ela não vem. Sugiro que sigamos para o escritório. Pode ser que ela faça contato conosco lá, ou talvez tenhamos notícia do Ponto Zero. Pelo menos podemos descobrir a localização de Agata Zeldt em Roma. Todos concordam?

Nathan e Lucius se levantaram com relutância, mas Jake não se moveu.

— Vou ficar aqui — murmurou.

— Provavelmente não é boa ideia — disse Nathan baixinho. — Este lugar é perigoso à noite. A cidade toda é. Os bandidos saem por aí como vampiros.

Jake deu de ombros.

— Acho que vocês deveriam procurar o escritório; eu quero ficar aqui.

Nathan e Charlie trocaram um olhar.

— Eu fico com ele — disse Lucius, estufando o peito. — Não tenho medo de bandidos. Eu comer eles de café da manhã. Vão! Yake e eu ficamos juntos.

Por um momento, Jake pensou que preferia se arriscar com os bandidos a ficar com Lucius, mas acabou sorrindo para ele. Nathan e Charlie precisaram ser convencidos, mas, no final, pareceu sensato que eles se separassem. Nathan até concordou, contrariado, que Lucius, mesmo com todas as suas falhas, era o mais forte dos quatro e o mais adequado para o trabalho. Eles concordaram em se encontrar de novo na manhã seguinte, e Nathan e Charlie tomaram o rumo do escritório.

No começo, Jake e Lucius ficaram sentados em silêncio, sorrindo um para o outro ou comentando sobre o tempo (um vento gelado que subia do rio e afastava o calor do dia). Depois, Lucius ofereceu de mostrar seu repertório de músicas de pássaros. Jake ouviu todas, uma a uma, e apesar de achar que todas pareciam iguais, seus movimentos apreciativos de cabeça encorajaram Lucius a prosseguir por uma hora. Ocasionalmente, ouviam passos apressados se aproximando na escuridão. Os dois ficavam olhando, enquanto levavam as mãos para as espadas, mas não havia sinal de Topaz. O silêncio voltava, pontuado apenas por cachorros uivando em ruas próximas ou por sinos tocando.

No meio da noite, os dois estavam com frio e infelizes. Para afastar os problemas da mente, Jake decidiu saber mais sobre o companheiro:

— E então, você sempre quis ser soldado? — Ele sabia que era uma pergunta boba.

Houve uma longa pausa, e Lucius estreitou os olhos.

— Não — respondeu bruscamente. Depois de outro longo silêncio, ele acrescentou: — Meu pai era construtor de navios em Apúlia. Eu achei que faria o mesmo.

— Navios... é mesmo? Que incrível. — Jake acreditou que tinha encontrado um bom assunto.

— Incrível? — resmungou o companheiro com sarcasmo. — É mesmo? Você não sabe de nada.

Jake ficou surpreso. Mesmo na escuridão, podia ver um repentino olhar criminoso da parte de Lucius. Após outro hiato, ele continuou, com delicadeza:

— E seu pai? Ainda está...?

— Não vejo meu pai há sete anos — respondeu Lucius. — Nem minha mãe.

Ele não olhava para Jake, parecia fascinado por alguma coisa nas costas da mão.

Ficou evidente que era um assunto delicado.

— Me desculpe, eu não queria... — Jake parou de falar, mas acrescentou baixinho: — Sei como você se sente. Eu perdi meu...

Lucius interrompeu Jake com um tom ainda mais venenoso:

— Vamos mudar de assunto... sim?

Para mostrar que o assunto estava encerrado, ele ficou de pé, puxou a túnica e andou até o outro lado da ponte com lábios apertados.

Jake tinha vontade de conversar com ele, de contar que também tinha perdido os pais por um tempo. A história de como voltou a encontrá-los poderia fazer Lucius se sentir melhor. Também queria compartilhar seu sofrimento pelo irmão perdido. Por outro lado, ficou magoado com a reação do outro, que se portava como se fosse a única pessoa no mundo que já tinha sofrido.

A conversa acabou depois disso. Os dois estavam exaustos e rabugentos. Jake puxou a capa ao redor do corpo e se acomodou ao lado da balaustrada de pedra; e, quando pensou que seria impossível tirar até mesmo um leve cochilo em um lugar daqueles, adormeceu.

14 Encontro ao Alvorecer

Jake acordou com o som de passos. Sentou-se ereto. Seu pescoço estava doendo e sua garganta, arranhada. O amanhecer surgia acima da cidade, e raios de sol intensos se estendiam por entre as construções. A luz feriu seus olhos, tornando quase impossível ver a figura solitária de armadura que se deslocava dos portões da cidade em direção à ponte; uma figura delicada, andando com passos determinados.

— Lucius — Jake chamou o companheiro.

Em um segundo, os olhos do soldado estavam abertos e fixos na pessoa que se aproximava. Um momento depois, estava de pé, de espada em riste.

Quando Jake percebeu que o indivíduo usava as dragonas com penas e o elmo da hidra, também desembainhou a espada rapidamente.

— O que fazemos? Saímos correndo? — perguntou, olhando ao redor em busca da melhor rota de fuga.

— Nós somos dois, ele é um só — resmungou Lucius, segurando a espada com força enquanto pegava a jarra de vinagre, tirava a rolha com os dentes e tomava um gole. Passou-a para Jake, que fez o mesmo.

Jake conseguia ver um volume no antebraço do homem que se aproximava, presumivelmente um bracelete de metal.

Não sabia qual era o plano de ação de Lucius, pois mais soldados poderiam estar se aproximando de direções diferentes.

Ele espiou por cima do parapeito para ver se poderiam escapar pela água, mas abaixo deles, bem abaixo, fluía uma corrente de espuma.

O homem não diminuiu o passo, e suas botas ecoavam na ponte de pedra enquanto o capacete brilhava no sol matinal.

— Mantenha-se firme — disse Lucius para Jake, com os pés afastados, pronto para se defender de um ataque. O homem continuou a avançar. Jake ficou ao lado de Lucius, estreitou os olhos e assumiu uma postura de guerra.

O homem parou perto deles. Por um momento, não se moveu. Os três ficaram como estátuas no meio da ponte. O silêncio foi rompido apenas pelo bater de asas de um pássaro levantando voo sobre a ilha.

Jake percebeu que o metal no antebraço do estranho não era um dispositivo, mas uma corrente um tanto comprida. O homem removeu o capacete. Cachos compridos cor de mel caíram sobre os ombros dele. Houve um momento de silêncio atônito, mas logo o rosto de Jake se iluminou.

— Topaz! — exclamou ele, com o coração nas nuvens.

— *Je savais que tu attendrais*. Eu sabia que você esperaria — respondeu ela sem fôlego, correndo até ele e abraçando-o com força. — É tão bom te ver. Eu não sabia o que esperar. Desculpe o atraso. Eu não consegui sair. — Enquanto estava abraçada a Jake, Topaz trocou um longo olhar com Lucius.

Jake corou.

— Sim, bem — disse ele, com a voz mais grave que conseguiu —, Nathan e Charlie também estão aqui. Eles foram procurar o escritório.

Ele mal conseguia formar as palavras; estava muito atordoado pelo calor das boas-vindas de Topaz, principalmente depois da frieza do último encontro deles a bordo do *Lindwurm*. Tinha reparado que ela fora direto cumprimentá-lo, não Lucius, e ficou animado.

No entanto, agora Topaz se afastou e se virou para o soldado.

— Sabe, na última vez que vi Jake — disse ela —, ele tinha velejado por todo o Reno só para me salvar; lutara até entrar no barco do inimigo. *C'est le garçon le plus courageux que je connais.* Ele é o garoto mais corajoso que eu conheço — disse ela, fazendo cócegas debaixo do queixo dele —, e é ainda mais adorável quando fica vermelho assim.

Jake estava de um tom profundo de vermelho, e Lucius segurou a mão de Topaz, puxou-a contra si e a levantou do chão.

— *Arrête* — disse ela, meio rindo. — *Lâche-moi*. — Quando ele a colocou cuidadosamente no chão, Jake a ouviu sussurrar no ouvido de Lucius: — Graças a Deus você está bem!

O sonho de Jake evaporou em um instante. Ele ficou constrangido só de ter se deixado iludir. Topaz e Lucius estavam claramente apaixonados um pelo outro. Com Jake, ela se comportava mais como uma irmã mais velha.

Ela finalmente se soltou do soldado e ficou séria de repente. Virou-se para verificar se ninguém estava observando.

— Rápido! Não temos muito tempo, e nenhum lugar é seguro. Sigam-me — disse, disparando pela ponte na direção da ilha Tiberina. — Podemos conversar no templo de Esculápio. Mas preciso voltar antes que notem que saí. Como vocês podem ver — ela indicou a armadura —, dei um jeito de escapar da *villa*. — Ela bateu nas dragonas para mostrar que estavam vazias. — Não sei como os homens conseguem carregar ombros enormes por aí o dia inteiro. Nós, mulheres, somos bem mais elegantes.

O comentário fez Lucius dar uma risadinha e contrair os músculos. Ele a alcançou e segurou sua mão, enquanto Jake corria logo atrás dos dois.

Topaz os levou até a ilha, passando por um bosque denso de árvores até um pequeno pátio onde ficava o obelisco — inscrito com hieróglifos egípcios, como Jake reparou — e até o templo. A construção era impressionante: alta, quadrada e com colunas por todos os lados. Quando subiu os degraus, Topaz deu uma última olhada ao redor, e os três entraram.

Eles se viram em uma câmara ampla e meio escura, iluminada apenas por dois braseiros e raios de luz que entravam pelas janelas altas.

Quando Jake se acostumou à penumbra, reparou que havia pessoas lá dentro. A maioria estava deitada no chão, mas algumas se moviam entre elas, silenciosas e cuidadosas como enfermeiras.

— Os doentes vêm aqui para conforto e proteção — explicou Topaz em um sussurro. — É um dos locais mais civilizados da cidade.

Quando passou por uma das ajudantes, que mais parecia um anjo, de vestes flutuantes brancas, Topaz deu um sorriso caloroso e recebeu um aceno sereno em resposta. Jake observou as fileiras de pacientes, alguns tremendo, outros se contraindo de dor. Um paciente em particular chamou sua atenção: um jovem, pouco mais que um garoto, com uma perna só e dolorosamente magro, que tremia de febre.

Topaz levou Jake e Lucius até as sombras na extremidade mais distante do aposento. Parou e se inclinou para perto deles.

— *Écoutez*, escutem com atenção. Vou dizer o que vocês devem fazer. — Ela começou a desenrolar a corrente do antebraço. — Como falei, não tenho muito tempo. Obtive a confiança de Agata Zeldt, minha "mãe", aos poucos, e é imperativo, *absolument imperatif*, para a segurança de todos, do mundo e da história, que eu não mude isso. Entenderam?

Os dois rapazes assentiram, e Lucius firmou o maxilar com determinação.

Topaz prosseguiu:

— Ela anda se preparando para um evento que chama de *o fim das soberanias*. E ela não está exagerando. Se o plano dela é acabar com as soberanias, é isso que ela vai fazer, e em escalas inimagináveis.

— Topaz... seu pulso! — interrompeu Jake. Podia ver agora que a corrente estava presa a uma algema tão apertada que machucava a pele dela, deixando feridas dolorosas. Ele lembrou-se de um mecanismo similar no quarto dela em Vulcano e logo entendeu. — Eles acorrentam você? — perguntou ele, horrorizado. — Você disse que ela confiava em você!

— Eu falei que ela estava *começando* a confiar em mim — respondeu Topaz. — E acredite em mim, é mais do que eu poderia esperar. — Ela falou com simplicidade para não confundir Lucius. — Jake, você sabe que minha mãe e eu ficamos separadas por muitos anos? Sabe onde eu cresci, morando com os maiores inimigos dela? Eu a convenci de que mudei, de que me virei contra aquilo tudo. *Que je cherche la puissance noire.* Que agora procuro o poder das trevas. — Ela respirou fundo para se acalmar e deu um vislumbre de sorriso ao levantar a ponta da corrente. — Além do mais, descobri uma forma de soltar os elos. Portanto, agora não estou acorrentada. Estou aqui com vocês.

Jake não disse nada. Ele assentiu, mas estava assustado com o jeito de Topaz. Apesar das boas-vindas calorosas na ponte, ela parecia bem mais fria do que quando a conheceu. Seu rosto parecia mais duro, mais malicioso. Ele não conseguiu deixar de se perguntar se, em suas tentativas de convencer a família, ela não tinha *realmente* mudado, se não tinha sido afetada por parte da malevolência da mãe.

— Então escutem — prosseguiu ela. — Só tenho uma informação importante sobre os planos da minha mãe: o primeiro ataque vai acontecer amanhã. — Ela olhou para os dois com muita seriedade. — Vai começar com o que é chamado de *caedes publica*, um assassinato público.

— Assassinato público? — repetiu Jake, com a ideia gerando um arrepio de medo que desceu por sua nuca.

— Não sei quem, onde ou *como* isso vai levar ao *fim das soberanias*, mas ouvi a expressão diversas vezes.

Jake assentiu com seriedade.

— E vocês precisam descobrir mais. — Topaz respirou fundo. — Portanto, suas instruções. Minha mãe tem uma sala de operações na *villa*. É claro que é um lugar muito protegido e quase impossível de se infiltrar. Tentei em duas ocasiões; nas duas, quase quebrei o pescoço, pois não é tarefa para se fazer sozinho. Hoje à noite, ela vai dar um baile de máscaras. Vocês todos devem ir. Cubram-se bem, principalmente você, Lucius. Minha mãe não vai reconhecê-lo, pois os rostos de soldados não significam nada para ela, mas pode haver guardas de Vulcano. Tentem ganhar acesso ao prédio e descobrir os planos dela. Ela desenrolou três pergaminhos e deu o primeiro para Jake. Ele viu uma lista de nomes.

— Usem esses nomes quando chegarem. São totalmente críveis e vão bater com a lista de convidados. — Ela entregou o segundo, coberto de mapas desenhados de forma rudimentar. — Esta é a localização da *villa*, no canto sudoeste do monte Palatino. E isto — ela entregou o terceiro — é uma planta do local. A festa vai acontecer na arena, no centro da propriedade. A sala de operações da minha mãe é do outro lado dessa estrutura abobadada... — Ela apontou no mapa. — O único acesso possível é pelo telhado. Entendido?

Jake e Lucius assentiram.

— Hoje à noite, o jantar será seguido de uma coisa que minha mãe chama de *ludi sanguinei*, jogos sangrentos. Não sei dizer qual é o melhor momento para vocês agirem, mas, quando chegar a hora certa, encontrem a porta escondida na extremidade norte da arena, ao lado de uma estátua de Saturno. Esta chave vai destrancá-la... — Ela entregou uma pequena chave de bronze a Jake. — Atrás, uma escadaria os levará até o alto da construção, um terraço particular. De lá, vocês podem subir pelo telhado até a sala de operações. Entrem pela claraboia aberta no alto do domo central, aqui. É alto, então vocês vão precisar ser baixados por cordas. É por isso que todos vocês precisam ir.

— E o que vamos procurar? — perguntou Lucius. Aquilo tudo era demais para ele.

— Qualquer coisa, encontrem qualquer coisa! Estamos completamente no escuro. Precisamos saber sobre esse assassinato público e por que Agata se deu ao trabalho de ir buscar o ator de Herculano, acho que o nome dele é Austerio, e se há alguma ligação entre as duas coisas.

Tentando parecer o mais sábio possível, Jake deu sua opinião:

— Vi um filme uma vez em que espiões usaram um ator para decorar informações secretas. Talvez seja por isso que ele está lá.

— Quem sabe? Certa vez eu o vi rapidamente da janela da carruagem, quando foi buscado em Herculano. Depois que chegamos em Roma, ele foi levado para outra parte da *villa*, e não o vejo desde então. — Topaz olhou para as janelas altas. A luz agora entrava por elas e iluminava uma constelação giratória de partículas. — Já amanheceu, preciso voltar. — Depois de dar uma chance ao pulso machucado de respirar, ela começou a enrolar a corrente mais uma vez. — Uma última coisa: esta noite vocês não devem me reconhecer *de jeito nenhum*. Não falem comigo nem olhem para mim. Está claro?

Jake assentiu.

— Se eu não posso olhar para você esta noite — acrescentou Lucius com charme calculado —, vou pedir um beijo agora.

Primeiro, Topaz negou com a cabeça, mas, quando ele a puxou e a abraçou, ela não resistiu e se derreteu nos braços dele. Isso demorou tanto que Jake teve que fingir estar prestando atenção no piso de mosaico.

Por fim, ele deu uma tossida nervosa.

— Só uma última pergunta — perguntou, ainda sem conseguir erguer o olhar. — Quem mais vai estar nessa festa?

Topaz foi finalmente solta. De bochechas vermelhas, levou um momento para se recompor e ajeitar as roupas.

— O que eu chamo de *milliardaires affamés*, os bilionários famintos — respondeu ela. — Dignitários de todo o Império: mercadores, advogados, generais. Pessoas com uma coisa em comum além da riqueza: o desejo de ficarem *mais* ricos, por qualquer meio possível. É incrível! Agata mora aqui há apenas três anos, mas, em uma cidade famosa pelo esnobismo, ninguém questionou de onde ela veio nem quem é. Ela simplesmente apareceu um dia com um monte de ouro. Instalou-se em uma *villa* enorme no monte Palatino, ao lado da casa do imperador. Um velho aristocrata morava lá havia décadas, mas ela foi aumentando as ofertas de dinheiro até que ele acabou vendendo.

— E *por que* ninguém a questionou? — perguntou Jake. Ele não conseguia deixar de se sentir intrigado por Agata Zeldt.

— Porque ela é a mais rica de todos; mais rica do que o demônio, é o que dizem. — Topaz fez uma expressão austera, com a boca apertada. — Não apenas mais rica; mais cruel também.

Ela se virou e viu que as atendentes de vestes brancas tinham começado a distribuir pão e água aos pacientes.

— Agora preciso voltar.

Topaz começou a levar Jake e Lucius na direção da saída. De repente, parou, soltou um colar de ouro do pescoço e se aproximou do pobre jovem de uma perna que Jake tinha visto antes. Com uma palavra gentil, colocou o colar na mão trêmula dele e fechou os dedos finos do rapaz ao redor.

Ela voltou até Jake e Lucius, e eles saíram do templo. Topaz se despediu apressadamente.

— E lembrem-se — disse —, vocês não me conhecem.

Recolocando o elmo, andou rapidamente pela Pons Fabricius em direção à cidade.

Mais meia hora se passou até que Charlie comparecesse ao encontro combinado. Jake lhe contou rapidamente sobre o encontro com Topaz, explicou o assassinato público e deu a ele os papéis que ela entregara.

— Conheço essa construção das minhas pesquisas. É uma das maiores da cidade — comentou Charlie, observando o mapa. — Tem até um estádio em miniatura. Vamos voltar para o escritório agora e fazer planos. O local não tem sido usado e estava tomado por insetos. Nathan ainda está limpando e arrumando.

Ele os levou pelos portões e por uma série de ruas até chegarem a uma praça aberta rodeada de construções impressionantes.

— O Fórum Romano — anunciou Charlie. — O epicentro do Império. Aqui é o núcleo da lei e do governo.

Jake e Lucius olharam ao redor. Algumas das construções eram baixas e espalhadas, outras eram altas, mas todas construídas do mesmo mármore branco duradouro que era a marca registrada de Roma. Eles viram muitas pessoas bem-vestidas; quase todo mundo usava togas tão brancas e imaculadas quanto as construções ao redor.

OS GUARDIÕES DA HISTÓRIA

— Aquele é o monte Palatino — disse Charlie, apontando para uma ladeira íngreme no final; camada após camada de grandes casarões acompanhava a subida. — É ali que Agata Zeldt mora. Um fato fascinante: a palavra *palácio* deriva de *Palatino* — acrescentou. — Do outro lado fica o Senado, a *Curia Julia*, construída por Júlio César no ano 44 a.c., quando estava no auge do seu poder. Todos os senadores se reúnem ali para aprovar atos e leis. É incrível pensar que servirá de modelo para os parlamentos futuros.

Jake olhou para cima e ficou surpreso ao ver que o prédio era um dos mais simples, só uma estrutura básica, similar a uma caixa, com uma série de janelas altas. Uma reunião tinha acabado, e um grupo de senadores de toga branca saiu pelas portas, conversando enquanto ocupava os degraus.

Ao lado do Senado havia uma estrutura longa de dois andares feita de uma pedra vermelha distinta, com uma sucessão de *tabernae* na frente, pequenas lojas que negociavam principalmente prata, ouro e latão.

— Essa é a Basílica Emília — disse Charlie conforme os levava por uma porta estreita.

Jake reparou em um homem corcunda com rosto enrugado, pesando pequenos pedaços de ouro em uma balança.

Por dentro, o local era amplo e espaçoso como uma catedral.

— É como um fórum em miniatura... — Charlie indicou todas as pessoas espalhadas pela nave central. — Todos os tipos vêm aqui — informou, indicando um grupo de cada vez.

— Agiotas, advogados, banqueiros, agentes imobiliários, políticos... todos se ocupando de seus negócios. É um hospício. Na verdade, é precisamente por isso que o escritório fica aqui.

Ele levou Jake e Lucius até uma área recuada entre dois pilares. Verificou se havia alguém olhando e, com o pé, empurrou delicadamente um tijolo na base de uma das colunas. Jake forçou a vista para a pedra e só conseguiu identificar um símbolo apagado de uma ampulheta com três átomos girando ao redor: o símbolo dos Guardiões da História. Um segundo depois, houve um clique, e uma parte da parede se abriu. Charlie acenou para os outros entrarem na câmara escura atrás, deu uma última olhada e também entrou, fechando a abertura ao passar. Ninguém na Basílica Emília percebeu nada.

Jake olhou ao redor. A entrada o lembrava sua primeira aventura no mundo extraordinário dos Guardiões da História, quando por uma escadaria secreta abaixo do Monumento na cidade de Londres. *Esta* escada também descia em espiral para baixo e era decorada com uma série de murais com cenas de imperadores, exércitos e procissões (embora feitos em mosaico, e não com tinta) que fez a espinha de Jake se arrepiar de expectativa.

— Você disse que o escritório não era usado havia um tempo, certo? — perguntou a Charlie, longe de Lucius. — Ninguém trabalha aqui?

— Você vai descobrir que quanto mais se volta no passado — sussurrou Charlie —, menos agentes locais existem. Esses lugares são mais *abrigos* do que exatamente escritórios. Tem a ver com o número limitado de pessoas com capacidade de viajar para a história antiga.

No pé da escada havia outra porta escondida na parede. Charlie bateu nela usando um código especial.

— Charlie? — perguntou uma voz do outro lado.

— Sou eu.
Uma chave foi girada na fechadura e a porta se abriu.
— Vocês a encontraram? Ela veio? — perguntou imediatamente ao ver Jake e Lucius. Estava usando um avental e segurando um espanador.
— Ela está viva e bem — respondeu Charlie. — Temos um compromisso esta noite.
— Bom trabalho, garotos. Excelente trabalho — respondeu Nathan.

Jake entrou em uma câmara abobadada espaçosa. Parecia acolhedora e familiar, com paredes cobertas de madeira escura e mesas repletas de mapas, gráficos e globos que contrastavam com o mármore austero da cidade acima. O aposento tinha muitas prateleiras cheias de livros de todas as épocas, e havia dois pares de beliches.

Nathan escutou com interesse Jake repetir a história do encontro com Topaz, fazendo perguntas e olhando atentamente para os mapas que ela tinha lhe dado.

Quando Jake terminou, Charlie apontou o beliche no canto da sala.

— Pode ficar com aquela cama ali, ao lado da estátua de Oceano controlando as águas.

Jake aceitou com alegria e colocou a bolsa no chão. Examinou Oceano, uma figura enorme de barba entalhada em alabastro brilhante. Era uma das esculturas mais lindas que já vira, posicionada casualmente em um canto do escritório dos Guardiões da História.

No chão, visível debaixo da cama, havia uma grade de metal grande com cadeado. Por baixo, Jake podia ouvir o barulho de água correndo.

CIRCUS MAXIMUS

— Aonde isso leva? — perguntou ele, batendo com o pé na grade.

— É um ramo do Aqua Virgo — explicou Charlie. — É um dos aquedutos que trazem água fresca a Roma. Foi construído por Agripa no ano 19 e tem a extensão de treze quilômetros desde perto da Collartina, a leste da cidade. É quase toda subterrânea e termina nas termas de Agripa, a menos de um quilômetro daqui. É claro que usamos como nosso suprimento particular de água. — Ele indicou um balde em uma corrente ao lado da abertura. — Evita que a gente tenha que subir quando temos sede.

Jake espiou dentro da abertura e só conseguiu ver um túnel largo e ecoante.

Lucius também estava inspecionando o aposento com apreensão. Havia muitos objetos com os quais ele não estava familiarizado.

— O que é isso? — perguntou ele, apontando para um globo que vinha de uma era mais moderna.

— Isso é o mundo, mas não como você conhece — disse Charlie, sem interesse. Era melhor não entrar na confusão que seria explicar o que era uma viagem no tempo, então levou Lucius até uma mesa com comida fresquinha. — Tem *muesli* caseiro e um suflê para o café da manhã, preparado em um forno mais velho do que a arca de Noé e que me fez até procurar superlativos.

Depois do café da manhã, enquanto Lucius cochilava, Charlie, Nathan e Jake se sentaram juntos, primeiro para estudar o mapa de Topaz mais detalhadamente, depois para ler os registros com capas de couro que descreviam todos os eventos principais da década anterior. Dentre muitas coisas, eles aprenderam detalhadamente sobre o imperador Tibério e todas as suas excentricidades. Aos vinte e poucos anos, ele se mostrou um corajoso general e conquistou terras na Germânia, assim como na Dalmácia e na Panônia, no sudeste da Europa. Mas nunca gostou dessa posição de comandante supremo, nem se acostumou à vida na maior cidade do mundo. Em pouco tempo, passou a fugir para a ilha de Rodes, para a frustração de seus senadores. Quando ficou mais velho, sua paranoia piorou, e um ano antes foi embora de Roma de vez para governar por meio de Sejano, seu braço direito, de um esconderijo secreto na ilha de Capri.

— O que me preocupa — murmurou Charlie — é que, no momento, Sejano também não está na cidade. Ele está em uma visita de Estado à fronteira leste e só deve voltar daqui a semanas. É claro que há seiscentos senadores, mas Roma não tem líder. E isso é uma escolha interessante de momento...

À tarde, com seus planos prontos, Nathan perguntou se alguém se importaria se ele saísse em uma pequena expedição de compras.

— Sinto necessidade de entrar na pele da moda imperial — anunciou. — Sempre foi uma área tão indistinta.

Ninguém teve nenhuma objeção, e Nathan saiu.

Uma hora depois, voltou com os braços carregados de sacos de linho abarrotados, com olhos brilhando de empolgação.

— Revelador! — disse, ofegante. — Só digo uma coisa: *cânhamo*. É errado, e normalmente eu não tocaria nisso nem com uma vareta, mas quem poderia imaginar o quanto poderia ser versátil nas mãos certas? —Tirou alguns itens da bolsa para demonstrar. — Está surrado, mas é *tããão* chique. Na outra extremidade da balança — ele tirou uma túnica de seda de outra bolsa —, se é ouro que você deseja, quero apresentar a seda marinha. É incrível. Uma revelação... — acrescentou, com uma lágrima no olho. — Ela é tecida de filamentos da *Pinna nobilis*, o molusco mais raro do Mediterrâneo.

Nathan deixou que Jake e Charlie tocassem o tecido, depois mostrou botas de pele de cobra e uma variedade de correntes e pulseiras que descreveu como "joias muito masculinas".

Mais tarde, Charlie e Jake também saíram para ir a uma lojinha que vendia máscaras e outros acessórios de festa. (Jake reparara nela em uma rua lateral quando estavam voltando da Pons Fabricius naquela manhã.) Voltaram com uma coleção completa, similares em estilo às máscaras usadas pelos atores em Herculano, com bocas grandes sorrindo ou tristes. É claro que Nathan e Lucius quiseram a mesma, que parecia de um guerreiro feroz, mas, quando uma briga acalorada estava prestes a se iniciar, Charlie observou que a cor não combinava com o tom de pele de Nathan, e ele a largou como se fosse uma batata quente.

Eles colocaram suas roupas mais bonitas, togas com capas, como os jovens nobres da cidade usavam, e se armaram com espadas e adagas, escondidas debaixo das togas. Nathan e Jake se ofereceram para carregar um pedaço de corda, que esconderam enrolando na cintura. Todos tomaram um gole horrível de vinagre, Charlie deixou Mr. Drake com algumas nozes para comer e eles acenderam as tochas para partir escada acima. No alto, Nathan verificou por um olho mágico que o caminho estava livre e puxou um trinco para abrir a porta. Charlie fechou a parede atrás deles depois que todos saíram.

OS GUARDIÕES DA HISTÓRIA

A basílica estava agora parcialmente vazia. Alguns grupos de pessoas permaneciam lá no sol poente. Em uma extremidade, um grupo ouvia com certa dúvida um homem de rosto vermelho falando alto. Estava claro que ele tinha bebido demais, pois cambaleou de repente e caiu no meio da plateia.

Nathan levou os companheiros para fora do Fórum Romano. O crepúsculo caía, e uma luz quente rosada destacava os casarões no monte Palatino. Foi na direção dessas construções grandiosas e antigas que os intrépidos jovens agentes partiram, cada um segurando sua máscara e ponderando o que aquela noite guardava para eles.

15 Jantar Diabólico

A *villa* que Agata Zeldt chamava de lar ficava no lado sudoeste do monte Palatino, com vista para o Circus Maximus de um lado e para o grande Campo de Marte de outro. Jake e seus companheiros se aproximaram do local, primeiro subindo uma ladeira íngreme pelo lado sudeste do Fórum, depois por uma avenida larga e tranquila que serpenteava entre as grandes residências desse bairro tão antigo e reverenciado. O ar era bem mais fresco ali em cima, e adocicado pela fragrância dos pinheiros. Também era mais silencioso, longe do burburinho da cidade abaixo; ouviam-se apenas os sons de água corrente misturados com conversas abafadas de pessoas muito ricas por trás das paredes de suas residências luxuosas.

Ocasionalmente, a tranquilidade era rompida por uma carruagem subindo a colina ou pelos grunhidos de escravos que carregavam liteiras, todos evidentemente transportando convidados ilustres para a festa de Agata, antes de desaparecerem por uma entrada perto do topo.

Quando se aproximaram da entrada, iluminada por uma sucessão de velas e protegida por todo tipo de soldados e criados, Nathan parou nas sombras atrás de uma árvore.

— Devemos entrar em dois grupos — sussurrou. — Para chamar menos atenção. Lucius e eu vamos primeiro. Vocês dois vêm atrás em quinze minutos. Boa sorte.

Nathan respirou fundo, colocou a máscara, estufou o peito, estalou os dedos e saiu andando. Lucius fez as mesmas coisas, mas de uma forma mais exagerada, e foi atrás. Jake e Charlie os viram andar até a entrada estreita, dar os nomes falsos ao criado e desaparecer pelos portões.

Para matar o tempo, Jake e Charlie andaram até o cume e olharam para o Circus Maximus. A visão deixou Jake maravilhado. Do alto, era ainda mais sensacional do que lhes parecera quando entraram na cidade no dia anterior. Iluminado por tochas posicionadas ao redor da pista de areia branca, tinha um aspecto sobrenatural, como se fosse o estádio dos próprios deuses.

Algum tipo de treinamento estava acontecendo lá: duas bigas, cada uma presa a um grupo de cavalos galopantes, voavam pela pista enquanto um treinador gritava instruções das laterais.

— Tem uma grande corrida amanhã — explicou Charlie. — Uma das maiores do ano. Amanhã de manhã, Roma toda vai estar ali.

Jake também podia ouvir gritos e urros distantes de animais. Mas não conseguia identificar de onde estava vindo.

— Animais selvagens — disse Charlie, apontando para a grande ilha de pedra no meio da arena que dividia a pista em duas. — Estão enjaulados debaixo da *spina* ali. Ursos, tigres, talvez até um rinoceronte, animais de todos os cantos do mundo.

— Ele fez uma careta de repugnância. — São exibidos antes das corridas de bigas ou os usam para entretenimento sangrento.

Quando Jake olhou melhor, reparou que escravos erguiam uma balaustrada de madeira ao redor da beirada da ilha.

— As pessoas ficam ali também? — perguntou ele.

— Ah, sim, o *crème de la crème* assiste da *spina*. Os seiscentos e poucos senadores de Roma. É simbólico ficar acima das feras. Para mostrar às pessoas que eles são reis não só do mundo, mas de toda a natureza. Mas isso é uma tradição nova; costumavam se sentar ao lado do *pulvinar* ali. — Charlie apontou para uma estrutura de pedra do outro lado, um templo com colunas e um terraço amplo na frente. — Aquele é o camarote imperial, onde fica o imperador.

Mais uma vez, ouviram os rugidos distantes da *spina*, carregados pelo ar quente da noite. Os olhos de Charlie permaneceram ali por um momento.

— Temos que ir agora — disse.

Colocaram as máscaras, a de Jake com um sorriso alegre, a de Charlie com expressão um pouco confusa, e foram para a entrada. Um porteiro deu um passo à frente para pegar os nomes deles. Jake disse o seu com uma voz firme que disfarçava o medo. Um guarda corpulento abriu os portões, e os dois foram levados para dentro.

Uma fileira de escravos, cada um em uma rígida postura de sentido, de cabeças baixas, indicava o caminho por uma série de corredores largos até os sons da festa. Eles acabaram saindo ao ar livre.

Foram cumprimentados por uma visão tão arrepiante que Jake hesitou. Cem máscaras congeladas se viraram ao mesmo tempo para observar os recém-chegados. Jake sentiu gotas de suor escorrendo na testa por baixo da máscara.

OS GUARDIÕES DA HISTÓRIA

— Tudo bem? — sussurrou Charlie, colocando a mão, tranquilizadora, em seu ombro.

Jake fez que sim e respirou fundo. Gradualmente, os rostos mascarados se viraram de volta para seus respectivos grupos e as conversas foram reiniciadas.

O lugar era incrível, comprido e cheio de colunas, imitando a forma do Circus Maximus abaixo, mas em miniatura. Era aberto às estrelas e adornado com estátuas belíssimas. Mesas de jantar tinham sido montadas nas laterais, com sofás elegantes cobertos de seda. (Jake tinha aprendido que os romanos, ao menos os ricos, não usavam cadeiras para jantar, mas comiam deitados!) No centro, alguns degraus levavam a uma arena de formato elíptico, cercada de um muro baixo e iluminada por lamparinas. Jake percebeu com um tremor que era ali que o *ludi sanguinei* de Agata, os jogos sangrentos, aconteceriam mais tarde.

Nas beiradas, nas sombras das colunas de pedra, músicos tocavam alaúdes, flautas e liras, e um pequeno exército de escravos esperava discretamente para atender aos desejos dos convidados.

— Ela pode ser um monstro, mas é inegável que Agata Zeldt tem bom gosto! — disse uma voz por trás de uma máscara. Era Nathan, empolgado por se ver em um evento tão luxuoso. Atrás dele, o corpo volumoso de Lucius parecia pouco à vontade. — Ela tem a noção de teatro, de *grand Guignol*, que é bastante revigorante depois do goticismo sombrio do irmão dela. — Nathan ergueu o cálice de prata. — Posso recomendar os coquetéis de mel e de melancia? Estão perfeitamente gelados, como você diria, Charlie. Sem dúvida, tão gelados quanto nossa anfitriã.

CIRCUS MAXIMUS

— E onde *está* nossa anfitriã? — perguntou Charlie com ansiedade. — Algum sinal?

— Sem mencionar Topaz — acrescentou Jake, que já a tinha procurado dentre todas as mulheres no jardim.

— Bem, *ali* está a estátua de Saturno. — Charlie indicou uma escultura debaixo de uma área de colunas, uma divindade corpulenta e barbada segurando uma tocha. — Tem uma porta ao lado.

Naquele momento, eles ouviram um repicar de tambores seguido do som de trombetas, e três pessoas apareceram pelo grande arco na extremidade da arena. Houve ruídos de surpresa dos convidados, seguidos de uma explosão espontânea de aplausos.

Liderando o grupo estava a própria anfitriã, vestida com uma fantasia fantasticamente demoníaca, inspirada em pássaros negros do paraíso. Um corpete de penas se ajustava a seu corpo magro, e uma espécie de cauda se abria de forma magnífica nas costas. Uma gola de longas penas de pavão emoldurava sua cabeça e acentuava os cabelos cor de chamas. Estava usando uma meia-máscara, em um tom forte de azul-mar, que deixava à mostra os lábios cruéis e pálidos.

— Ah, é claro que ela está manipulando todas as modas que existem — sussurrou Nathan, maravilhado —, mas que resultado sensacional!

— Acorde! — disse Charlie, estalando os dedos na frente de Nathan para chamar sua atenção. — Ela mata por prazer e está prestes a destruir o mundo que conhecemos!

Jake não estava olhando para Agata, e sim para as duas pessoas atrás dela. Ele apertou os lábios em repulsa ao ver o jovem louro à esquerda de Agata, que reconheceu imediatamente, mesmo por trás da máscara pintada, como o arrogante

Leopardo. Mas seu coração se apertou pela pessoa acorrentada e algemada que o garoto puxava como se fosse um animal de circo: Topaz.

Lucius começou a bufar e a contrair os músculos, e Nathan precisou segurá-lo.

— Lembra-se do que ela disse para você e Jake? Nós não a conhecemos.

Mais uma vez, Jake não pôde deixar de pensar no quanto ela estava diferente da Topaz alegre e vivaz que conhecera em Londres. Naquela manhã, ela estava mais dura; agora, quase patética.

Agata levantou as mãos de forma majestosa e disse algumas palavras em latim, com a voz suave e morta como veneno:

— *Bem-vindos todos. Estou tão feliz de vocês poderem se juntar a nós em nossa humilde residência.* — Charlie traduziu com um revirar de olhos.

Ela bateu palmas e instruiu todas as pessoas a relaxarem e aproveitarem o banquete.

— É nossa deixa — disse Nathan, assentindo para os outros.

Enquanto os convidados se acomodavam nos sofás, escravos começaram a trazer a comida. Em meio à confusão, os garotos seguiram furtivamente na direção da porta escondida ao lado da estátua de Saturno.

Estavam quase lá quando uma sombra surgiu à frente deles. O coração de Jake parou quando ele se deu conta de que a pessoa estava usando uma máscara de leopardo e arrastava a infeliz Topaz atrás de si.

— *Sedete* — disse uma voz sedosa, indicando para que eles se sentassem.

Havia espaço entre um grupo de pessoas reclinadas ao redor da mesa mais próxima. Os garotos não tinham como recusar. Charlie agradeceu ao Leopardo com uma mesura graciosa, e eles assumiram calmamente seus lugares. Jake reparou que Topaz estava apavorada, mas seu meio-irmão não parecia desconfiar de nada e se deitou com as costas viradas para eles.

Quando se sentou ao lado do monstro, Topaz olhou rapidamente ao redor. Fez contato visual com Jake. Olhou para ele por um momento, embora ele não soubesse dizer se com medo ou amizade, e virou a cabeça.

Jake olhou para os outros comensais; eram um grupo repulsivo, arrogante e superalimentado, fofocando e rindo, com um olho grudado em quem chegava. Levantaram as máscaras na expectativa da comida e gesticularam para que os garotos fizessem o mesmo. Mantendo os rostos o mais escondidos possível, eles obedeceram.

Suspensa acima da mesa (e Jake reparou que também sobre *todas* as outras mesas) estava uma gaiolinha com um pequeno pássaro de plumagem amarela, cantando uma música linda. Charlie se encantou imediatamente e tentou colocar os dedos lá dentro, mas a criatura era tímida; inflou as penas e se afastou dele. De repente, uma coisa bem mais alarmante chamou a atenção de Charlie.

— Não acredito — murmurou quando um escravo se aproximou com um prato enorme e o colocou na mesa à frente dele, explicando o que era.

— Flamingo assado e surpresa de cisne — traduziu Charlie em um sussurro horrorizado.

Os convidados murmuravam de satisfação, mas Jake mal conseguia acreditar no que via: dos corpos assados de dois pássaros gigantes (ainda cobertos de penas queimadas), dois pescoços, um rosa e um branco, surgiam e criavam o formato de um coração, com os bicos se tocando em um delicado beijo de amor.

— Qual será a surpresa? — perguntou Nathan com o canto da boca. Normalmente, não se deixava perturbar, mas até ele parecia preocupado.

O servo enfiou uma faca na lateral de cada pássaro. De dentro veio um coral de gritinhos agudos, e um bando de rouxinóis vivos saiu voando. Lucius ficou de pé e começou a puxar a espada, com medo, para a diversão dos companheiros de jantar, mas Nathan o puxou. De todas as mesas, em meio a aplausos e gritos, rouxinóis saíram voando, desesperados e confusos, em direção ao céu.

— Que barbárie — sussurrou Charlie, balançando a cabeça. — Que tremenda barbárie.

Os horrores culinários não terminaram ali. Prato após prato, receitas macabras foram servidas. A maioria tinha tema de aves: ragu de rolinha com romãs, pavão cozido no mel e ameixas e avestruz flambado; mas havia outras receitas que geraram tremores de repulsa, como águas-vivas com ovos, picles de ouriço-do-mar e enguias recheadas de espadinhas.

Lucius comeu quase tudo, o que significou que Nathan se sentiu obrigado a fazer o mesmo. Jake tentou corajosamente engolir alguma coisa para não atrair muita atenção, mas Charlie não comeu praticamente nada e foi ficando cada vez mais incomodado pelo que chamou de "apavorante selvageria dos ricos".

Perto do fim da refeição, uma pessoa apareceu na porta principal. Era um homem alto, de aparência estranha, rosto enrugado, sem máscara e uma barba comprida e trançada. Jake o reconheceu, mas não se lembrava de onde. Ele percorreu as mesas, até chegar ao lado de Agata. Ela o recebeu com um aceno, e ele se inclinou para sussurrar no ouvido dela.

Jake lembrou de repente:

— É o homem do laboratório em Vulcano — disse baixinho. Eles o tinham visto trabalhando no local com as plantas fedorentas. Nathan e Charlie o fitaram.

— Sem dúvida ele veio ajudá-la com o *fim das soberanias* — comentou Charlie, com o mau humor acentuado pela fome.

Depois que os pratos foram retirados, um homem estranho, usando uma peruca de cabelo ruivo cacheado, uma espécie de mestre de cerimônias, entrou no meio da arena e fez um anúncio com voz grave e ressonante. O que ele disse logo ficou claro, pois em cada mesa os convidados abriram as gaiolas para soltar os pássaros amarelos. Eles saíram voando ao mesmo tempo, circularam para um lado e para outro, e pousavam no homem, de forma que ele ficou parecendo um pássaro gigante. Para completar a imagem, começou a se elevar no ar como se estivesse mesmo voando. Jake percebeu que ele estava sendo levantado por algum mecanismo subterrâneo, mas era um truque tão bem-feito que a plateia, impressionada, ficou de pé na mesma hora para ver melhor. Foi nesse momento que Topaz se virou e assentiu para eles, para indicar que era a hora de ir.

Ninguém reparou nos quatro garotos que desapareceram nas sombras da colunata e se esgueiraram até a estátua de Saturno. Em um piscar de olhos, Nathan pegou a chave de Topaz, abriu a porta e levou os outros para dentro.

Nathan e Jake deram um suspiro de alívio ao desenrolarem as cordas e as colocarem por cima dos ombros. Desceram a escada estreita, lance após lance, seus passos ecoando na escuridão, até chegarem a uma porta. Primeiro, ela não abriu, e Charlie ficou com medo de também estar trancada, mas Nathan deu um empurrão forte e entrou, e os outros foram atrás para o terraço.

Eles se encontraram em um dos pontos mais altos da cidade, e a vista, de 360 graus, era impressionante. Sob um céu noturno perfeito, azul-marinho, o mármore branco da cidade se estendia até o horizonte arroxeado. Parecia bem mais tranquila à noite, principalmente quando vista daquele local, e uma brisa quente os envolveu com um assobio leve.

— Não acredito — disse Charlie com empolgação ao ver uma forma distinta na lateral do terraço. — Um Montgolfier original, se eu não estiver enganado.

Jake, Nathan e Lucius se viraram e viram uma cesta grande ligada a um emaranhado enorme de um material dourado e azul.

— Montgolfier? Montgolfier? — refletiu Nathan. — Conheço o nome... Refresque a minha memória.

Charlie suspirou e balançou a cabeça.

— Nathan, às vezes eu me pergunto se você já fez alguma pesquisa básica. Os irmãos Montgolfier, inventores do primeiro balão de ar quente do mundo? — Enquanto Jake e Nathan foram explorar, Charlie continuou falando: — Na verdade, isso não é exatamente verdade. Os chineses fizeram uma tentativa na era dos Três Reinos, por volta do ano 200. E ouvi boatos de que os nazcas, do Peru, podem ter conseguido ainda mais cedo. Mas outubro de 1783, quatro anos após a Revolução Francesa, foi a data oficial do primeiro voo pilotado. Independente da opinião, a obra ainda está *completamente* deslocada aqui. Agata Zeldt não tem mesmo respeito nenhum pela história. Você consegue imaginar isso decolando pelos céus da Roma antiga?

CIRCUS MAXIMUS

Jake achou a ideia fascinante: um balão de outra época da história flutuando sobre a cidade, para a incredulidade de todos.

Com Nathan à frente, os quatro pularam a balaustrada nos fundos do terraço e observaram o telhado escuro e geométrico.

— Ali — disse Jake ao identificar, no canto mais distante, a construção abobadada que Topaz dissera que abrigava a sala de operações.

Foram andando sobre as telhas, quatro silhuetas contra o céu azul-marinho. De vez em quando, chegavam a um impasse, uma abertura larga demais entre prédios, e tinham que voltar e encontrar uma rota diferente. Em determinado ponto, passaram por uma claraboia. Dela saía um som estranho, que intrigou Jake. Ele não conseguiu resistir e se ajoelhou para espiar entre as barras.

Uma luz suave vinda de baixo iluminou seu rosto quando ele examinou a câmara ampla e vazia. Havia uma forma no chão; era alguma espécie de criatura, presa a um poste de metal, deitada e perfeitamente imóvel em uma base vermelho-escura. Então, a verdade doentia ficou clara para ele: a criatura era uma parte comida de um homem, e a base era uma piscina de sangue seco. De repente, houve um berro ensurdecedor, um movimento de ar, e um pássaro quase do tamanho de Jake se jogou contra as barras, enfiando a cabeça entre elas e tentado pegá-lo com o bico afiado como lâminas.

Jake deu um grito, cambaleou para trás sobre as telhas e caiu com todo seu peso. Os outros pararam e se viraram enquanto ele se levantava. Agora, as cabeças de três gaviões selvagens se enfiavam entre as barras, gritando como demônios.

— Que animaizinhos encantadores tem nossa anfitriã — comentou Nathan secamente. — Eles fazem as cobras do irmão dela parecerem quase amigáveis.

OS GUARDIÕES DA HISTÓRIA

Jake ficou olhando com nojo para as aves enquanto seguia pelas telhas até alcançar os outros.

A sala de operações de Agata ficava em uma estrutura sólida, quadrada e abobadada. As paredes mais distantes se juntavam à face do Palatino que era um penhasco; do lado mais próximo, era separada das construções vizinhas por um vão de quase dois metros. Os garotos seguiram cautelosamente até o vão e olharam para baixo. Dois homens corpulentos montavam guarda em frente à porta dupla da entrada. Na lateral, viram duas janelas altas, ambas estreitas e protegidas com barras de metal. Topaz tinha explicado que o único jeito de entrar era pela claraboia no alto do domo; conseguiam ver uma luz suave brilhando através ele. Mas, para chegar lá, eles primeiro tinham que atravessar o vão.

— Eu vou primeiro — sussurrou Nathan para os outros.

Ele deu alguns passos para trás e saiu correndo, pulou sobre o vão e caiu perfeitamente, quase sem fazer barulho, do outro lado. Olhou para baixo. Os guardas estavam conversando, alheios ao que estava acontecendo acima das cabeças deles. Lucius foi em seguida, pousou com uma pirueta elaborada que fez parecer brincadeira de criança. Charlie foi atrás, sem demonstrar medo nenhum. E chegou a vez de Jake. Ele não estava gostando nada daquilo, mas guardou seus medos para si mesmo. Deu um passo para trás, respirou fundo e disparou no ar. Quando o vão se abriu abaixo dele, teve uma premonição repentina de desastre. Seu pé tocou a beirada logo em seguida. Seus olhos se arregalaram quando se balançou na beira do telhado, mas Charlie o segurou e puxou para a frente. As sentinelas não repararam na poeira leve que caiu pela abertura.

Eles andaram pelo telhado pé ante pé, subiram pela lateral do domo e espiaram lá dentro. Abaixo, havia um aposento octogonal com piso preto e branco de mármore brilhante que refletia a luz de uma série de lamparinas baixas. No centro havia uma mesa circular com um mapa aberto sobre a cobertura de tapeçaria. Mesmo de longe, Jake conseguiu identificar as formas dos continentes: a Europa, a África e a Ásia. A maioria era verde-esmeralda, mas havia blocos de outras cores. Havia outras mesas espalhadas pela sala, muitas com planos empilhados em cima, além de tabelas e diagramas.

— Posso ir primeiro? — perguntou Jake aos outros. Ele estava constrangido pelo que tinha acabado de acontecer no telhado e queria se provar capaz. — Sou muito bom com cordas — mentiu.

Pela primeira vez, Nathan não conseguiu encontrar motivo para discordar.

— Claro. — Ele deu de ombros. — Qual é a pior coisa que poderia acontecer?

— Bem, a pior coisa que poderia acontecer — disse Charlie, ajeitando os óculos no nariz — é ele cair em cima daquele mapa e alertar toda a *villa* sobre nosso paradeiro.

— Foi uma pergunta retórica, Charlie. — Nathan trincou os dentes. — Você não precisa responder a essas perguntas cada vez que as faço.

Jake foi amarrado à corda, e Lucius, de longe o mais forte de todos, baixou-o. Enquanto descia, Jake reparou que o interior do domo era pintado de azul-escuro e coberto de símbolos das constelações sobre uma grade leve de latitude e longitude.

Seus pés desceram na direção do mapa e seus dedos tocaram na Itália, na própria Roma. Na verdade, em uma pequena réplica do Circus Maximus. Só agora Jake percebeu que o mapa não era plano, mas sim em relevo tridimensional. Ele pulou no chão com cuidado e se virou para olhar melhor. Era uma miniatura muito caprichada do mundo ocidental no ano 27. Ilustrava com detalhes de tirar o fôlego não só o terreno, com montanhas, desertos e florestas, mas muitos dos marcos famosos, desde as pirâmides do Egito aos antigos círculos de pedra na Bretanha.

Mas o mapa não era apenas geográfico; estava coberto de legiões de exércitos. Batalhões de soldados em miniatura (eram esses que formavam os blocos de cores que Jake tinha visto de cima) estavam posicionados em toda parte, desde os picos brancos dos Alpes até as planícies da Pérsia; desde o deserto do Saara até as florestas geladas da Escandinávia. E cada soldado, dentre os milhares que ocupavam o mapa, usava o mesmo uniforme: a armadura familiar da Hidra.

Charlie foi quem desceu depois, seguido imediatamente de Nathan (Lucius estava se exibindo de novo, provando que podia baixar duas pessoas simultaneamente). Quando chegou ao chão, Nathan disse para ele:

— Mantenha a posição! Podemos precisar ir embora a qualquer segundo.

— Como quiser, senhor — respondeu Lucius com um sorrisinho, e se sentou com as pernas para dentro da claraboia.

— Já falei e vou dizer de novo — disse Nathan, olhando para as constelações na parte de dentro do domo. — Temos que admirar a audácia de Agata. O mundo não basta para ela, ela quer o *universo*.

— Minha nossa, você está certo — respondeu Charlie, examinando o domo com mais atenção. — Ela renomeou Escorpião em homenagem a si mesma, e Leopardo está no lugar da Ursa Maior.

Jake não tinha reparado, mas agora conseguia ver claramente os nomes inscritos em letras curvas douradas no céu azul.

Também percebeu que outra seção estava sendo repintada, sem dúvida para incluir a nova integrante da família, Topaz.

Nathan e Charlie dirigiram a atenção para o mapa de Agata, em particular para os exércitos.

— A não ser que Agata Zeldt planeje conjurar meio milhão de soldados do nada — comentou Nathan —, acho que o plano dela é assumir o comando do exército romano.

— Eu diria que é mais ou menos isso mesmo — concordou Charlie.

— E qual é o tamanho do exército romano? — perguntou Jake. — Quantos homens compõem cada uma dessas divisões?

Charlie deu de ombros e assobiou por entre os dentes.

— Bem, nos últimos cem anos, o exército cresceu dez vezes, de uma coleção aleatória de forças espalhadas aqui e ali a uma máquina endurecida e supereficiente, capaz de conquistar qualquer um.

— Ele está certo — concordou Nathan, pegando um dos soldados em miniatura e inspecionando. — Vejam os pobres mitrídates e os persas. Uma das nações mais antigas e reverenciadas da história, destruída em uma década.

— Quanto a números reais — Charlie estava fazendo um cálculo de cabeça —, deve haver pelo menos vinte e cinco legiões com aproximadamente cinco mil soldados de infantaria em cada, e provavelmente trezentos regimentos *auxilia*, incluindo a marinha, a cavalaria e o resto, assim como uma multidão de soldados estrangeiros. Somando tudo, chegamos a cerca de quatrocentos mil homens.

— Em resumo — concluiu Nathan —, o suficiente para escravizar o mundo ocidental e ter uma boa chance de dominar o resto. — E então, acrescentou com um arqueio teatral das sobrancelhas: — *O fim das soberanias.*

— Mas como ela está planejando ganhar o controle do exército romano? — perguntou Jake.

— Essa é a pergunta que temos que responder — disse Charlie. — Paparicar alguns advogados e generais corruptos com surpresas de flamingo e enguias recheadas de espadinhas não basta.

— E a outra pergunta é — Nathan levantou o soldadinho — *quem* foi responsável por esses uniformes espalhafatosos? É uma piada em todos os níveis. Se você vai dominar o mundo, arrume o *visual* primeiro. Não concordam?

Charlie pegou o boneco, recolocou no mapa e sugeriu que parassem de falar e começassem a procurar. Ele e Jake começaram a verificar as pilhas de papéis para ver se conseguiam encontrar mais alguma informação sobre o *fim das soberanias* ou esse *assassinato público* sobre o qual Topaz tinha contado, enquanto Nathan abria todas as portas que levavam para fora da sala para ver se havia algum sinal do ator Austerio.

As várias buscas não geraram resultados imediatos. Nathan só conseguiu encontrar depósitos, enquanto os gráficos e papéis eram irrelevantes ou indecifráveis. Só uma coisa chamou a atenção de Jake: um desenho de sete ovos de ouro, com a palavra *Contadores* rabiscada embaixo. Ele se lembrava de alguma coisa com uma ilustração idêntica na suíte de Agata em Vulcano.

— Isso significa alguma coisa para você? — perguntou, mostrando-os para Nathan.

Nathan olhou, mas não entendeu. Ele deu de ombros, indicando que não tinha importância, antes de desviar a atenção para um espelho de parede, com as propriedades reflexivas derivadas de uma camada de mercúrio por trás do vidro. Enquanto admirava os dentes, ele alegou que era a coisa mais engenhosa e encantadora que tinha visto o ano todo.

Depois de uns vinte minutos, Lucius deu um assobio urgente lá de cima.

— Tem alguém vindo.

Um momento depois, ouviram o som de uma chave na fechadura e vozes abafadas.

— Puxe as cordas agora! — ordenou Nathan a Lucius. — Pessoal, aqui embaixo...

Ele foi até a mesa de mapas, levantou a cobertura de tapeçaria e empurrou Jake e Charlie para baixo. As cordas subiram pela claraboia e desapareceram. Nathan se espremeu no espaço escuro debaixo da mesa com os outros dois. Ao mesmo tempo, sem que ninguém falasse nada, os três puxaram as espadas silenciosamente ao ouvirem a porta se abrindo e passos se aproximando.

Jake e Nathan conseguiam ver o que estava acontecendo através de um buraco na tapeçaria. Suspiraram de alívio quando viram não guardas, mas dois escravos, cada um carregando uma bandeja de comida, alguns pratos familiares que tinham sido servidos no jantar. Os dois homens atravessaram a sala, e um esticou a mão para puxar uma alavanca. Imediatamente, uma seção do piso preto e branco se ergueu e deixou à mostra degraus que levavam a um aposento subterrâneo.

Os dois escravos desceram. Momentos depois, os garotos ouviram uma voz. Era tão grave e reverberante, tão similar à voz de um ator, que não tiveram dúvida a quem pertencia. Os escravos voltaram de mãos vazias e, depois de deixarem o alçapão aberto, atravessaram novamente a sala e trancaram a porta ao sair.

Jake, Nathan e Charlie saíram do esconderijo na mesma hora em que Lucius apareceu sorrindo na abertura acima.

— Eles foram embora — disse em sua versão de sussurro.

Nathan levou o dedo à boca para sinalizar para que todos ficassem quietos. Guiou os outros pelos degraus abaixo e parou na frente de uma cortina de veludo vermelho. Por trás dela, a voz distinta e quase cômica tinha recomeçado a falar, treinando a mesma frase repetidamente, usando tons levemente diferentes a cada vez:

— *Veni, vidi, vici.*

Era uma das poucas coisas em latim que Jake conhecia, "Vim, vi, venci", falada por Júlio César, tinha certeza, depois de invadir algum país novo.

Com a ponta da espada, Nathan puxou a cortina, revelando o homem no aposento que havia atrás. Era uma figura ao mesmo tempo magnífica e ridícula. Por um lado, era alto, com um jeito aristocrático, vestia uma toga roxo-escura e uma coroa de louro na cabeça. Por outro, ficava fazendo caretas estranhas para si mesmo no espelho, exercícios estranhos com a boca, enquanto fazia poses e sacudia uma coxa de flamingo assada parcialmente comida.

Jake e Nathan estavam se esforçando para não rir, mas a expressão de Charlie era séria. Assim que bateu os olhos em Austerio, entendeu o que estava acontecendo: a similaridade facial, a toga roxa, o discurso.

— Tibério — murmurou. — Ele vai incorporar o imperador Tibério.
— O quê? — sussurrou Nathan, seu sorriso sumindo.
— O imperador é recluso, lembram? — explicou Charlie.
— Mora em Capri. Quase não é visto em público há anos, mas esse homem é um sósia dele.
Quando Jake se inclinou para olhar melhor, derrubou a espada de Nathan com um baque no chão.
Austerio (sem dúvida era ele) se virou e ficou boquiaberto e horrorizado quando os três garotos entraram. Talvez, se eles estivessem desarmados, ele reagisse de um jeito diferente; mas, conforme foram se aproximando, Austerio balançou os braços, gemendo e revirando os olhos como algum personagem de tragédia grega. Ao perceber que os gestos não bastariam para salvá-lo, ele jogou a coxa de flamingo neles, depois o prato de comida, junto com algumas velas. Nathan finalmente conseguiu colocar a mão sobre a boca descontrolada do ator.
— *Shh!* Escute, não estamos aqui para ferir você — disse.
— Somos amigos. *Amici sumus*. Você é Austerio... *tu es Austerio, amicus Ficium*, de Fico, o Fantástico.
Austerio estava tentando lutar e gritar por entre os dedos de Nathan, mas, ao ouvir seu nome e o do amigo (ou inimigo), ele começou a se acalmar. Nathan acabou afastando a mão.
Austerio se recompôs e rearrumou as poucas mechas de cabelo antes de responder laconicamente:
— Fico não é fantástico, *eu* que sou. — E, para demonstrar, fez uma pose dramática, exibindo o rosto de frente e depois de perfil.
— Você fala inglês? — perguntou Charlie, perplexo.

OS GUARDIÕES DA HISTÓRIA

— É claro. — O ator deu de ombros. — Tenho mil talentos. Fico não tem nenhum.

Nathan pegou um livro sobre a mesa.

— *Dicionário de latim/inglês* — leu ele na lombada, depois abriu e olhou dentro. — Publicado em 1590... Não é avançado para os tempos romanos? — comentou ele com os outros antes de se voltar para Austerio. — Agata Zeldt mandou você aprender inglês? Há quanto tempo você a conhece?

Austerio examinou os três com atenção antes de responder com um movimento de ombros petulante:

— Quem são vocês e o que querem aqui?

Nathan e Charlie se entreolharam sem saber o que responder, mas Jake disse na mesma hora:

— Estamos escrevendo um poema épico. Sobre você... sobre todas as suas realizações.

— Um poema épico? — perguntou Austerio, imediatamente interessado.

— Somos seus maiores fãs — garantiu Jake, fazendo uma reverência. — Seus apoiadores mais leais. Em Herculano, vimos todas as suas apresentações. Não vimos?

Charlie e Nathan assentiram com vigor.

O ator estava fisgado.

— Mas vocês são apenas crianças — disse, de forma condescendente. Mas acabou não resistindo a dizer: — É mesmo? Todas as apresentações?

— Todos os clássicos — disse Charlie. — Plauto, Terêncio...

— Vocês viram meu Phormio? — perguntou, fazendo outra pose heroica. — Meu gigantesco comandante grego?

— Foi tão emocionante — afirmou Nathan com sinceridade absoluta. — Eu quase me joguei na minha espada.

— Por Júpiter! Se é assim que você vê minhas comédias, minhas tragédias devem ser *insuportáveis*.

— Você nem faz ideia. — Nathan balançou a cabeça e colocou a mão no coração, mais uma vez escolhendo o lado errado.

De repente, Austerio franziu a testa e olhou para a escada, depois se inclinou para a frente e sussurrou:

— *Periculosus est hic*... mas aqui é perigoso. Se vocês forem encontrados, vão pensar que são espiões. Como vocês entraram?

— Seguimos você desde Roma — disse Jake —, depois esperamos lá fora até termos uma oportunidade de o encontrar.

Emocionado com tamanha devoção, Austerio suspirou, e lágrimas lhe vieram aos olhos.

E então, para não ser superado na qualidade de atuação, Charlie acrescentou:

— Para nossa própria sanidade, você precisa nos contar o que está fazendo aqui. Herculano não é nada sem você.

A princípio, Austerio ficou relutante em discutir o assunto, mas, depois de muito debate, a vaidade falou mais alto e começou a contar a história, primeiro em fragmentos, depois em torrentes cada vez maiores. Como conhecera sua *benfeitora*, como ele chamava Agata, seis meses antes; como ela admirara o talento dele e o convidou para jantar e tomar vinho em todos os restaurantes da moda na baía de Nápoles; que ela desejava que ele aprendesse a língua peculiar dela para torná-lo um astro ainda maior. Ele recontou que ela o buscou em Herculano e o transportou, primeiro de navio e depois de carruagem, tudo com muito luxo, até Roma.

— É tudo muito empolgante — disse Nathan —, mas o que exatamente você veio fazer aqui?

Austerio olhou para eles de nariz empinado.

— Estou aqui para fazer a apresentação da minha vida; para fazer o papel de ninguém menos do que o imperador Tibério. É uma questão de segurança nacional.

Charlie cutucou Jake.

— Não falei?

— Isso mesmo. Eu, o humilde Austerio — declarou —, apenas um garoto de cidade pequena no lado errado dos Apeninos, usando meu talento oceânico para salvar meu amado país!

— *Segurança nacional?* — repetiu Charlie. — *Salvar seu amado país?* O que você quer dizer?

Austerio se inclinou e sussurrou:

— Rapazes queridos, odeio ser quem dá notícias ruins, mas vai haver uma revolta. Uma revolução por todo o Império, dez vezes mais mortal do que a de Spartacus. O mundo está à beira da calamidade! — Ele colocou a mão sobre o coração, mas escolheu o lado certo, ao contrário de Nathan, como Jake reparou. — Mas vou fazer minha parte para trazer a segurança de volta para o povo.

É claro que, ao ser questionado sobre como exatamente faria isso, ele não conseguiu dar nenhuma resposta direta e só murmurou alguma coisa sobre *um império precisar de seu imperador*. Quando perguntaram quem lideraria a revolução, também fez uma expressão vaga.

Estavam prestes a perguntar várias outras coisas quando ouviram um sino tocar.

— É agora — disse Austerio, ofegante. — A quarta hora. Virão me buscar a qualquer momento. Vocês precisam ir — disse, empurrando-os para fora do aposento. — Vão achar que vocês são espiões e não terão piedade.

CIRCUS MAXIMUS

— Virão buscar você? — perguntou Nathan.

— Vou fazer uma *aparência majestosa* na festa — disse Austerio —, antes do grande dia, amanhã.

— *Amanhã?* — Jake, Nathan e Charlie repetiram em uníssono. — O que tem amanhã?

— Minha primeira *aparição* pública. Vou aos jogos no Circus Maximus. Agora vão... — Ele os empurrou escada acima. — O Leopardo estará aqui a qualquer segundo, e preciso me aprontar.

Ao ouvir esse nome, os jovens agentes se entreolharam. Nenhum deles queria esbarrar com o Leopardo. Eles se despediram rapidamente, prometeram assistir a Austerio no dia seguinte e subiram correndo a escada.

— E tomem cuidado, garotos. — Ele suspirou e colocou a mão no coração de novo. — Farei tudo que puder para impedir a revolução, mas Roma não é um lugar seguro no momento.

Charlie assobiou para Lucius, que baixou as duas cordas. Nathan subiu rapidamente primeiro, sem ajuda. Charlie segurou a segunda corda. Jake sempre se surpreendia com ele, que falava vinte línguas e entendia física quântica, mas também era fisicamente ágil. Não tinha o estilo de Nathan, mas subiu pela corda rapidamente.

Em contraste, Jake, mesmo com a ajuda de Lucius, teve dificuldades. Quase conseguira chegar à claraboia quando ouviu o som de uma chave girando na fechadura abaixo. Em um piscar de olhos, a porta se abriu e o Leopardo entrou na sala.

Jake prendeu a respiração. Estava pendurado no alto, em uma corda que girava e rangia.

16 Andrômeda e o Monstro do Mar

Os rostos de Nathan, Charlie e Lucius pairavam na escuridão acima da claraboia, observando, horrorizados, o Leopardo andar até o alçapão e chamar Austerio. Torciam que ele fosse descer os degraus para poderem puxar Jake para cima, em segurança. Mas ele apenas esperou, fazendo biquinhos para si mesmo no espelho de parede de mercúrio, da mesma forma que Nathan havia feito, até Austerio aparecer.

O ator viu Jake imediatamente, suspenso no domo, e fez um ruído de surpresa. Jake perdeu a firmeza da mão e escorregou na direção da mesa, a corda áspera queimando suas mãos no processo.

Os garotos tinham certeza de que aquilo terminaria em desastre, mas Austerio agiu rapidamente e fingiu estar chocado pela visão de seu reflexo no espelho. Murmurou alguma coisa sobre tudo estar torto e pediu para o Leopardo ajeitar a coroa de louros. Enquanto o Leopardo obedecia ao pedido com uma careta de desprezo, Jake começou a ser puxado para a claraboia.

CIRCUS MAXIMUS

Ele estava quase lá quando o Leopardo bateu palmas e anunciou que tinham que sair imediatamente. Naquele momento, deu-se o desastre: a máscara de Jake, que tinha guardado dentro da toga, caiu. Ele tentou, em vão, pegá-la, primeiro com a mão, depois com o pé. Quando estava rodopiando até o chão, Austerio começou a falar de novo, desta vez reclamando alto sobre o corte da túnica.

O Leopardo perdeu a paciência, berrou que não havia nada de errado e seguiu para a porta. Mas parou de repente ao ver a máscara no chão. Ele a pegou e examinou, olhando para Austerio e depois para o domo. Não havia nada lá, só uma área escura de céu emoldurada pela claraboia. Ele abriu a porta e levou o ator para fora.

No teto, quatro silhuetas, todas dando grandes suspiros de alívio, viram o Leopardo e Austerio atravessarem o pátio abaixo em direção à *villa*.

Por um tempo, eles ficaram ali na escuridão, pensando em tudo que se passara.

Charlie foi o primeiro a falar:

— Ele disse que faria sua primeira aparição *pública* no Circus Maximus.

— É. — Nathan assentiu, sério. — Eu também ouvi isso.

— Ele se virou para Jake. — E o que Topaz disse? Tudo vai começar com um assassinado *público*?

De repente, uma ideia terrível e chocante surgiu na mente de Jake.

— *Ele* vai ser assassinado? Austerio?

— Não Austerio — corrigiu Nathan. — Tibério. — Ele ergueu as sobrancelhas. — Sei que minha história romana não é tão boa quanto a sua, Charlie, mas, desde Spartacus, todos do Império não vivem paranoicos, com medo de outra rebelião?

— Spartacus — disse Lucius de repente. — Ouvi falar dele.
Nathan se virou para Jake.
— Ele era um gladiador perigoso que reuniu todos os escravos para se rebelarem contra seus donos. Que melhor forma de deflagrar o *fim das soberanias* do que assassinar o imperador e culpar um bando de "rebeldes" que provavelmente não existem? Seria o caos. Uma guerra civil explodiria em poucos dias.

Charlie estava balançando a cabeça.

— É uma boa teoria, mas não faz sentido. Por que Agata se daria ao trabalho de ensinar inglês a Austerio se fosse acabar com ele?

— Bem, não temos muito mais em que nos basear. — Nathan deu de ombros. — Além do mais *alguma coisa* vai acontecer no Circus Maximus amanhã. Então sugiro voltarmos ao escritório e decidirmos o que fazer sobre isso.

Ele levou os companheiros de volta pelo caminho de telhados. Pulando no terraço particular de Agata, desceram a escadaria escura até a porta que levava à arena. A festa tinha ficado bem mais barulhenta e a música mais alta.

— Aqui, use isto — disse Nathan para Jake, entregando-lhe sua máscara. Ele se virou para os outros e sussurrou: — Vamos sair daqui o mais rápido que pudermos.

Charlie concordou, mas Jake não disse nada. Ele odiava a ideia de deixar Topaz de novo. Quando Nathan estava prestes a abrir a porta, fez-se silêncio do outro lado. Eles ouviram Agata dizendo alguma coisa em latim que terminou com a frase:

— *Salutate imperatorem!*

Isso foi seguido de um coro de gritos respeitosos e berros:

— *Ave, Caesar!*

Jake, Charlie e Lucius colocaram as máscaras, enquanto Nathan puxava o capuz da capa. Ele abriu um pouco a porta e os quatro saíram. Os convidados estavam todos de pé (pelo menos os homens estavam; algumas das mulheres ainda dormiam), enquanto Austerio, o "imperador Tibério", passava majestosamente entre eles, acenando com a cabeça para um lado e para outro, oferecendo a mão gorda coberta de joias para ser beijada. Jake tinha meio que imaginado que ele pudesse fazer o papel como um personagem de pantomima, então ficou surpreso ao ver como estava sutil e convincente. O "imperador" foi levado a um trono ao lado do de Agata, e todos se sentaram novamente. Foi nesse momento que Jake percebeu que o lugar de Topaz estava vazio. Ele procurou ao redor, mas ela não estava em lugar nenhum.

— Vamos — disse Nathan ao ouvido dele, adivinhando o motivo da demora. — Topaz sabe onde estamos. Vai fazer contato conosco se precisar.

Eles se esgueiraram pela sombra da colunata na direção da saída. Tinham quase chegado lá quando os músicos começaram a tocar. Os trombeteiros e os tocadores de tambor começaram a marchar no ritmo da música na direção da extremidade da arena. Houve um burburinho de excitação, e todos começaram a sussurrar de expectativa pelo que estava para acontecer.

A música ficou ainda mais alta. E, de repente, o piso de pedra no centro da arena começou a se abrir; primeiro, havia uma faixa de escuridão, depois, uma cavidade. Dela subiu um rochedo enorme e disforme que parecia ter sido arrancado de uma praia selvagem. Em cima dela, em uma pose saída direto da mitologia romana, estava uma ninfa, presa à pedra e com o rosto escondido pelos cabelos molhados. Ela estava perfeitamente imóvel, como se enfeitiçada; e Jake percebeu, com uma onda de horror, que era Topaz.

— Venha... — Nathan o puxou com delicadeza. — Lembra-se do que ela disse para você? Não devemos olhar para ela. Mas Jake não estava ouvindo e afastou a mão de Nathan. Lucius estava grudado no chão, os olhos fixos no espetáculo. Charlie também estava relutante em ir embora, e, na verdade, Nathan sentia o mesmo. Ele sabia que seu dever era com os Guardiões da História, mas estava tão preocupado quanto os outros com sua irmã adotiva.

O piso continuou a subir. A pedra agora estava cercada de uma piscina irregular, espumando e se movimentando como se viva de tantos peixes. A seção toda subiu até estar no nível da plateia e depois parou.

Os convidados esperavam, inquietos, se mexendo de um lado para outro para enxergar melhor. Jake viu Agata Zeldt retirar a máscara e revelar um rosto contorcido em um sorriso sádico, enquanto o Leopardo, sentado ao lado dela, afundava os dedos em seus ombros.

A música estava ensurdecedora agora; as trombetas berravam e os tambores vibravam como trovão. Jake sentiu os pelos da nuca se arrepiarem. De repente, houve um suspiro coletivo, quando uma criatura apavorante se ergueu lentamente do centro da piscina. Era um monstro do mar, ou, ao menos, um guerreiro feroz vestido assim. Era alto, largo e musculoso, e o capacete brilhante tinha o formato de uma cabeça grotesca de tubarão, a boca aberta revelando o rosto do selvagem por debaixo. O peito enorme subia e descia a cada respiração por baixo de um peitoral de escamas de metal. Os antebraços, cada um do tamanho de um tronco de árvore, estavam envoltos com braceletes cobertos de lâminas afiadas, e adagas brilhavam na parte de trás de suas botas de metal. Nas mãos, cada uma do tamanho da cabeça de Jake, ele segurava uma espada larga e um tridente.

O coração de Jake agora batia em velocidade dobrada. Seu estômago tinha virado líquido.

— O que ele vai fazer com ela? — perguntou por entre os dentes.

— É só um show — disse Nathan, tentando tranquilizá-lo.

— Por mais cruel que seja, Agata Zeldt não colocaria a própria filha em *real* perigo.

Mas, apesar de suas palavras, Nathan não acreditava nelas completamente. A perversão da família Zeldt nunca deixara de impressioná-lo.

A música chegou a um crescendo tempestuoso. O "monstro do mar" se ergueu até os pés estarem no nível da superfície da água; ele pisou na beirada da piscina e bateu com os braços acima da cabeça. A música parou de repente, e ele deu um grito de guerra de tanta ferocidade que Jake precisou cobrir os ouvidos. Em seguida, virou-se para a ninfa e esperou, arfante, que a batalha começasse.

Todos os olhares se dirigiram à imóvel Topaz. Lentamente, ela despertou, movendo primeiro um braço, depois uma perna, depois a cabeça. Aos poucos, ela ficou de pé. Jake agora viu uma espada ao lado dela, que ela levantou para desafiar o monstro com um grito de guerra.

A plateia gritou e pulou de alegria. Até os escravos pararam para dar uma espiada na diversão.

— É Andrômeda e o monstro do mar — disse Charlie, estupefato.

— Quem? — perguntou Jake, ao mesmo tempo consternado e hipnotizado.

— A lenda diz que a mãe dela, Cassiopeia, a rainha da Etiópia, se gabava de ela ser mais bonita do que as filhas de Poseidon. Como vingança, o deus do mar libertou um monstro terrível, Cetus, para que destruísse o litoral. Ele só pararia se Andrômeda fosse sacrificada. Assim, ela foi acorrentada a uma pedra e abandonada.

— E o que aconteceu com ela no final? — Jake estava apertando as mãos com tanta força que os nós dos dedos estavam brancos.

— Na verdade — o tom de Charlie se alegrou —, ela foi salva pelo guerreiro Perseu, que estava voltando para casa depois de ter matado a Górgona, Medusa.

— Não que você deva ficar cheio de ideias — acrescentou Nathan rapidamente, lançando um olhar para Jake. — Perseu era uma máquina de matar, não um estudante inocente.

De repente, a luta começou. O corpo enorme de Cetus disparou, e ele atacou Topaz com sua espada. Reagindo rápido, ela se defendeu e deu um chute nele. Ouviu-se um estalo alto quando o pé dela atingiu o maxilar dele. A plateia vibrou quando Cetus caiu. Por um segundo, seus olhos perderam o foco, mas a fúria tomou conta dele de novo. Ele andou pela água, e um duelo eletrizante veio em seguida: defesa, contragolpe, defesa. Aço deslizou contra aço; fagulhas voaram; água espirrou na plateia. Topaz era rápida e ágil, e seu inimigo era lento e bruto. Ele atacou os pés dela, e ela pulou com agilidade na piscina, mas a corrente a impediu de fugir e puxou-a de volta.

Jake ficou tomado de pânico quando ela perdeu o equilíbrio, tropeçou e caiu na água. Sem hesitar, o tridente de Cetus desceu sobre ela. Ela tentou desviar, mas a forquilha raspou em seu ombro. Sangue escorreu na piscina borbulhante.

— Temos que impedir isso! — exclamou Jake, dando um passo para a frente.

— Não, Jake! — Nathan o segurou. — Ela tem dez vezes mais capacidade do que ele. É diversão, só isso. Estamos na Roma antiga, lembra? Não é nada como o lugar de onde você vem.

Topaz e o monstro haviam recuado, ofegantes, os olhares fixos um no outro. Os olhos de Agata brilhavam, e o Leopardo lambia os lábios de expectativa. A multidão começou a cantarolar para que a batalha recomeçasse. Desta vez, Topaz atacou primeiro, e o duelo se tornou ainda mais desesperado. De repente, ela golpeou com a espada a perna do oponente. Houve um ruído agudo quando a lâmina cortou o metal das botas dele e parou. Quando ela soltou a espada, perdeu o equilíbrio e caiu na piscina de novo. Tirando proveito disso, o monstro ergueu o tridente na direção dela. Topaz desviou, e ele atingiu a coxa de um escravo que passava. A plateia caiu na gargalhada, mas Topaz se distraiu. Cetus avançou e levantou a espada para matar. Todos ficaram paralisados de expectativa.

De repente, Jake empurrou Nathan para o lado e saiu correndo enquanto desembainhava a adaga. Ele se lançou na piscina e perfurou a coxa de Cetus. Nem Topaz nem a multidão conseguiram identificar o novo participante mascarado; as pessoas supuseram que fosse o corajoso Perseu que foi salvá-la e gritaram de alegria. Cetus deu um grunhido grave e rouco e tentou dar um soco em Jake, mas caiu de joelhos, com sangue jorrando do ferimento.

Jake se levantou e foi até Topaz.

— Sou eu — disse, ofegante. — A corrente — ele a segurou —, como faço para soltar?

— Você está louco? — Topaz balançou a cabeça, furiosa.

— Você tem que ir agora! Está botando tudo em risco.

Ele não prestou atenção.

— Como faço para soltar? — gritou ele de novo, puxando os elos de metal.

Na multidão, Charlie e Nathan estavam paralisados de pavor, e Nathan ainda segurava Lucius para o caso de ele também tentar se juntar à briga.

— Charlie, e agora? — sussurrou Nathan com urgência.

— Não sei — respondeu Charlie com desespero, indicando o Leopardo e Agata do outro lado do palco. — Como todo mundo, eles acham que isso faz parte do show.

Ele estava certo. Os dois estavam dando sorrisinhos, como se ainda não tivessem percebido o que estava realmente acontecendo.

— Jake! — gritou Topaz quando Cetus ficou de pé, de repente.

Segurando-o pelo pescoço, Cetus fez Jake se virar, e começou a erguê-lo do chão. Quando suas mãos imensas o apertaram, a máscara de Jake caiu e seu rosto, agora de um vermelho apavorante, foi revelado.

Enquanto o Leopardo observava, seus olhos começaram a se arregalar de incerteza. E então seu sorriso sumiu. Ele conhecia esse garoto; era aquele agente incapaz do teatro da ópera de Estocolmo. Ele rapidamente procurou nos rostos na multidão e reconheceu Nathan Wylder. Os lábios do Leopardo tremeram e ele trincou os dentes.

E tudo aconteceu de uma vez.

A plateia aplaudiu quando Jake foi levantado cada vez mais alto, suas pernas se debatendo no ar. Topaz pegou uma pedra grande e bateu na cabeça do monstro. Os olhos dele se arregalaram e se reviraram para trás. Ele soltou Jake, perdeu a consciência e caiu na piscina.

— *Periculum!* Perigo! — gritou o Leopardo com todo o fôlego. — Olhem para o imperador — ordenou ele ao passar em meio à multidão e pular na arena, desembainhando a espada no caminho.

De repente, fez-se o pandemônio. Os convidados correram para as saídas aos berros. Agata Zeldt ficou de pé lentamente, seu o rosto ardendo de fúria.

Quando o Leopardo partiu para cima de Jake, Nathan pulou na arena, caiu no peito de Cetus (o infeliz soldado estava voltando a si quando foi nocauteado de novo) e interceptou a lâmina do Leopardo.

— Todos os vermes estão aqui, então! — O jovem de cabelos claros se virou para enfrentá-lo. — Eu sabia que não dava para confiar naquela cobra.

E espadas bateram umas nas outras, giraram, cortaram, os rostos determinados e concentrados. No meio da confusão, Jake não pôde deixar de apreciar o espadachim sensacional que Nathan era. Em alguns momentos, ele era um pavão, mas, quando precisava lutar, inspirava admiração; era tão veloz e gracioso quanto selvagem e forte. Dito isso, o Leopardo era mais do que páreo para ele, e nessa ocasião foi quem teve mais sorte. Nathan calculou mal um ataque por dois centímetros; isso bastou para que seu oponente o desequilibrasse, atacasse sua mão e o desarmasse.

O Leopardo estava se preparando para acabar com ele quando Topaz finalmente desenganchou o elo fraco da pesada corrente, soltou-a e jogou na cara dele. O ferro fez um barulho horrível quando lhe acertou os dentes. Jake viu um pedaço branco esmaltado voando de dentro da boca e caindo no pudim de alguém. O golpe foi decisivo; o Leopardo fez uma ex-

pressão incrédula, insultada, e depois ficou de joelhos no chão e caiu de cabeça na água.
Só agora, quase paralisada de fúria, Agata agiu, dando um grito assassino que fez gelar o sangue das pessoas:
— Detenham-nos! — gritou ela, abrindo caminho entre a multidão na direção da arena.
Sem pensar, Jake correu para interceptá-la, pulando sobre a balaustrada.
— Você é um monstro! — gritou ele ao ficar cara a cara com ela.
Ele não tinha arma, mas pegou um cálice de vinho na mesa mais próxima e jogou o líquido na cara dela. Ela olhou incrédula antes de pular para agarrar o pescoço de Jake. Ele segurou a mesa toda e a virou na direção dela, que bateu no maxilar de Agata e fez a cabeça ser empurrada para trás. Pratos e copos se quebraram no chão. Jake repetiu o movimento, e desta vez Agata perdeu o equilíbrio e caiu em uma pilha de cacos e comida parcialmente comida.
Jake estava prestes a atacar com as mãos quando Nathan o puxou e o arrastou para longe.
— Chega! — ordenou.
Havia guardas para todo lado, lutando por entre a multidão enlouquecida para ir ajudar Agata. Charlie, Topaz e Lucius se juntaram a Nathan e Jake e forçaram o caminho para o outro lado da arena e pelo arco que levava à *villa*.
— Por aqui — disse Topaz, levando-os por um labirinto de corredores de escravos e escadarias de serviço até chegarem à enorme cozinha abobadada.
Ali, entre nuvens de vapor e utensílios de metal tinindo, servos estavam ocupados com a limpeza do banquete. Estavam cansados demais para desafiar os invasores. Charlie resistiu às

visões e aos aromas atraentes de dar água na boca, e Topaz os guiou para fora dali.

A porta de trás estava aberta, e havia uma carroça do lado de fora, da qual um homem peludo de avental de couro tirava carcaças de carne. Quando ele desapareceu lá dentro, levando meia vaca nos ombros, Nathan não desperdiçou tempo e pulou no veículo.

— Todos a bordo! — gritou, ao segurar as rédeas.

Os outros subiram, mas Charlie vacilou ao ficar cara a cara com os olhos mortos de um javali.

— *Enchanté* — disse friamente, enquanto Lucius ajudava Topaz a subir e pulava atrás.

Quando o açougueiro saiu da cozinha, a carroça tinha sumido.

Nathan bateu as rédeas e conduziu os cavalos para a frente da *villa*. Ele quase colidiu com outro pelotão de guardas que saía da entrada principal. Um soldado de membros compridos conseguiu subir na parte de trás da carroça, com a espada na mão.

— Com licença. — Charlie empurrou Topaz delicadamente para fora do caminho e jogou o javali no agressor. Com um barulho alto, focinho e rosto se chocaram, e o homem foi jogado lá de cima. — Tem vezes — comentou Charlie, limpando as mãos — que a crueldade com animais é aceitável.

Enquanto seguiam em disparada, outros soldados pularam em suas bigas e saíram atrás deles.

Nathan guiou a carroça bamba do açougueiro colina abaixo, na direção do Fórum Romano, e as rodas antigas tremiam e estalavam. Os perseguidores ganharam velocidade rapidamente. Em poucos momentos, os guardas estavam disparando dardos de suas bestas.

Nathan bateu as rédeas para que os cavalos fossem mais e mais rápido. Tarde demais, ele reparou em um buraco na rua à frente; houve um arranhar de metal, e a carroça levantou voo por um momento. Ela caiu com um tranco tão grande que Lucius perdeu o equilíbrio, esticou a mão para Topaz, mas era tarde demais; já estava voando da traseira da carroça. Topaz deu um grito de horror quando ele rolou diretamente no caminho da biga que vinha atrás.

Ao mesmo tempo, os Guardiões da História cobriram os olhos na hora em que Lucius foi pisoteado pelas patas dos cavalos. Um animal tropeçou no obstáculo humano e caiu no chão, puxando os outros junto. Criou-se uma confusão de poeira, relinchos, pescoços torcidos e patas voando, até que a biga finalmente parou.

— Temos que parar! — gritou Jake, olhando para trás. Ele mal conseguia identificar o corpo de Lucius no meio da carnificina.

— Você não dá palpite em mais nada! — gritou Nathan para ele. — *Nunca mais*, entendeu?

Jake nunca tinha visto o amigo com tanta raiva. Ele estava pálido de fúria.

Nathan sacudiu as rédeas com mais força e guiou os cavalos colina abaixo. Topaz ficou sentada ali, tremendo com uma variedade de emoções: choque, confusão, exaustão... e ódio de Jake. Ela viu o corpo de Lucius ser arrastado de debaixo da confusão antes de a carroça fazer uma curva e ela perdê-lo de vista.

Jake estava tomado de vergonha. A sensação de sua própria desgraça era tão insuportável que se sentia fisicamente doente. Mais uma vez, e mais catastroficamente do que nunca, ele estragara tudo.

17 Lucius Capturado

— S-S-Será que devemos voltar para buscá-lo? — gaguejou Jake na escuridão.

Eles tinham acabado de chegar ao escritório, e Charlie acendia velas, Mr. Drake rígido no ombro.

Nathan se virou para Jake.

— Eu falei para você ficar fora disso! — disse ele. Meia hora tinha se passado desde que fugiram da casa de Agata, mas ele ainda estava furioso. — Entendeu?

Jake assentiu com obediência.

— Sua arma, por favor — exigiu Nathan, parecendo um professor contrariado. Jake soltou o cinto, abrindo a fivela com mãos desajeitadas antes de finalmente soltá-lo. Nathan pegou o cinto e a espada e colocou-os na mesa. Receber a espada especial do próprio Nathan no píer do Ponto Zero foi um dos momentos de mais orgulho para Jake. Mas, depois disso, tudo deu errado. — Agora sente-se ali e fique quieto! — ordenou o americano friamente, apontando para a cama de Jake.

OS GUARDIÕES DA HISTÓRIA

Ele se virou, atravessou o aposento e se sentou. Sabia que a qualquer momento as lágrimas começariam a cair, então se encolheu nas sombras da parede e usou o pouco de força de vontade que tinha para afastá-las. Chorar agora seria uma desgraça ainda maior, e ele estava determinado a não deixar isso acontecer.

Os outros nem olharam para ele e foram fazer o que precisavam. Nathan foi examinar papéis; Topaz foi cuidar dos cortes no rosto em frente ao espelho; Charlie foi acender mais velas. O ar estava denso de tensão. Só Mr. Drake espiava rapidamente por cima do ombro do dono para examinar o facínora no canto. Jake olhou para ele na esperança de ainda ter um amigo, mas o papagaio eriçou as penas e se virou de costas.

O silêncio tenso acabou sendo rompido por Nathan:

— A captura de Lucius é lamentável — disse ele com segurança —, mas não vai haver missão de resgate. É perigoso demais, e as chances são... — ele mordeu o lábio — ... as chances são de que ele não tenha sobrevivido.

Jake sentiu o estômago dar um nó. Ele olhou para Topaz pelo espelho. Ela ficou imóvel e seus olhos tremeram, mas não disse nada.

— Todo mundo concorda? — perguntou Nathan baixinho.

Demorou um pouco até Topaz, sem se virar, assentir para ele. Charlie, que estava esperando a opinião dela, concordou imediatamente. Nathan abaixou a cabeça de modo respeitoso.

— Como falei, é lamentável. Ele era um bom soldado.

Jake teve que apertar as mãos e respirar fundo para se impedir de pular e gritar que era claro que eles deveriam tentar salvar Lucius, que era claro que ele estava vivo! Mas sabia que não adiantava. O dano tinha sido feito e a culpa de tudo era sua.

Nathan continuou com atitude profissional:

— Quanto ao *fim das soberanias* de Agata Zeldt, o que sabemos, ou parecemos saber, é o seguinte. Alguma coisa vai acontecer durante os jogos no Circus Maximus amanhã. Embora os detalhes não estejam claros, é provável que seja uma tentativa de assassinato. Acreditamos que o alvo seja o falso Tibério. É possível que escravos rebeldes sejam culpados por esse assassinato. Em seguida, virá a inquietação, e Agata vai usar a confusão e o derramamento de sangue como oportunidade de assumir o controle. O plano dela, o alvo maior, e não temos ideia de como ela quer chegar a isso, é tomar o comando do exército romano. Preciso dizer a que isso poderia levar? — Nathan não esperou resposta: — As maiores forças militares já conhecidas do mundo nas mãos de uma das mais loucas malfeitoras da história.

— E o que exatamente ela está planejando fazer com o exército? — perguntou Charlie, sem certeza de nada.

— Não sei. — Nathan deu de ombros. — Redesenhar as fronteiras do mundo em sua imagem diabólica? O fim das soberanias, lembra?

Charlie ainda estava balançando a cabeça.

— Ainda não encaixa — disse ele. — Como plano, é cheio de falhas. — Ele ajeitou os óculos no nariz ao começar a explicar: — O imperador é sem dúvida o chefe supremo do Estado. Na verdade, nenhum homem na história teve tanto poder quanto ele. E, sim, o assassinato dele, e em público e por supostas facções rebeldes, seria catastrófico. Mas, mesmo assim, Agata não poderia assumir o comando do exército sem o apoio total do Senado. E isso sem esquecer que o *verdadeiro* Tibério ainda vai existir.

— Não sei quanto ao verdadeiro Tibério — respondeu Nathan. — Talvez ele já esteja morto. Mas, quanto ao Senado, só podemos supor que ela *tem* o apoio dele. Lembre-se, ela é mais rica do que qualquer outra pessoa do Império...

— Claro, e sem dúvida o dinheiro tem seu papel, principalmente nesta cidade — refletiu Charlie —, mas eles são seiscentos, Nathan, e os romanos também são famosos por seu senso de honra.

— Então temos que supor que ela, de alguma forma, também levou esses fatos em consideração — disse Nathan com firmeza. — Não parece haver limites para o que ela pode fazer. Além do mais, o que temos para nos basear? Nossa missão é clara: amanhã de manhã, vamos para o Circus Maximus, impedir que esse assassinato aconteça.

Apesar de Charlie estar longe de convencido, não teve opção além de concordar.

O humor geral não melhorou muito depois disso. Jake ficou sentado na cama. Charlie preparou uma tábua de queijos (estava faminto, pois não tinha comido quase nada no banquete de Agata) e os três se sentaram ao redor da mesa, examinando um mapa do Circus Maximus e discutindo o plano de ação. Jake os observou das sombras e só ouviu trechos da conversa: "O camarote do imperador é essa estrutura aqui... Os jogos sempre começam com uma procissão..." Nenhum deles se virou e nem falou com ele. Ninguém lhe ofereceu comida. Ele chegou a se perguntar se voltariam a falar com ele algum dia.

Nathan finalmente enrolou o mapa. Ficou de pé e deu um grande abraço em Topaz, e Jake o ouviu sussurrar:

— Estou sempre aqui para você. Sempre. — Ele se virou para Charlie e deu um tapinha caloroso nas costas. — Tem um lado bom nisso tudo, velho amigo — disse ele. — Como fomos descobertos, vamos precisar nos disfarçar. Imagino que você tenha trazido seu equipamento especial, certo?

— Barbas e bigodes? — respondeu Charlie, animado, tirando um estojinho do cinto. — Nunca viajo sem isso!

Nathan seguiu para a cama, bocejando. Charlie foi se sentar na sua, deu um amendoim de boa-noite e um beijinho na cabeça de Mr. Drake e se deitou.

Jake viu Topaz apagar todas as velas, menos uma na mesa. Ela colocou o resto da comida em um prato e levou para Jake.

— Aqui — disse ela, entregando o prato para ele. Havia algumas fatias de queijo, junto com pão e picles.

— Obrigado — disse ele baixinho, e colocou o prato na cama. — T-Topaz — gaguejou ele. — Não sei nem como começar a me desculpar. E entendo que eu talvez nunca seja perdoado... — Ele olhou para ela e piscou com os grandes olhos castanhos. A expressão dela era fria, e ela não sorria, mas ele prosseguiu: — Mas, sabe, acho que Lucius pode ter chance. Ele é tão corajoso e inteligente e tenho certeza de que...

— *Tu comprends comme sa vie a été dûr?* — interrompeu Topaz, com as palavras quase grudando na garganta. — Você sabe quanto a vida dele foi difícil? Sabe quanto ele sofreu?

Jake lembrou que Lucius tinha contado um pouco de sua vida na noite em que eles passaram juntos na ponte.

— Ele disse que não via os pais desde os dez anos.

— E você sabe por quê?

Jake balançou a cabeça.

— Porque, quando ele tinha dez anos, piratas entraram no navio dos pais dele e os levaram. A família dele não era rica, o pai tinha uma pequena oficina de conserto de barcos, mas era feliz. Lucius era amado — disse ela enfaticamente. — Um dia, eles estavam indo para a Dalmácia. Tinham guardado dinheiro o suficiente para construir uma casinha lá, perto do mar. Mas, a três léguas da costa, os piratas atacaram. Lucius foi corajoso mesmo nessa época e lutou — um sorriso surgiu brevemente no rosto de Topaz —, *mais c'était inutile*, foi inútil. Ele era uma criança. Foi preso, acorrentado e separado do pai, da mãe e do irmãozinho. Nunca mais teve notícias deles.

— Irmão? — disse Jake baixinho. — Ele não me contou que tinha irmão.

— Eles levaram Lucius para o porto mais próximo e venderam no mercado por duas moedas de ouro. Ele passou cinco anos, *la reste de son enfance*, em uma mina subterrânea, assombrado pelos gritos do irmão sendo levado naquele dia.

As entranhas de Jake ficaram geladas de pena. Olhou para Topaz e viu que os olhos dela estavam brilhando. Ele ficou de pé e segurou a mão dela. Ela não reagiu, mas também não se afastou. Só prosseguiu com a história:

— Depois, quando fui aprisionada pela minha própria mãe, ele me ajudou sempre que podia, sem ligar para sua própria segurança. — Lágrimas escorreram pelo rosto dela agora. — Ele era uma pessoa bonita — soluçou ela baixinho. — *Un gars magnifique*.

Charlie viu com o canto dos olhos a cena triste, mas não disse nada.

Jake queria passar os braços ao redor do corpo de Topaz, mas ela limpou as lágrimas rapidamente e subiu na cama. Jake a viu puxar a roupa de cama e, ainda chorando, virar de costas para ele.

Sentindo-se impotente, Jake ficou olhando para as costas de Topaz. Ele queria dizer para ela que tudo ficaria bem, mas não podia. A verdade era que as coisas estavam longe de ficar bem. Lucius não estava lá. E, além disso, Agata Zeldt, a mulher mais cruel da história, estava à solta. No dia seguinte, planejava uma atrocidade que levaria ao *fim das soberanias*, mas nenhum deles entendia o que era, muito menos como impedir que acontecesse.

Jake acabou suspirando e se deitou na cama. Ainda vestido, puxou o cobertor e ficou olhando para a parede, envergonhado.

18 A Sala Secreta

— Ela saiu — disse Alan, com os binóculos apontados para o barco que se afastava. Era alvorecer no monte Saint-Michel, e ele e Miriam estavam nas ruínas maltratadas pelo vento, sufocando bocejos matinais.

Eles tinham esperado durante dois dias que Oceane saísse da suíte por tempo suficiente para que investigassem o livro com a palmeira na capa. Oceane tinha anunciado na noite anterior que estava planejando uma viagem ao continente para procurar tecidos para o casamento. Alan e Miriam se levantaram às quatro da madrugada e esperaram com paciência, dividindo uma garrafa de café e observando as aves marinhas, até que ela e a leoa entraram na barca (os Guardiões da História mandavam uma diariamente ao continente para buscar provisões) e partiram.

— Vamos — anunciou Miriam, seguindo para a escada mais próxima. — Meus dedos dos pés estão congelados.

Eles seguiram para a luxuosa suíte de Oceane, entraram e foram direto para o vaso rosa de porcelana na prateleira em cima da lareira, onde Oceane tinha colocado a chave do compartimento secreto. Eles tinham se perguntado se ela talvez não a tivesse levado e sentiram um grande alívio quando a ouviram estalando no fundo. Então a tiraram e abriram o cofre atrás do quadro. O livro com a palmeira estava lá.

Miriam pegou-o e examinou a capa, contorcendo o rosto de perplexidade.

— *Flora dos mares do sul da China, 700 a 1500* — leu ela, sem entender. — Não parece muito importante. — Ela deu de ombros. — A não ser que você more nos mares do sul da China nessa época. E trabalhe com jardinagem.

Alan tirou o livro da mão dela, soltou a fivela e o abriu. Seu rosto se iluminou.

— Ah, isso é um pouco mais interessante. — Lá dentro, em um buraco feito nas páginas, havia uma cavidade com *outra* chave, bem maior e dourada. Ele a tirou com cuidado e examinou. Havia curiosos símbolos interligados no cabo. — Parece chinês. Significa alguma coisa para você? — Ele passou a chave para Miriam.

Ela deu de ombros.

— Como você sabe, línguas orientais não são meu forte nem o seu. Galliana saberia, é claro. Mas para que serve essa chave? — Ela pegou o livro da mão de Alan e olhou a lombada.

— Há outros assim nos arquivos. Deve haver alguma ligação. Foi lá que Jake a viu.

Sem mais debate, eles pegaram o livro e a chave e seguiram escada acima e por corredores, passaram pela sala de reuniões e desceram mais degraus até chegarem ao setor de inteligência. Dois decifradores já estavam trabalhando nos terminais

OS GUARDIÕES DA HISTÓRIA

Meslith sob a luz de candelabros tremeluzentes. Miriam e Alan deram bom-dia e foram direto para o arquivo. Ainda estava escuro, e apenas alguns raios de sol entravam pelas janelas.

— Agora, vamos ver... — disse Miriam, apertando os olhos para ler os nomes de várias seções: — *Tempo, Marés, Nascer da lua*... Aqui estamos: *Flora e Fauna*. — Ela se inclinou e começou a olhar as subdivisões com atenção. — *Flora... Mediterrâneo, Norte da Europa, América, América do Sul, Australásia, China... Mares do Sul da China*. — Ela estava agora de joelhos, examinando a lombada de cada livro da prateleira de baixo. — Interessante. Era aqui que o livro de Oceane deveria estar. Está vendo, tem o ano 700, depois vai direto para 1500.

— Empolgada agora, ela começou a tirar todos os livros da prateleira. De repente, ficou paralisada e abafou um grito. — Aqui está... olhe!

Alan se abaixou com cuidado, espiou debaixo da prateleira e viu uma fechadura em uma moldura dourada.

— Devo fazer as honras? — disse ele, pegando a chave e a inserindo na fechadura.

— Isso é emocionante, não é? — exclamou Miriam, apertando o ombro do marido. — Adoro uma fechadura secreta!

Alan girou a chave com facilidade. A tranca estalou, e uma parte da estante se abriu, revelando uma passagem baixa que levava a um espaço pequeno e apertado.

— Uma sala secreta! — exclamou Miriam. — É ainda melhor do que uma fechadura secreta. Luz, precisamos de luz. Espere — disse ela, e, quase deslizando pelo piso de parquete, voltou correndo até a sala de comunicação. Voltou um momento depois com um candelabro, tomando o cuidado de não apagar as velas. Ela o levantou assim que os dois entraram na sala.

— Céus, o que é isso tudo? — Miriam olhou ao redor, atônita.

Era um cubículo sem janelas, grande o bastante apenas para acomodar uma pequena escrivaninha, uma cadeira e uma estante bamba com um globo em cima. Na escrivaninha, havia uma velha máquina Meslith e pilhas de pastas com documentos. As paredes estavam cobertas de mapas e planos.

— É a China... — Ela examinou um antigo mapa náutico.

— E isso é a velha Cantão — disse Alan, inspecionando outro.

— São *todos* chineses... — Miriam balançou a cabeça, perplexa. — Os livros também. Até o globo tem escrita chinesa. Alan, que diabos Oceane Noire tem a ver com os chineses?

— Não só Oceane — comentou ele, pegando um dos arquivos na mesa. — É a caligrafia de Jupitus, sem dúvida nenhuma.

Ele mostrou a Miriam a parte da frente do arquivo. Em caprichadas letras arredondadas, estava escrito:

Correspondência
Operação Lótus Negro
Confidencial

Ele abriu o arquivo. Estava cheio de tiras de papel, comunicados Meslith, todos escritos em um alfabeto chinês distinto.

— Esses são recentes — disse ele.

— Alan... — disse Miriam, segurando o pescoço. — As iniciais embaixo...

Cada uma das mensagens estava assinada com as letras XIX.

— Xi Xiang? — disse Alan. — Não pode ser!

OS GUARDIÕES DA HISTÓRIA

Os dois conheciam o nome. Assim como a dinastia Zeldt aterrorizava o mundo *ocidental*, Xi Xiang era o inimigo mais temido dos Guardiões da História no *Oriente*. Era um assassino excêntrico e impiedoso que amava atuar e usar disfarces. Às vezes se vestia como um de seus escravos, às vezes usava fantasias elaboradas para supervisionar suas atrocidades sangrentas. É claro que se disfarçar era uma grande piada, pois o rosto de Xi Xiang era inconfundível. Ele tinha três olhos. O terceiro, deformado e indistinto, ficava acima da têmpora direita.

— É melhor chamarmos Galliana — disse Miriam.

A comandante desceu até o arquivo de camisola, pálida de ansiedade. Inspecionou o cubículo secreto antes de pegar o arquivo e se sentar em uma das escrivaninhas. Ela colocou os óculos e, depois de verificar que a caligrafia na frente pertencia mesmo a Jupitus, abriu a pasta. Mal tinha começado a ler a primeira linha de texto quando seu rosto perdeu a cor. Ela uniu as mãos horrorizada, depois folheou as páginas, seus olhos dançando de um lado para outro, até finalmente fechá-los. Suas mãos estavam tremendo quando tirou os óculos.

— Façam contato com Rose Djones imediatamente — murmurou Galliana, trêmula. — Ela precisa prender Jupitus Cole, acorrentá-lo, o que for preciso, até ele poder ser trazido de volta ao Ponto Zero para interrogatório. — Ela olhou para Miriam e Alan. Nenhum dos dois se lembrava de já tê-la visto tão nervosa. — Vidas estão correndo risco. Vocês entenderam? A vida de *todos* nós!

Três horas depois da conversa com Topaz, Jake ainda não tinha conseguido dormir. Várias imagens horríveis giravam em sua cabeça: a luta na casa de Agata, a captura de Lucius, a raiva de Nathan, o desespero de Topaz.

Ele estava assombrado por pensamentos que envolviam o jovem Lucius e sua pobre família: piratas separando-os cruelmente; Lucius trabalhando na mina de prata; os gritos do irmãozinho se distanciando no mar...

— O irmão! — murmurou Jake. — Por que ele não me contou que tinha um irmão?

E, por fim, além disso tudo, Jake percebeu que esse era seu *segundo* desastre em duas semanas. Já tinha sido responsável por perder suprimentos vitais de atomium e colocar o serviço em risco.

Ele balançou a cabeça diversas vezes seguidas, como se isso pudesse de alguma forma afastar seus pensamentos, mas não deu certo. Ele se virou de um lado para outro, deitou de frente e de costas; tentou se concentrar na única vela tremeluzente na mesa; respirou fundo várias vezes, até experimentou contar carneirinhos. Nada funcionou: não havia como encontrar paz.

Finalmente, uma ideia começou a surgir. Era apavorante, mas, quando começou a se formar, Jake sabia que não tinha como escapar dela.

Vou voltar e encontrar Lucius. Vou encontrá-lo e salvá-lo.

Mais uma vez, Jake balançou a cabeça. Ele se virou de bruços e afundou a cabeça no travesseiro. Mas não conseguiu afastar a ideia.

Não tenho como piorar as coisas, disse para si mesmo. *Mesmo se Lucius já estiver morto, pelo menos eu terei tentado.* Ele se sentou. *Se alguém me vir, vou dizer que vou dar uma volta.* E, antes que pudesse se impedir, já estava atravessando o aposento nas pontas dos pés. Havia penas, tinta e papel na mesa. Ele escreveu um bilhete, o dobrou com cuidado e deixou lá em cima. Em seguida, pegou sua espada e cinto na pilha de armas e seguiu para a saída.

Ninguém acordou. Nathan estava usando a máscara para olhos de seda, sorrindo e murmurando enquanto sonhava com alguma aventura. Charlie e Topaz nem se mexiam. Jake abriu a porta silenciosamente e saiu. Quando a porta se fechou atrás dele, a vela na mesa tremeu e se apagou.

Jake apertou o cinto e subiu correndo a escadaria escura em espiral, passando pelos mosaicos apagados. No alto, abriu a porta secreta que levava à Basílica Emília. Havia umas poucas pessoas dormindo em cantos escuros, e alguns mercadores estavam arrumando seus negócios ao amanhecer. Uma luz pálida da alvorada entrava pelos arcos altos quando Jake chegou ao Fórum Romano.

Ali também estava quase deserto. O fim da noite desaparecia como uma cortina cinzenta e revelava um brilho dourado delicado. Jake viu dois homens de joelhos, limpando os degraus do Senado; um supervisor os observava enquanto esfregava os olhos. Uma pessoa de toga branca, um advogado, Jake supôs, ditava uma carta ao assistente enquanto atravessava a praça rapidamente, as sandálias de couro estalando nas pedras. Três damas passavam debaixo dos arcos da basílica em frente. Fora isso, não havia mais ninguém.

Apesar da pesada tarefa que o esperava, Jake se viu parando por um momento e olhando maravilhado. Banhado por uma luz sobrenatural, o local parecia mais esplêndido do que nunca, as colunatas de mármore branco ainda mais lindas.

— Que lugar maravilhoso... que mundo maravilhoso — sussurrou Jake.

Em seguida, virou-se com expressão séria na direção do monte Palatino, uma colina íngreme coberta de luxuosos casarões intercalados com ciprestes verde-escuros. Ele parou e respirou fundo para se acalmar. Apesar de não conseguir ver dali, sabia que a fortaleza de Agata estava no cume, assim como seu encontro com o destino. Ele ajeitou o cinto, endireitou os ombros e saiu andando.

Contornando o templo de Vesta, começou a subir a ladeira cheia de curvas. Estava a um terço do topo, passando entre os muros altos de dois casarões imensos, quando percebeu que alguém o estava seguindo.

Podia ouvir passos firmes e até um ofegar pesado. Seu perseguidor não era muito sutil; quando Jake parou e olhou para trás, ele se jogou desajeitadamente atrás de um arbusto e sufocou um grito ao descobrir que estava coberto de espinhos. Jake o viu lutando com a vegetação.

Jake fingiu que não tinha visto e subiu um lance de escadas, depois correu para a sombra de uma porta e puxou a espada. Seu perseguidor logo apareceu. Jake conseguia ver que era um homem, ou melhor, um garoto baixo e atarracado, mas o rosto estava obscurecido pelo capuz de uma capa. Ele estava arfante, virando-se para um lado e para outro, perplexo pelo sumiço de sua presa. Havia alguma coisa estranhamente familiar nele, pensou Jake.

Ele esperou até o garoto chegar perto e esticou a mão; puxou-o para seu esconderijo, segurando a espada contra a garganta do garoto.

— Não me mate! Por favor, não me mate — exclamou o garoto, balançando as mãos gorduchas loucamente. — Jake, sou eu.

Jake reconheceu a voz, mas ainda não conseguiu localizá-la. Ele puxou o capuz e virou o garoto. Seu queixo caiu de descrença. Ele era da idade de Jake, tão largo quanto baixo, com bochechas vermelhas, nariz escorrendo e cabelo claro desgrenhado.

— Sou eu, Caspar Isaksen. — O garoto deu um sorriso inseguro e um espirro alto e agudo. Levantou a mão e espirrou de novo; e uma terceira vez, o barulho ecoando pelo vale. Em seguida, tirou um lenço bastante usado de dentro da toga e começou a assoar o nariz como uma sirene. — Me desculpe — pediu ele. — O pólen aqui é assassino, deixa minha sinusite em estado caótico.

— Caspar Isaksen... — repetiu Jake, estupefato.

Era o garoto que conhecera na noite em que perdeu o atomium. Na verdade, Caspar carregou o peso do desastre, pois levou um tiro do Leopardo e quase se afogou no Báltico gelado. Jake não tinha se esquecido do comentário furioso do garoto: *Seja lá qual for seu nome,* dissera ele, *não lembro e nem ligo, sinta-se mal... sinta-se um traidor, porque é isso que você é.*

E aqui estava ele de novo, Caspar Isaksen Terceiro, na Roma antiga, usando toga, capa e sandálias, com o cabelo louro desgrenhado, as bochechas mais vermelhas do que nunca.

— O q-q-que você está fazendo aqui? — gaguejou Jake.

— Boa pergunta. — Caspar assentiu. — Maluquice, não é? — Ele se inclinou para perto de Jake e sussurrou: — Parece que estou em uma missão, uma bem secreta.

— Missão? — sussurrou Jake. — Que missão?

— Espere um minuto... — Caspar começou a mexer em uma bolsa de linho que carregava no ombro. — Só preciso verificar se meus bolos de gergelim ainda estão intactos; seu movimento para cima de mim foi muito brusco. — Ele tirou um bolinho da bolsa, o examinou brevemente e enfiou na boca. — Hummm, delicioso — disse ele, espirrando farelos. — Eles quase chegam aos dez melhores bolos de todos os tempos. —

Pensou cuidadosamente ao engolir o último pedaço. — Bem, sem dúvida aos vinte melhores. Quer um? — acrescentou, oferecendo um a Jake.

Ele recusou com a cabeça.

— Estou doido para saber o que você está fazendo aqui. O Ponto Zero enviou você?

— É claro, é claro. — O garoto assentiu. — A comandante Goethe assinou o pedido. Na verdade, só ela e meu pai sabem sobre isso.

Jake lembrava que o pai de Caspar, Caspar *Jakob* Isaksen, era responsável por toda a produção de atomium no laboratório secreto no norte da Suécia. Ele também se recordava de que a família Isaksen era a única produtora do precioso líquido desde que os Guardiões da História foram fundados séculos atrás.

— Mas qual é sua missão? — insistiu Jake.

— Como falei, é secretíssima, de forma *estratosférica*, mas acho que não há mal algum em contar para você. Me disseram que eu poderia esbarrar com algum de vocês aqui. — Caspar olhou para cima e para baixo da rua deserta e empurrou Jake mais para dentro da passagem escura antes de continuar: — Fui enviado para tentar recuperar o carregamento de atomium perdido em Estocolmo. Obviamente você, mais do que qualquer pessoa, deve se lembrar disso... — acrescentou ele com certa ênfase.

Jake assentiu com tristeza.

— E, mais uma vez, peço desculpas — respondeu com a maior sinceridade — por colocar você em perigo; por colocar *todo mundo* em perigo. — Ele estava dolorosamente ciente de que, durante as duas últimas semanas, tinha precisado pedir desculpas mais do que em qualquer outra época da vida.

— Ah, não vamos nos preocupar com isso agora — disse Caspar, tranquilizando-o com um tapinha no ombro. — É tudo passado. Você fez o que achou certo. Enfim, quanto à minha missão. Na verdade, o atomium roubado tinha uma espécie de dispositivo de rastreamento. Sabe, cada batelada emite uma aura magnética específica ou algo assim. É tudo muito científico e complicado. Papai acabou rastreando-o às coordenadas desta época e local, e eu fui enviado aqui. Eu estava caminhando pelo Fórum Romano, me perguntando para onde devia ir, quando vi você passando. Eu não sabia se devia falar com você ou não.

Jake exclamou com animação:

— Bem, eu sei onde o atomium deve estar! Sei exatamente. O homem que roubou de nós, *o Leopardo*, como ele se intitulava, está em uma *villa* a um quilômetro morro acima.

— É mesmo?

— Sem dúvida nenhuma! Já estivemos lá e estou voltando.

— Jake lembrou-se da missão que estabeleceu para si e acrescentou com seriedade: — Mas, se vamos procurar o atomium, os outros precisam vir conosco. Eles estão no escritório romano, debaixo da Basílica Emília.

— Onde você disse que era? — perguntou Caspar.

— No Fórum Romano — Jake apontou para trás dele —, debaixo da Basílica Emília. O acesso é por uma porta secreta nos fundos do prédio... Caspar, você está bem?

A expressão do companheiro tinha mudado completamente. Seu sorriso inseguro foi substituído por uma expressão de desprezo.

— Pode calar a boca agora, Jake Djones — disse ele.

— O quê?

— Você é espetacularmente idiota. Mas é claro que percebi isso no momento em que te conheci. — Jake ficou boquiaberto e atônito. — Você achou mesmo que era coincidência nosso encontro? — Caspar soltou uma gargalhada aguda. — Eu tenho que rir! Fiz você pensar que *você* era o traidor na Suécia. E o tempo todo era eu. Embora não fosse para aquele idiota do Leopardo disparar um tiro.

— De que você está falando?

Com um sorrisinho superior, Caspar tirou um bracelete grosso de prata da bolsa, o mesmo cheio de veneno que a Hidra usava. Jake deu um passo para trás, confuso.

— Burro, burro, burro! — provocou Caspar, avançando na direção dele. — Tão burro quanto seu irmão.

— Meu irmão? O que você sabe sobre meu irmão?

Caspar girou a tampa do recipiente e soltou o vapor venenoso.

Jake levou a mão à boca, mas foi tarde demais, ele já tinha inalado a fumaça acre. Ela queimou o fundo da sua garganta. Ele rezou para o vinagre que bebera na noite anterior ainda funcionar, mas tinha sido muito tempo antes. *Dura talvez umas três horas*, foi isso que Lucius dissera. Imediatamente, suas entranhas começaram a se revirar, e uma dor intensa subiu até o crânio a partir da base da coluna. Um torpor se espalhou do pescoço até o peito, aos braços e dedos, depois até as pernas e pés. Ele esticou a mão na direção da espada, mas estava fraco demais até mesmo para pegá-la. Quando Jake caiu de joelhos, Caspar levou os dedos à boca e deu um assobio agudo. Imediatamente, oito guardas da Hidra vieram marchando na direção dele.

— Por quê? — Isso foi tudo que Jake conseguiu dizer ao desmoronar no chão. Ele se virou de lado, mas o veneno estava agora afetando sua visão. Estava vagamente ciente de Caspar rindo sozinho e murmurando "Burro, burro, burro" enquanto comia mais um dos seus bolinhos. De repente, tudo ficou preto. Jake ouviu botas marchando na direção dele e sentiu mãos ásperas o levantando.

E então perdeu a consciência.

19 O Fim das Soberanias

— *C*ruelcrueldade, cataclisma... e *carnificina* são minhas três palavras favoritas — anunciou uma voz densa e rouca de mulher.

— Não são apenas suas *palavras* favoritas, mãe — respondeu outra voz, de homem. — São suas *coisas* favoritas.

A primeira pessoa admitiu isso com uma gargalhada.

— Você está certo, querido, como sempre.

— Eu prefiro a palavra *decapitação* — acrescentou uma terceira voz, bem mais jovem. — Tem um toque definitivo nela que é lindo.

Jake ouviu essa conversa como se fosse um sonho; as vozes pareciam ao mesmo tempo distantes e próximas. Ele ainda não conseguia ver, mas conseguia *sentir* um monte de coisas. Seu corpo todo latejava de dor; a cabeça, em particular, parecia que estava espremida por um torno. Ele conseguia perceber pelo eco das vozes que estava agora em um aposento grande; sentia cheiro de algo intenso e pungente. Estava sentado em uma cadeira, com as mãos algemadas nas costas. Conseguia sentir o metal frio e duro afundando em seus pulsos. Tentou movê-los, mas isso gerou outra onda de dor agonizante.

— Olhem! Ele está acordado — comentou a terceira voz. Jake agora a reconheceu como sendo de Caspar. — Precisamos fazer alguma coisa?

— Não se preocupe, ele não vai a lugar nenhum — respondeu o segundo falante.

Jake também o identificou, pois seu sotaque leve era inconfundível. *Leopardo*, disse para si mesmo... *Caspar.*

Jake procurou respostas em sua névoa mental. Suas lembranças estavam todas desconectadas, mas ele acabou se lembrando do que aconteceu na porta escura no monte Palatino. O jovem sueco tinha se virado contra ele. *Fiz você pensar que você era o traidor na Suécia*, dissera, rindo, *e o tempo todo era eu.* Jake agora entendia que Caspar trabalhava para Agata Zeldt; o garoto gordo e desajeitado, de uma das famílias mais importantes e antigas do Serviço Secreto dos Guardiões da História, a última pessoa de quem se teria desconfiado... *ele* tinha traído a todos.

Caspar também mencionara o irmão de Jake. Por quê? O que sabia? Será que o tinha visto?

Gradualmente, a visão de Jake foi voltando. Uma luz suave começou a virar formas indefinidas. E elas acabaram entrando em foco. Estava sentado a uma mesa longa, uma placa comprida de mármore branco. Na ponta estava Agata Zeldt, com um falcão no ombro, e o Leopardo e Caspar, um de cada lado. De bochechas vermelhas e cabelos claros, os garotos pareciam querubins diabólicos adornando a temível rainha.

À direita de Jake, grandes janelas se abriam para um jardim tropical cheio de plantas enormes. À esquerda havia um aparador comprido, também de mármore branco. Sobre ele, uma série de objetos estranhos.

Em frente aos captores de Jake estava um prato fumegante de comida que era responsável pelo aroma pungente, uma pilha de formas escuras e gorduchas. Quando o Leopardo esticou a mão e pegou uma, Jake percebeu que tinha uma cabeça e um rabo comprido esticado de forma rígida. Era um rato, ou, ainda pior, uma ratazana. O Leopardo abriu a boca para dar uma mordida, e Jake viu que lhe faltava um dos dentes da frente, quebrado por Nathan na noite anterior. Depois de arrancar a cabeça, o garoto começou a mastigar os ossinhos. No prato de Caspar já havia quatro carcaças desmembradas, e ele estava devorando uma quinta. Enquanto isso, Agata cortava delicadamente um pêssego; o falcão de estimação estava praticamente imóvel, flexionando levemente as garras, os olhos grudados no prato de roedores fritos. Agata estava vestida de maneira simples, usando uma túnica preta que enfatizava a palidez de seu rosto e seu cabelo ruivo. Ela observou Jake por bastante tempo antes de falar:

— Os Guardiões da História estão caindo de nível — sussurrou ela com expressão de desprezo —, se *você* é o tipo de agente que estão produzindo atualmente. Já vi mosquitos de aspecto mais cruel.

Isso gerou uma risada de desprezo em Leopardo e uma gargalhada aguda de seu comparsa. Jake se virou para Caspar em fúria, mas, quando abriu a boca para xingá-lo, viu que ainda estava paralisado. Saíram apenas sons incoerentes, junto com um spray de cuspe, e Caspar caiu na gargalhada mais uma vez.

A batalha entre Jake e seus músculos faciais finalmente resultou em palavras:

— Seu p-pai — gaguejou. — Ele também é t-traidor?

Estava determinado a, antes de tudo, descobrir quão longe ia a conspiração.

O sorriso de Caspar azedou na mesma hora.

— Meu pai é burro! — sibilou ele. — Um velho burro que me trata como criança. Por que você acha que estou aqui?

— Você... você é uma criança — disse Jake. — Uma criança mimada que não serve para nada. — Cada palavra era um sofrimento, pois sua garganta parecia uma lixa, mas ele prosseguiu obstinadamente: — Onde está Lucius?

Foi a vez de o Leopardo rir.

— Aquele brutamontes sem cérebro? Você vai descobrir logo, logo.

— Isso mesmo. — Caspar engoliu outro pedaço de comida e limpou a gordura da boca na manga. — Em pouco tempo, vocês morrerão juntos.

Apesar de tudo, Jake não conseguiu evitar um sentimento de alívio ao saber que Lucius ainda estava vivo; significava que o que ele disse para Topaz era ao menos parcialmente verdade.

— Eu prefiro *morrer* com ele a *comer* com você — respondeu com desprezo.

— Ah, não se preocupe — retorquiu Caspar, rindo. — Você não vai comer... vai ser *comido*.

Jake o ignorou e dirigiu sua atenção a Agata.

— E você é pior do que seu irmão. Dez vezes pior.

O Leopardo virou-se para a mãe para avaliar sua reação, mas ela estava sorrindo.

— É um elogio raro, esse — ronronou ela ao colocar uma fatia úmida de pêssego na boca. — Mas, é claro, eu sempre soube que Xander era um amador.

— Pior do que ele — prosseguiu Jake —, porque o que você está fazendo é completamente sem sentido.

Agora, o sorriso de Agata hesitou. No mesmo momento, o falcão se virou para Jake e abriu o bico.

— Não tem sentido! — repetiu Jake com firmeza. Se não tivesse sido levado ao limite nas últimas vinte e quatro horas, se não tivesse ouvido que estava prestes a morrer, talvez não falasse assim. Mas ele queria irritar Agata, e sabia que podia fazer isso instigando a rivalidade com o irmão. — Pelo menos, Xander tinha visão. Você não tem nada.

Agora, o rosto de Agata virou uma tempestade.

— Eu tenho visão — ela bateu na mesa —, seu insolente mal-educado! — O falcão dela deu um grito e abriu as asas quando ela ficou de pé e bateu com o punho no mármore de novo. — Tenho mais visão do que *qualquer pessoa*. Em pouco tempo, vou ser a dona do mundo.

O Leopardo ficou de pé para tentar acalmá-la, mas Agata empurrou-o. O pássaro levantou voo e circulou o aposento, gritando enquanto ela andava ao longo da mesa para perto de Jake. Ele ergueu o rosto quando ela se aproximou, tentando parecer desafiador, mas seu sangue gelou e suas mãos tremiam. Ele conseguia ver a rede de veias azuis sob a pele pálida, os olhos pretos perigosos, os lábios finos e sem cor.

— A esta hora amanhã — ela se inclinou bem perto, e de sua boca saiu um odor de podridão —, eu serei a governante mais poderosa que o mundo já viu. Uma *mulher*, não um homem; não um homem vaidoso e arrogante... uma *mulher* vai governar o mundo.

Só agora Jake entendeu o ódio que a consumia; era dirigido não só ao irmão, mas a todos os homens.

— Tragam-no — ordenou ela ao se virar para o aparador ao lado.

O Leopardo se aproximou e, sorrindo com o buraco nos dentes, soltou as algemas de Jake, puxou-o até que ficasse de pé e o arrastou até Agata. As pernas de Jake ainda estavam entorpecidas do veneno, e ele mal conseguia ficar de pé.

— Você sabe o que é isso? — perguntou Agata, apontando para o primeiro objeto no aparador.

De perto, Jake reconheceu imediatamente: era uma réplica do Circus Maximus, maior do que a miniatura que ele viu na sala de operações, uma maquete de arquiteto lindamente executada. Ele não respondeu.

— É o maior estádio que o mundo já conheceu. — Agata colocou os longos dedos ao redor da maquete. — Uma construção maravilhosa, você não acha? — Ela apontou para o *pulvinar*, o camarote real que Charlie tinha mostrado na noite anterior. — É aqui que vou me sentar com o imperador para assistir ao *entretenimento*.

— Entretenimento! — Caspar riu da escolha de palavras de Agata.

— Vou ver os senadores e generais assumindo seus lugares — disse ela, batendo com os dedos na *spina*, a ilha de pedra no centro da arena. — Vou vê-los todos, os cidadãos mais eminentes de Roma, aqueles seiscentos *homens* que governam o mundo. Vou vê-los se reunirem para a grande corrida. Eles, assim como todo mundo no Circus Maximus, esperando pela empolgação, pelo drama... talvez alguma morte... — A voz de Agata passou a falar em um sussurro: — Eles não vão se decepcionar.

— Não, eles não vão se decepcionar nadinha — concordou Caspar, ofegando de expectativa. Jake estava nauseado.

— E *este* é o dispositivo que vai *garantir* isso tudo, toda a empolgação e drama e morte.

Agata assobiou por entre os dentes enquanto apontava para o objeto seguinte sobre o aparador. Jake também reconheceu esse: um recipiente curioso feito de vidro grosso, de formato hexagonal e cheio de pó preto. Jake tinha visto vários recipientes similares no laboratório em Vulcano, mas esse era coberto de uma rede de canos e engrenagens em miniatura.

— Esse é um sobressalente, claro, o protótipo — disse Agata —, que vou guardar para a posteridade. O resto foi instalado no Circus Maximus ontem à noite. Vejam — disse ela, achando a expressão de Jake divertida —, ele não sabe nem o que é. — Ela beliscou o queixo dele com seus dedos ossudos. — É pólvora, idiota. Aquela combinação engenhosa de enxofre, carvão e potássio; embora, é claro, nós a tenhamos aprimorado com nossos ingredientes especiais. Naturalmente, se você sabe história, nós *deveríamos* ter que esperar mil anos para ver isso: a primeira carga de pólvora só vai explodir em 1044. Mas é uma invenção tão deliciosa que me parece uma pena fazer as pessoas esperarem.

Caspar ouvia com agitação enquanto enfiava outro rato na boca e esmagava os ossos.

— E que lugar melhor para revelá-la — prosseguiu Agata —, que local mais especial para apresentar a *carnificina moderna* ao mundo antigo, do que o mais grandioso e maior estádio de todos os tempos — seus olhos faiscaram —, com cento e cinquenta mil pessoas assistindo?

Jake estava começando a juntar as peças. Em Vulcano, também tinham descoberto minas de enxofre e reservas de carvão. Agora entendia por quê.

— Você vai explodir o Circus Maximus? — Ele se viu perguntando.

— Não seja idiota — respondeu Agata. — Isso não faria sentido. Não sobraria ninguém para apreciar! — Ela deu uma gargalhada, e o Leopardo e Caspar riram junto. — Não, não, não. Vamos obliterar só alguns poucos escolhidos. — Ela voltou até a maquete do Circus Maximus e apontou para a *spina*.
— Só as pessoas aqui... — Ela olhou nos olhos de Jake. — Aqui, no clímax da corrida, na virada do sete...
Na virada do sete... Jake reparou na expressão, mas não compreendeu.
— Na virada do sete, *uma bola de fogo*, do tipo jamais vista no mundo, vai anunciar a revolução mais sangrenta de todos os tempos.
— Os senadores? — Jake ofegou baixinho.
— Todos massacrados. Os líderes deste Império estagnado transformados em poeira.
— E os que não forem queimados — acrescentou o Leopardo — cairão nos fossos de animais embaixo e virarão picadinho.
— Que. Entretenimento. Espetacular! — gritou Agata.
Caspar bateu palmas de alegria.
O tom de Agata ficou divertido novamente:
— Todo mundo morre, menos um. Nosso imperador vai ser salvo. Não o verdadeiro, é claro; ele será assassinado em Capri. Já controlo todas as linhas de comunicação com ele. E Sejano também vai encontrar um fim desagradável. Não, meu imperador *marionete*. Após a catástrofe, 'Tibério' vai anunciar sua volta *permanente* para Roma, para seu povo. Ele sozinho vai comandar as grandes legiões romanas, o maior exército do mundo, contra as 'facções rebeldes', o 'levante escravo' responsável pelo banho de sangue.
Ela esticou as mãos e segurou as do filho.

— Para sua própria segurança, o povo será esmagado, controlado, *dominado*. — A expressão dela se azedou de novo. — Antes de ser erradicado.

Agora Caspar correu até ela e ergueu as mãos gordinhas para se juntar às dos dois.

Agata prosseguiu, fora de si:

— Vou destruir o Império. Destruir toda a literatura, as bibliotecas de conhecimento. Vou eliminar os cientistas e os arquitetos e os urbanistas. Vou demolir os tijolos da civilização um a um, até não sobrar nada além de ossos esmagados e ideais esquecidos. E então, serei dona do mundo, controlarei todas as riquezas: o ouro, o ferro, o cobre, a prata, o sal e todos os restos das massas fedidas. Uma mulher irá governar.

Agora Jake entendia a extensão do plano dela. A pura audácia era impressionante. Agata Zeldt não pretendia assassinar o imperador (ou melhor, o imperador *falso*). Ela pretendia fazer o oposto: erradicar o governo todo *ao redor* dele; os senadores e generais que governavam o Império desde que Tibério se tornou recluso. Depois, pretendia usar a marionete ditadora, o ator Austerio, assim como os amigos ricos e gananciosos do banquete da noite anterior, para assumir o controle. Além disso, poria a culpa desse ato de suprema anarquia em um levante inexistente de escravos e aumentaria a chama do caos. Gradualmente, imobilizaria o mundo, o impregnaria de medo. Depois, o partiria em pedaços. Ela destruiria para toda a eternidade o legado de Roma de que Charlie falara no dia em que entraram na cidade: os grandes sistemas de lei e governo; a educação e a comunicação; a língua comum, a palavra escrita, a arte e a arquitetura. Esses e outros milhões de avanços seriam destruídos, e o mundo mergulharia em uma era sombria.

— Agora — disse Agata, mexendo no cabelo de Jake — chegou a hora de você morrer. Tragam-no — ordenou ela, e saiu da sala. O Leopardo empurrou Jake atrás dela.

Ela seguiu por um corredor com o falcão no ombro. Como sempre, qualquer escravo que estivesse passando ficava imóvel, tremendo, e baixava a cabeça. Jake andou capengando atrás dela, repetidamente empurrado nas costas por Leopardo. O sorridente Caspar ia atrás.

Uma porta dupla de marfim se abriu, e eles entraram em uma sala ainda maior do que a anterior. Era dominada por um aviário gigante. Jake ouviu um ruído grave e viu, do lado direito da gaiola, três gaviões gigantescos, sedentos de sangue. Na noite anterior, ele tinha visto a sala de cima, quando atravessavam os telhados. Mas ele não tinha percebido o verdadeiro tamanho das aves.

Quando Agata se aproximou, arrulhando de prazer como um pássaro, eles se lançaram com excitação na direção das barras, batendo as asas e esticando as garras para ela. Ela os deixou beliscar suas mãos, ignorando a dor e o sangue que pingava. O falcão de estimação se encolheu para longe deles e afundou as garras no ombro dela.

— Coloquem-no lá dentro! — gritou Agata sem se virar.

Antes que entendesse o que estava acontecendo, Jake foi arrastado para a gaiola. Seu coração disparou, batendo em velocidade dobrada, depois triplicada. Ele se virou com desespero.

— O que você sabe sobre meu irmão? — gritou ele para Caspar.

O garoto apenas riu enquanto a porta de ferro se abriu e Jake foi jogado lá dentro. Ele sufocou um grito quando foi fechada, depois se virou para encarar os gaviões com as mãos erguidas em posição de proteção. Mas, quando eles voaram contra as barras, Jake percebeu que tinha sido colocado em um compartimento separado, embora fosse apenas um alívio temporário, sem dúvida. Quando estava recuando, tropeçou em alguma coisa. Tremeu ao ver uma pilha de ossos, lisos, exceto por um pedaço ou outro de carne pútrida ainda grudado. Ele tinha visto o cadáver horrível da claraboia na noite anterior, mas havia ainda menos dele agora. O fedor lhe deu ânsia de vômito e ele cambaleou para trás, o que fez Caspar ter outro ataque de gargalhadas e bater palmas.

— Não se preocupe, sua hora vai chegar também — disse Agata, aproximando-se do prisioneiro — quando tivermos voltado do Circus Maximus. Até lá, meus queridos — ela indicou os gaviões — estarão desesperados de fome.

— O que você sabe sobre meu irmão? — insistiu Jake.

Agata o ignorou e seguiu para a porta.

Ele gritou para ela:

— Seu plano vai falhar. Os outros estão dez passos à sua frente!

Agata se virou e sussurrou por lábios pálidos:

— Caspar está certo, você é limitado. Nós sabíamos que o escritório ficava em algum lugar debaixo do Fórum Romano, mas não tínhamos identificado ainda. *Você mesmo nos deu a localização precisa.* Em uns dez minutos, seus colegas agentes também estarão mortos, aqueles dois garotos incapazes junto com a traidora ingrata que já foi minha filha.

O medo de Jake sumiu completamente.

— Ela nunca foi sua filha. Só se aproximou para espionar você, só isso.

Agata mostrou os dentes com raiva; suas bochechas ficaram escarlates por um momento.

— Prepare-se para a morte — avisou, depois tomou o braço do Leopardo e saiu da sala.

— Mal posso esperar — zombou Caspar da porta. — Quanto pior o agente, mais gostoso é o almoço! — E bateu a porta ao sair.

Jake ficou sozinho, com a companhia apenas dos gaviões, que enfiavam o pescoço entre as barras. Os gritos tinham agora virado berros furtivos, como se eles já combinassem como dividir o banquete.

— Vocês não me assustam! — gritou Jake.

Era mentira, claro: eles o apavoravam. Mas ajudou um pouco. Ele correu até os gaviões, dando um grito de guerra. Eles se afastaram das barras por terem sido pegos de surpresa, mas voltaram momentos depois, olhando-o com fome.

— É isso aí, Yake — gemeu uma voz do fundo da gaiola.

O coração de Jake saltou.

— Lucius...? — disse ele na escuridão.

Só agora ele reparava na pessoa caída no canto. Ao se aproximar, Lucius ergueu o rosto, e Jake hesitou. O soldado era uma sombra de seu eu anterior. Estava coberto de sangue seco, com o rosto cheio de cortes e hematomas, e um olho tão inchado que estava quase invisível.

— O que Nathan diria? — Lucius forçou uma sombra de sorriso ao tocar delicadamente no olho roxo. — Não estamos tão bem agora, estamos?

Jake riu, apesar de tudo, se ajoelhou e passou os braços ao redor dele.

— Ai! — gritou Lucius. — Costela quebrada.

— Desculpe, desculpe. — Jake o soltou e se sentou ao lado dele. — É tão bom ver você... *quase* vivo.

Apesar do sofrimento agudo, Lucius também começou a rir. Nesse momento, os gaviões começaram a se jogar contra as barras de novo, lembrando-os do destino que os aguardava.

— E então, Yake — disse Lucius. — Há seis horas eu planejo como sair daqui.

— É mesmo? E...?

Ele balançou a cabeça.

— Não tem saída. A não ser que você seja capaz de atravessar paredes.

— Ah, entendo.

E então, dando de ombros, Lucius tirou uma coisa de dentro da túnica.

— Eu tenho isso. — Ele entregou a Jake um bracelete de prata amassado, um dos dispositivos de envenenamento da Hidra. — Roubei de um guarda, mas está quase vazio.

— Ah, é um começo! — disse Jake, com tanto entusiasmo que até ele ficou surpreso.

Era característica da família Djones ficar otimista frente ao desastre. Ele examinou o bracelete, uma tira de pulso com uma cápsula em forma de disco que girava e soltava o gás. Cuidadosamente, o levou ao ouvido e balançou. Lucius estava certo: havia só um restinho de líquido lá dentro.

— E vinagre? — perguntou Jake. — Você tem?

Da parte de trás do dispositivo, Lucius tirou um frasquinho e o levantou.

— Mas, mesmo se conseguirmos fazer os pássaros dormirem — disse ele de forma sombria —, ainda estamos na gaiola.

Jake olhou de novo para a pilha de restos humanos, mas Lucius esticou a mão e virou a cabeça de Jake para o outro lado.

Jake se encostou na parede e fechou os olhos. Eles estavam trancados em uma jaula, dentro de uma sala, enfiados em uma fortaleza; completamente desarmados, com três das criaturas mais selvagens do planeta a observá-los. Jake sabia que não tinham a menor chance.

20 As Garras da Morte

Topaz acordou e sentiu imediatamente que alguma coisa estava errada. Nathan e Charlie ainda dormiam. Ela espiou pela lateral do beliche e percebeu que Jake não estava lá. Observou o quarto, mas não havia outro sinal de vida. Ela desceu da cama. Mr. Drake, que também dormia, empoleirado na cama de Charlie, abriu um olho e a viu atravessar o aposento até a porta. Ela viu as trancas abertas. Intrigada, saiu para a escuridão e olhou escada acima. Um vento quente soprou no rosto dela. Estava prestes a fechar a porta quando ouviu uma batida. Alguém tentava entrar pela passagem na Basílica Emília.

Jake, pensou Topaz. *Ele deve ter se trancado lá fora.* Ela subiu os degraus rapidamente, com os pés descalços, sem fazer barulho na pedra. Nas paredes, Júlio César, retratado em mosaico e falando no Senado, pareceu observá-la quando ela passou. Ela ouviu um baque alto lá de cima. E outro.

— Jake? — disse ela. A resposta foi silêncio. — É você? — disse ela, mais hesitante, esticando a mão para a maçaneta.

Ninguém respondeu. Topaz olhou para baixo pela escada; o único som era o sopro leve do vento.

De repente, houve um grito repentino e um estalo de madeira sendo quebrada; a porta voou e dois guardas entraram. Topaz levou um susto, se virou e saiu correndo, mas uma mão enorme enluvada agarrou seu vestido. Ela o rasgou e se soltou, mas se desequilibrou e caiu pelos degraus, batendo na parede de mosaico. Mais uma vez, Júlio César observou-a se levantar rapidamente. De soslaio, ela viu vários outros guardas, todos vestindo peitorais cinza e elmos com bicos, entrando correndo, com as armas estalando ao lado do corpo. Ela voou degraus abaixo e entrou no escritório fazendo muito barulho.

— Hidra... aqui! — gritou ela o mais alto que conseguiu.

Nathan e Charlie foram acordados pela confusão e pularam de pé. Quando o inimigo desceu a escada como uma tempestade até o patamar, Topaz bateu a porta, mas uma luva de metal conseguiu passar pela abertura e impediu o fechamento. Em pouco tempo, Nathan e Charlie estavam ao lado de Topaz, empurrando a porta com tanta força que a luva de metal começou a amassar. Por fim, eles ouviram um grito de dor, e a mão se retirou. Nathan e Charlie fecharam as trancas rapidamente.

Topaz tomou um gole da garrafa de vinagre e passou para os outros. Agora, os guardas estavam batendo na porta. As duas trancas de ferro não eram páreo para eles. Logo, a base da tranca do alto se soltaria.

— Vamos sair pelo aqueduto! — gritou Nathan ao correr para a cama de Jake. Só agora ele percebeu que o amigo não estava lá. — Onde está Jake?

— Ele já tinha saído quando acordei — disse Topaz.

— Saído? — gritou Nathan. — Para onde?

— Não sei — respondeu ela, depois indicou a porta. — Vamos falar sobre isso depois?

A essa altura, Mr. Drake já tinha levantado voo e circulava pelo quarto, em pânico. Nathan empurrou o beliche de lado e liberou a área ao redor da grade que levava ao Aqua Virgo. Ele tirou a chave do esconderijo atrás de um tijolo solto na parede, destrancou a grade e ergueu da base. Era pesada, e as veias de seu pescoço saltaram com o esforço.

— Você primeiro! — disse ele para Topaz.

Mas ela estava correndo pelo aposento e pegando coisas, e já estava com a máquina Meslith debaixo do braço. Estava pegando as armas na mesa quando reparou no bilhete de Jake. Topaz desdobrou o papel e leu a inscrição de uma linha: *Saí para resolver as coisas.*

— Topaz! Vamos! — gritou Nathan.

Ela amassou o bilhete na mão, foi até o buraco e jogou as espadas. Em seguida, Charlie a ajudou a descer até estar numa altura suficiente para pular, caindo em sessenta centímetros de água surpreendentemente fria que corria rapidamente. Um buraco redondo, mais ou menos da altura dela, desaparecia em cada direção; era de pedra clara e lisa como argila, alisada por décadas de água fluindo. Ela se ajoelhou e pegou as armas.

Acima dela, as batidas na porta ficaram mais altas. A tranca de cima cedeu e voou pelo aposento, por cima de Mr. Drake.

— Aqui, rápido! — Charlie chamou o papagaio ao começar a descer na direção da água. Mr. Drake voou para baixo, pousou no ombro do dono e segurou firme.

Agora, a segunda tranca voou, a porta se abriu e os guardas entraram.

Nathan foi atrás de Charlie e puxou a grade. Pegou a chave e estava prestes a girá-la na fechadura quando uma lâmina entrou pela grade e passou perto do olho dele. A chave caiu e se perdeu na corrente. Enquanto isso, Topaz pegou uma adaga e enfiou pela grade na direção do soldado, que agora soltou uma nuvem de gás venenoso. Eles se engasgaram, apesar de terem prendido a respiração, mas o gás não teve nenhum outro efeito.

Charlie percebeu exatamente onde a chave caíra; mergulhou a mão na água até encontrá-la e a enfiou na fechadura. Tinha conseguido girá-la pela metade quando quatro espadas surgiram acima de sua cabeça. Os três agentes deram um pulo para trás para fugir delas. Os guardas puxaram a grade, mas a pressão na fechadura forçou a chave, e ela caiu na água de novo. O portão estava fechado.

— Vamos! — gritou Nathan.

— Tem uma saída nas termas de Agripa... — Charlie seguiu pela água, com a voz ecoando pelo túnel. — De lá, a caminhada até o Circus Maximus é pequena.

Jake estava sentado no canto da cela havia meia hora, com as mãos cobrindo os ouvidos para bloquear os gritos cada vez mais agudos, quando reparou na fivela brilhosa na cintura. Percebeu que não era de seu cinto simples de couro; era o de Nathan, com a distinta cabeça de leão. Ele estava em tal estado de pânico quando saiu do escritório que pegou por engano o cinto e a arma de Nathan. É claro que os homens de Agata haviam confiscado a espada e a bainha, mas felizmente deixaram o cinto.

— Nathan, acho que você nos salvou! — ofegou ele, pulando de pé, soltando o cinto e examinando a cabeça dourada do leão.

Ele se lembrou do Dr. Chatterju demonstrando o dispositivo no arsenal do Ponto Zero. Ele continha um mecanismo em miniatura de elevação que podia levantar uma pessoa (bem, o sobrinho magrinho do Dr. Chatterju, pelo menos) no ar.

— O que está acontecendo? — perguntou Lucius, olhando para cima.

Jake estava animado demais para responder. Ele se virou, andou até as barras e, ignorando os ocupantes da outra jaula, observou o teto acima, particularmente a claraboia pela qual espiara na noite anterior.

— É como pensei... — Ele apertou os punhos de felicidade. — A claraboia não está trancada. Vai ser nossa saída!

Lucius virou o pescoço para ver do que Jake estava falando, mas não entendeu nada.

— Como vamos chegar lá você pode perguntar... — prosseguiu Jake, sem fôlego, andando de um lado para outro, resmungando. Lucius ficou olhando para ele, perplexo, até Jake unir as mãos de repente. — Pode dar certo.

— O que pode dar certo, Yake?

— Um de nós fica aqui, armado com o que sobrou do gás da Hidra. Vamos rezar para termos o suficiente. O outro abre o portão, os pássaros voam para cá, soltamos o gás, eles desmaiam — Jake, que adorava atuar quando a ocasião exigia, fez uma mímica de gaviões sedados caindo no chão —, ocupamos a câmara *deles*, fechamos o portão ao passarmos e usamos o cinto mágico do Dr. Chatterju para fugir!

Seria como se Jake estivesse falando em egípcio antigo, pois Lucius não entendeu nada. Foram necessários vários minutos de explicação paciente, ilustrada com diagramas desenhados no chão de areia, para ele começar a compreender o plano; e, mesmo assim, a polia em miniatura de Chatterju era incompreensível para ele, e Jake sugeriu que ele apenas confiasse quanto a isso.

Em parte por causa dos ferimentos de Lucius, mas mais porque Jake queria provar sua coragem, ele se ofereceu para o trabalho mais perigoso: servir de isca de gavião.

Eles beberam o frasquinho de vinagre e assumiram suas posições: Lucius perto do portão, Jake no centro da jaula, armado com o bracelete prateado. Sentindo que alguma coisa estava acontecendo, os gaviões começaram a se jogar contra as barras novamente.

— Lembre-se — a voz firme de Jake escondia seu pavor interior —, prenda a respiração por pelo menos um minuto, para não inspirar gás. Não tenho certeza se havia vinagre o suficiente para funcionar.

— E se não houver gás suficiente para que eles durmam? — perguntou Lucius.

Na verdade, Jake também não estava seguro disso. Eles estavam desarmados, e, se o plano falhasse, seriam comidos vivos, sua carne arrancada dos ossos. Mas a alternativa era bem, bem pior.

— Lucius, me escute — disse Jake, com voz baixa. — Em uma hora, no Circus Maximus, vai acontecer uma catástrofe, um desastre maior do que todos os desastres. Se não sairmos daqui e encontrarmos uma forma de impedir isso — ele respirou fundo —, o mundo *que conhecemos* vai acabar hoje. — Ele estalou os dedos. — *Bum!* Já era! — Parecia dramático, mas também era verdade. Só Jake sabia os detalhes do plano de Agata. Ele *tinha* que fugir e ir para o Circus Maximus, ou morrer tentando. Levantou o bracelete prateado e respirou fundo.

— Vai haver o suficiente, tenho certeza. Agora, abra o portão.

Ele trincou os dentes quando Lucius deslizou a grade para permitir a passagem dos pássaros.

Por um momento, os pássaros ficaram confusos; a gritaria foi interrompida, e eles recuaram, se afastando da abertura com desconfiança.

— Não estão mais com fome? — provocou Jake.

Lucius viu os gaviões se juntarem, como se discutindo o que fazer. Por fim, a fome falou mais alto; eles se viraram ao mesmo tempo e saíram voando pela abertura.

— Agora! — gritou Jake para Lucius, inspirando bastante ar antes de girar a cápsula do bracelete prateado para liberar o conteúdo. Os pássaros voaram como mísseis na direção dele, suas enormes asas deixando a jaula escura.

O vapor vermelho delicado subiu do pulso de Jake, e ele lutou para manter a respiração presa quando o primeiro gavião desceu, segurou seu pescoço com as garras e apontou o bico para seus olhos. Ele protegeu a cabeça com as mãos quando o segundo pássaro desceu, depois o terceiro. Por um momento, houve um redemoinho de gritos e golpes, penas e garras. E então, de repente, tudo parou. Um gavião soltou um grito gutural e caiu no chão. O segundo caiu em seguida. O último, o maior dos três, continuou a seguir para cima de Jake, olhando para ele desafiadoramente, até também ser tomado pelo veneno e cair na areia.

Quando Jake pulou por cima do corpo caído, o gavião se contorceu e ergueu a cabeça momentaneamente, mas desabou no chão de novo. Jake passou pela abertura e entrou no compartimento dos pássaros. Lucius foi atrás, e eles deslizaram o portão para fechá-lo.

Ele travou na metade do caminho.

Lucius empurrou com toda força, até as veias do pescoço saltarem, mas o metal da grade estava agora torto e não deslizava. Ele e Jake sacudiram freneticamente, mas o portão nem se mexeu. A abertura tinha agora uns trinta centímetros. Talvez fosse o bastante para manter os gaviões do outro lado.

— Vamos voltar — sugeriu Lucius. — Quebrar o pescoço deles.

Jake balançou a cabeça; os efeitos do gás já estavam sumindo. Ele conseguiu ver uma asa tremendo, depois uma pata.

— Vamos! — Ele parou em um ponto diretamente embaixo da claraboia, olhou para Lucius e apontou para uma pá encostada no balde de alimentação do lado de fora da jaula. — Pegue aquilo. Podemos precisar.

Lucius fez o que Jake pediu: enfiou a mão entre as barras e pegou a pá. A cobertura de sangue seco e entranhas fez com que ficasse grudado no balde, e ele precisou dar um puxão para soltar.

Jake observou a claraboia com grades acima: tinha moldura de madeira. Para ter um apoio melhor, ele precisaria disparar o dardo bem profundamente nela. O alvo era pequeno, e ele só tinha uma chance de acertar. A urgência o deixou ousado.

— Lucius, fique de pé na minha frente — instruiu ele.

Jake se posicionou atrás do companheiro e usou os ombros de Lucius para firmar as mãos. Levantou a fivela, mirou a boca do leão na moldura de madeira, apertou cuidadosamente o olho verde… e disparou.

Houve um assobio agudo, seguido por um brilho. Antes de Jake registrar o que aconteceu, o dardo de prata prendeu na madeira com um som sólido e satisfatório. Jake puxou o fio com força. O Dr. Chatterju havia se gabado: *Poderia carregar o peso de Henrique XVIII, mesmo em seu período mais pesado.* Jake descobriria em breve se isso era ao menos parcialmente verdade. Lucius não era nenhum peso-pena, e os dois juntos seriam um teste para a alegação do inventor.

— Coloque o cinto — disse Jake — e eu vou me segurar em você.

Lucius obedeceu e apertou o cinto na cintura. Enquanto isso, Jake pegou a pá.

De repente, eles ouviram um estalo metálico. O maior gavião tinha acordado e agora voava na direção das barras. Ainda grogue, calculou mal a abertura estreita e caiu no chão. Soltou um grito de fúria de estourar os tímpanos antes de levantar voo de novo. *Crash!* Mais uma vez, ele bateu nas laterais da abertura, mas desta vez uma asa ficou presa; ele lutou, impotente, depois se soltou e caiu no chão, batendo a asa inutilmente. Sem conseguir voar, ele berrou sua fúria. Isso bastou para acordar seus dois cúmplices. As asas se moveram, os pescoços tremeram e os olhos assassinos se abriram.

— Acho que essa é nossa deixa — disse Jake, segurando-se em Lucius enquanto apertava a espada. — Aperte o olho azul. Agora!

Lucius apertou a safira para dentro do buraco do olho do leão.

Nada aconteceu.

Os outros dois gaviões estavam se levantando. Um levantou voo e disparou pela gaiola nova, desajeitado no começo, mas pegando velocidade gradualmente. Jake percebeu que era questão de segundos até que ele ajustasse o ângulo para passar pela abertura.

— De novo! — gritou Jake. — Aperte de novo!

Lucius apertou o botão com firmeza. Agora o fio se esticou, estalou como um chicote, e eles foram erguidos rapidamente; mas a velocidade foi diminuindo conforme o peso começou a fazer diferença. De repente, com um clique seco, o fio parou completamente. Eles estavam na metade do caminho até a claraboia, pendurados por um fio de metal esticado.

— Use as mãos — sussurrou Jake.

Lucius esticou a mão e, quando segurou o fio, a pressão na fivela diminuiu e a máquina continuou a erguê-los. Subiram centímetro a centímetro na direção da claraboia, os nós dos dedos de Jake ficando brancos com a força de segurar, as mãos de Lucius fazendo força no fio. Acima deles, a moldura de madeira estalou porque o dardo de metal a estava puxando para baixo.

Estavam quase perto o suficiente para tocar na moldura quando o gavião que voava conseguiu acertar o ângulo e passou pela abertura. Jake se encolheu quando a ave voou na direção dele. Tentou acertá-la com a pá, mas só podia usar uma das mãos, e era difícil demais. Houve um movimento de ar com o bater das asas, antes de o pássaro mergulhar para atacar seu pescoço. Ele sentiu uma dor aguda, e sangue começou a escorrer por suas costas. Acima dele, o dardo de metal tremeu. Lucius continuou a puxar o fio, com as mãos agora feridas e sangrentas aonde o fio as cortara. O gavião bateu as asas gigantescas de novo, desta vez voando para matar.

Jake fez contato visual com o pássaro quando estava preparando a arma. A lâmina cega estalou na cabeça do gavião. Por um segundo, ele pareceu congelar no ar, depois se engasgou, encolheu o pescoço e espiralou para o chão. A ave caminhou como se estivesse embriagada, mas se sacudiu e recuperou a energia.

Os garotos só tinham subido centímetros quando o pássaro levantou voo de novo. Nesse momento, o outro monstro, o mais magro e rápido dos três, entrou na jaula e se juntou ao cúmplice; os dois voavam ao redor dos garotos agora.

Quando Lucius esticou as mãos sangrentas para as barras da claraboia, os dois pássaros atacaram, um de cada lado. Foi terrível, como atravessar um mar de adagas e lâminas. E, apesar de Jake manter a cabeça abaixada e os olhos fechados, ele conseguiu sentir o golpe das asas musculosas e as garras afiadas.

— Yake! Não consigo segurar! — gritou Lucius, desesperado.

Jake abriu os olhos o bastante para ver os dedos sangrentos de Lucius ainda fazendo força no fio enquanto ignorava as bicadas dos gaviões. Acima deles, o dardo prateado estava estalando e tremendo de forma alarmante.

Jake teve um pensamento repentino: o bracelete prateado. Ele ainda o usava no pulso. Talvez tivesse sobrado uma gota lá dentro. Mesmo se impedisse o ataque por um segundo, valeria a pena!

— Lucius, prenda a respiração! — gritou ele ao girar a tampa.

Nada aconteceu, não houve nem um leve sopro de gás. Quando sentiu um bico furando suas costas, ele fechou os olhos. Pensou de novo na mãe e no pai, e em Philip.

De repente, ele ouviu uma voz altíssima; um rugido tão grave e gutural que não parecia humano. Era Lucius. Ele gritou com os gaviões e seu rosto ficou vermelho. Funcionou. Por um segundo, os pássaros hesitaram, o que permitiu que Lucius agarrasse um pelo pescoço. Ele berrou enquanto era sufocado, batendo as asas loucamente. Lucius apertou com mais força, com dentes trincados, para arrancar a vida da ave, até que ela finalmente ficou inerte, e ele a deixou cair no chão.

O último pássaro atacou com fúria renovada, as garras apontadas para o rosto de Jake e procurando apoio nas costas dele. Jake bateu com o bracelete no teto para abri-lo. Quando o envoltório caiu, uma pequena nuvem vermelha escapou e se dissolveu no ar. Foi o bastante: o gavião inspirou o gás, suas garras ficaram frouxas e ele caiu inconsciente no chão.

Jake olhou para Lucius, que assentiu com um leve sorriso no rosto.

E então, *crack!*

A madeira acima cedeu, o dardo prateado quase se soltando. Jake sentiu o estômago dar um nó e enfiou a pá pela claraboia, prendendo a parte mais larga nas barras na mesma hora em que o fio se soltou e caiu abaixo deles. Lucius, com a força que ainda lhe restava, conseguiu se segurar na moldura, abrir as barras, passar pela abertura e puxar Jake atrás.

Por um tempo, eles ficaram imóveis no telhado, com o peito arfando, até que Jake se virou para o companheiro.

— Temos que ir. Agora.

Seiscentos e cinquenta quilômetros ao sul da cidade de Roma, na *villa* com vista para o porto de Messina, Jupitus Cole foi acordado pela ponta de um arpão enferrujado em sua bochecha. Ele abriu os olhos e viu Rose, de pé acima dele, com o rosto tempestuoso, brandindo a arma.

— Rosalind, por que você está apontando um arpão para mim? — perguntou ele calmamente.

— Porque foi a primeira arma que consegui encontrar — respondeu ela.

Jupitus a examinou com mais atenção, a postura rígida e os dentes trincados.

— Costumo achar que uma xícara de chá é uma forma melhor de começar o dia — respondeu com seu tom mais aveludado, afastando a ponta com o dedinho.

— Se você se mexer um centímetro — disse ela —, eu *vou* matar você!

Para deixar claro que estava falando sério, ela pressionou mais o arpão no pescoço de Jupitus.

Jupitus exagerou no ato de congelar como uma estátua.

— Eu esqueci seu aniversário? — ronronou.

— A Operação Lótus Negro. O que é?

Ele riu.

— O quê?

— Jupitus Cole, não estou brincando. Vou cortar sua garganta se precisar. Você não consegue andar, lembre-se disso. Não tem a menor chance. A Operação Lótus Negro — repetiu ela. — O que é?

Ele olhou para ela e deu de ombros.

— Não faço ideia do que você está falando.

— Acabei de receber uma Meslith urgente de Galliana — prosseguiu Rose, pegando um pergaminho e mostrando para ele.

— Conversa de meninas?

Rose bateu de repente com o arpão na almofada, antes de voltar a apontar para o pescoço de Jupitus.

— Ela encontrou sua sala secreta. Seu esconderijo e de Oceane — disse ela, com desprezo.

Jupitus franziu a testa e olhou para Rose com expressão petrificada. Por fim, ele disse em voz baixa:

— Não tem nada a ver com Oceane. Ela só estava recebendo mensagens para mim.

Rose sufocou um gritinho e praticamente hiperventilou por causa do choque.

— Então é *verdade*? Você está de conluio com Xi Xiang?

— É um pouco mais complicado do que isso...

— Complicado?! Existem mais de cem comunicados entre vocês dois! — Rose estava empurrando o arpão contra o pescoço dele com tanta força que cortou a pele. — Xi Xiang é um de nossos quatro inimigos mais odiados. Preciso lembrá-lo que ele assassinou o marido de Galliana, junto com o único filho dela? Que ele amarrou pesos nos pés do garoto e o jogou do navio? E você está de conluio com ele? Você é um monstro, Jupitus!

Jupitus a observou sem demonstrar medo, raiva ou culpa, só a mais profunda pena. Esperou que ela se acalmasse e falou com voz tranquila:

— Rose, me escute. Você pode não acreditar no que vou contar, mas é a verdade. — Ele respirou fundo. — Sim, eu tenho uma sala secreta no Ponto Zero, de onde mantive contato com Xi Xiang.

Isso só despertou soluços em Rose. Jupitus prosseguiu delicadamente:

— Como você lembra, Rose, Xiang e eu éramos amigos há anos.

— É claro que eu lembro! Como poderia esquecer?

— Mas, durante quase duas décadas, não nos falamos. Dois anos atrás, um encontro casual nos reuniu no Tibete, em um ponto distante da dinastia Zhou. Foi uma coincidência extraordinária, mais nada, mas vi uma oportunidade e aproveitei.

— Que oportunidade?

— Eu fingi que estava decepcionado com os Guardiões da História, que queria uma vida nova.

— Você *fingiu*?

— Acabei me tornando agente duplo, *espião*, que passa 'segredos' do Ponto Zero. Nada importante, nada que afetaria ninguém, mas o bastante para fazer Xiang acreditar que eu estava do lado dele e confiar em mim.

— Se você era mesmo agente duplo, por que não contou para Galliana?

— Você sabe por quê. Galliana consegue pensar direito sobre qualquer coisa, menos Xi Xiang. É o calcanhar de Aquiles dela. Ela teria encerrado a operação imediatamente.

Rose deu de ombros e concordou com relutância.

— Finalmente, meu trabalho começou a dar frutos — prosseguiu Jupitus. — Lótus Negro é o nome de um projeto no qual Xiang vem trabalhando há anos. Só sei de alguns poucos detalhes. Ele estava prestes a me passar informações vitais quando a conversa morreu completamente. Não tenho notícias dele desde que parti para Londres meses atrás, e não faço ideia de onde ele esteja nem se está vivo ou morto. No dia em que zarpamos para a Itália, pedi para Oceane Noire verificar meu escritório secreto duas vezes por dia, para o caso de chegar alguma mensagem.

Rose não afastou o arpão, mas o deixou um pouco mais frouxo.

— Rosalind — prosseguiu Jupitus, olhando para ela seriamente —, devo dizer que a sensação de voltar a fazer uma coisa importante foi boa. De estar de volta na jogada. São os jovens que ficam com toda a emoção. Não somos mais do que burocratas atualmente.

A ideia tocou Rose. Ela deu um sorriso triste e refletiu sobre tudo que ele disse.

— Então Oceane Noire só está trabalhando para você? — perguntou ela.

— Você sabe por que eu pedi Oceane em casamento?

— Eu não faço a menor ideia. — Rose empinou o nariz. — Supus que ela tinha feito um encantamento vodu.

— Porque ela me disse que, se eu não a pedisse em casamento, ela contaria para todo mundo que eu era espião de Xi

Xiang e tinha como provar. Eu tinha me dedicado demais à operação para abrir mão naquele momento.

Rose sentiu outra onda de emoção, e lágrimas surgiram em seus olhos.

— Você... você quer dizer — gaguejou ela — que *não* ama Oceane Noire?

Era uma coisa que raramente acontecia, mas os olhos de Jupitus brilharam e sua boca se curvou em um lindo e caloroso sorriso.

— Rosalind, como você pôde pensar uma coisa dessa?

21 CIRCUS MAXIMUS

— Ali está ele — disse Charlie, espiando das sombras. — Não é de tirar o fôlego?

Topaz e Nathan assentiram em concordância, e Nathan ficou sem palavras, pela primeira vez. Estavam encolhidos em um pórtico em um canto escuro de uma praça comprida lotada de gente. Os garotos já estavam usando os disfarces de Charlie; barbas e bigodes que os faziam parecer bem mais velhos, principalmente de Nathan, que usava uma bigode denso e preto. Topaz tinha prendido o cabelo e escondido parcialmente o rosto sob o capuz.

O objeto da atenção deles era a enorme construção na extremidade da praça, em cuja direção a multidão seguia apressadamente.

O Circus Maximus.

Estavam de frente para a imensa parte dos fundos, a fachada noroeste, e, de perto pela primeira vez, conseguiam ver que, mesmo pelos padrões da Roma antiga, a construção era gigantesca. Cada uma das duas torres enormes tinha maravilhosas estátuas douradas de cavalos galopantes e cocheiros com postura de deuses, pelo menos cinco vezes maiores do que o tamanho natural. As torres eram ligadas por uma série de doze arcos gigantes, pelos quais Charlie e os amigos conseguiam ter um vislumbre do interior da arena, camada após camada de mármore branco brilhando no sol da manhã, enquanto a população de Roma ia chegando.

— Estão ouvindo? — perguntou Nathan, assustado de forma nada comum.

Ele estava se referindo ao rugido sobrenatural que vinha de dentro, como o som de uma grande onda quebrando repetidas vezes.

— Isso são cento e cinquenta mil pessoas se sentando — explicou Charlie com um brilho nos olhos.

Eles demoraram quase uma hora para chegar ali, vindos do escritório romano, e suas roupas estavam agora quase secas (não passava das nove da manhã, mas o calor já estava sufocante). Seguiram pelo túnel antes de chegar, como Charlie previra, nas termas de Agripa. Depois de terem que mergulhar profundamente, eles saíram em um chafariz no fim do *frigidarium*, a enorme piscina ao ar livre. Três moças caminhando na grama ali perto quase desmaiaram ao verem os jovens saindo por entre as ninfas de mármore, sacudindo o excesso de água e caminhando para a saída; mas elas logo se acalmaram com uma das piscadelas de Nathan.

Das termas, seguiram com cautela pelas ruas estreitas em direção ao Tibre. Pararam brevemente em um beco silencioso para recuperar o fôlego. Ali, Topaz contou para eles sobre o bilhete de Jake, e eles discutiram o que ele poderia querer dizer com *Saí para resolver as coisas*. Eles chegaram à conclusão dolorosa de que ele tinha ido para a *villa* de Agata para salvar

Lucius. Todos sentiram uma pontada de apreensão. Topaz em particular se sentiu doente de remorso; desejava não ter chamado a atenção dele com tanta rigidez na noite anterior. Afinal, ficou claro que, apesar de Jake às vezes não fazer o que era *certo*, ele sempre fazia o que era *corajoso*.

Para aliviar o humor e manter todos concentrados, Charlie pegou sua bolsa de truques e, depois de um debate sobre quem ficaria melhor de barba preta (Topaz teve que concordar, com relutância, que ficava melhor em seu irmão), eles se prepararam para partir de novo.

— Acho que Mr. Drake talvez tenha que ficar aqui... — observou Topaz delicadamente. — Isso se quisermos ser o mais discretos possível.

Charlie não ficou feliz, mas compreendeu a lógica. Ele o colocou no galho de um pinheiro ali perto com um punhado de amendoins e a promessa de voltar logo, que ele esperava conseguir cumprir.

Dali, eles voltaram pelo rio, passaram pelo templo de Hércules, atravessaram o Fórum Boário e seguiram para o Circus.

— Vamos...? — disse Nathan, saindo com cautela do pórtico e seguindo para a praça.

Os outros foram atrás, olhando ao redor e verificando se alguém os estava seguindo. Mais uma vez, se juntaram ao fluxo de pessoas apressadas indo na direção das entradas laterais.

— A primeira coisa que vocês precisam saber sobre o Circus Maximus — explicou Charlie em voz baixa — é que é, sem sombra de dúvida, o destino principal do mundo romano. Todas as estradas levam a ele. Desde os litorais tempestuosos da Hispânia, no oeste, até os desertos da Assíria, no leste, a fama dele não tem paralelos. É épico, heroico, *colossal* — acrescentou, enfatizando cada palavra com o balançar do punho fechado. — É uma fábrica de sonhos. A quintessência do Império.

Nathan e Topaz trocaram um olhar de compreensão, apreciando o entusiasmo do amigo, apesar da situação. E Charlie estava tão empolgado com a visita ao estádio que, por um momento, se esqueceu da situação complicada em que estavam: completamente no escuro, cientes apenas de que uma catástrofe que poderia *acabar com as soberanias* estava prestes a acontecer, mas sem saber nada de como nem quando ocorreria.

— E o motivo de ser o principal destino do mundo romano? Bem, obviamente, tem a construção em si — prosseguiu ele. — É o maior estádio que o planeta já viu, ou *verá*. A capacidade é de cento e cinquenta mil pessoas; a construção usou duzentas mil toneladas de mármore e madeira de meio milhão de árvores. — O prédio estava ficando mais próximo. — E essa é apenas a versão atual; em seus quatrocentos anos de história, ele já pegou fogo três vezes, por puro descuido. Foi por isso que Augusto construiu essa versão de mármore. — Charlie balançou a cabeça. — Portanto, o lugar em si já é de uma atração enorme, mas o que acontece aqui é o que traz as multidões.

— As corridas de bigas? — perguntou Topaz.

— Isso mesmo. Os romanos são fanática e ridiculamente obcecados por elas. É claro que várias outras coisas acontecem aqui: caçadas a animais selvagens, combates de gladiadores... pois você sabe que o Coliseu só será construído no final do século... competições atléticas, até eventos teatrais e recitais de música. Mas são apenas distrações. O evento principal, a grande atração, é a corrida de bigas.

CIRCUS MAXIMUS

A barulheira vinda do estádio aumentou, e quando eles chegaram ao canto sudeste, o rugido era ensurdecedor, eufórico e perturbador ao mesmo tempo.

Agora podiam ver a lateral da construção: uma série de arcos, um atrás do outro, que desapareciam ao longe, na direção da cidade. As pessoas vinham de todas as direções, saíam de todas as ruas e passagens; togas brancas e túnicas marrons passavam pela colmeia das entradas, conversando com animação. Alguns murmuravam e cantavam; outros bebiam de garrafas de argila, e todos eram encorajados pelos habitantes, que observavam das janelas. Para se somar à cacofonia de sons, centenas de vendedores de rua e artistas ofereciam suas mercadorias. Eram vendedores de flores, de incenso, malabaristas, comedores de fogo, videntes e astrólogos.

— É de graça, e todos são convidados — explicou Charlie, falando mais alto por causa do barulho. — E há jogos em pelo menos cem dias do ano. Deve ser um pesadelo logístico!

Topaz se separou brevemente dos dois e teve que forçar passagem para alcançá-los. Charlie estava certo: parecia que toda Roma estava ali; homens, mulheres, jovens, velhos, ricos e pobres. Multidões de crianças corriam entre as pessoas, enquanto os velhos seguiam mais lentamente.

Os três agentes passaram por uma entrada em arco e foram empurrados, cutucados e levaram cotoveladas até uma escadaria sinuosa de pedra. No caos, Topaz não conseguia parar de pensar em Jake. Estava atormentada por visões do que Agata, a personificação feminina do diabo, sua dita mãe, poderia fazer com ele.

No alto da escadaria, eles foram levados para a frente e finalmente se espremeram até a arena. Quando a onda de gritos ecoou ao redor deles, o coração de Nathan saltou, e ele precisou lembrar a si mesmo que os aplausos não eram para ele. Ele olhou de um lado do Circus para outro, com um sorriso leve e incrédulo no rosto. Topaz piscou sem acreditar, enquanto Charlie olhava estupefato. Ao longo do trabalho deles para o Serviço Secreto dos Guardiões da História, viram incontáveis maravilhas, mas essa era talvez a mais impressionante de todas.

A arena tinha quase oitocentos metros de uma ponta a outra. Era como uma enorme cuba feita pelo homem que ficava entre o Palatino e o Aventino, cujas ladeiras também fervilhavam de espectadores. Havia seis níveis de assentos. A parte de baixo, protegida pela balaustrada e separada da pista por um fosso profundo de drenagem, era a maior e continha a maior quantidade de branco, a cor usada pelos cidadãos mais ricos. De lá, os níveis subiam, em uma inclinação delicada no começo, mas ficando dramaticamente mais íngreme no alto. Quanto mais alto você ia, mais barulhento ficava e mais lotadas estavam as arquibancadas. Charlie calculou que só a de cima, que parecia a quilômetros de distância, devia ter mais de cinquenta mil pessoas. A colunata, pontuada por coluna seguida de coluna, já era uma estrutura incrível por si só, e ainda acrescentava um detalhe visual a mais à estrutura como um todo.

No centro da arena ficava a *spina*, a ilha de pedra que dividia a pista em duas.

— Um fato terrível... — anunciou Charlie. — De acordo com a lenda, ela foi construída com os ossos esmagados dos inimigos de Roma.

A ilha toda estava fervilhando de homens de togas brancas de bainhas roxas; havia ainda mais subindo nela.

— Os senadores, suponho? — perguntou Nathan.

Charlie assentiu.

— Quer eles gostem ou não, espera-se que venham. É considerado ruim não ser visto apoiando os jogos.

— E não aparecer ficaria um tanto óbvio — comentou Nathan. — Eles são o centro das atenções.

Ele estava certo; todos os olhos estavam neles, uma faixa distinta e luminosa de branco e roxo se destacando na areia. Alguns dos senadores acenavam para o povo, outros conversavam em grupos enquanto escravos lhes ofereciam bebidas em jarras de prata.

Além do grupo de senadores, a *spina* também exibia uma série de monumentos intrigantes: em cada extremidade havia cones pontudos dourados amontoados, com três vezes o tamanho de uma pessoa, e, no centro, um gigantesco obelisco egípcio.

— Roubado da corte de Ramsés II e agora considerado uma das maravilhas de Roma — informou Topaz aos outros.

— E o imperador se senta ali? — Nathan apontou para o terraço em frente ao *pulvinar*, o templo distinto que se destacava na metade da pista. Um trono vazio, um enorme assento de alabastro, posicionado debaixo de um toldo vermelho. Estátuas douradas de águias protegiam cada canto do terraço, e chamas tremeluziam em tochas de bronze.

— Isso mesmo — concordou Charlie. — O acesso ao terraço real se dá por uma passagem especial, que sai diretamente dos casarões no Palatino.

— Para que eles não precisem se misturar com a ralé, eu suponho — disse Nathan.

— Vamos, então — sugeriu Topaz. — Imagino que nosso imperador vá chegar a qualquer minuto; portanto, devemos nos aproximar... com cautela, é claro.

Ela saiu andando na direção do *pulvinar*. Mais do que qualquer coisa, precisava afastar Jake dos pensamentos. Ela ficava pensando em Alan e Miriam e em como explicaria o desaparecimento dele. Os outros dois foram atrás, ziguezagueando em meio à multidão.

De repente, uma sombra cobriu os três; uma sombra que se espalhou pelas arquibancadas e cobriu grande parte da arena. Eles olharam para cima e viram um teto formado por uma série de velas brancas e compridas sendo esticadas por cima do estádio por uma rede de cordas. Charlie balançou a cabeça e murmurou alguma coisa sobre "a incrível tecnologia", enquanto os senadores, no centro, eram cobertos pela sombra mais do que bem-vinda.

No mesmo momento, Topaz ficou paralisada.

— Hidra! — sibilou, e puxou os outros no momento em que quatro soldados de peitoral cinza e máscara de bronze atravessaram a multidão, derrubando as pessoas. Eles passaram marchando e assumiram posições, um grupo taciturno com olhos de águia, perto da beirada do terraço do imperador.

— Eles estão em toda parte... — Nathan indicou os outros soldados seguindo na direção do *pulvinar*. — Vamos esperar aqui, por enquanto — murmurou, com o maxilar trincado de frustração.

O tornozelo de Lucius estalou quando ele caiu. Gritando de dor, ele cambaleou pelo restante da ladeira. Ele e Jake tinham se esgueirado pelos telhados da *villa* de Agata, procurando um caminho seguro para descer. Acabaram escolhendo um canto sem janelas perto de um grupo de pinheiros altos. Jake pulou com sucesso em uma árvore e desceu. Lucius, que só conseguia enxergar com um dos olhos, e, mesmo assim, não muito bem, calculou o pulo errado e despencou pelos galhos.

— Yake, acho que quebrou — disse ele, fazendo uma careta enquanto apertava o tornozelo.

Os dois estavam em péssimo estado, arranhados e feridos, mas Lucius estava pior: além de parcialmente cego, ele estava todo cortado.

Jake se ajoelhou e examinou com cuidado o pé de Lucius.

— Está torcido, mas acho que não está quebrado — disse ele.

— Então me deixa. É melhor me deixar aqui, Yake — gemeu Lucius.

— *Shh.* — Jake levou o dedo aos lábios, ciente de que ainda estavam em território inimigo. — Você não vai escapar tão facilmente — sussurrou, sorrindo. — Eu vou ajudar. Vamos.

— Ele passou o braço ao redor de Lucius e o levantou lentamente. — Está vendo a rua ali, que desce pela colina? Só precisamos seguir por ela. Vai nos levar diretamente para lá. Você não quer perder a diversão, quer? — brincou.

Jake escondeu bem o pânico. Ele sabia que era vital chegar ao Circus Maximus o mais rápido possível, mas não estava preparado para abandonar o amigo. Jake salvara Lucius e estava determinado a não deixá-lo onde ele poderia ser capturado novamente. Sempre alerta para sinais de perseguição, ajudou o companheiro a descer a ladeira em direção ao Circus.

— Ali está ela — sussurrou Nathan ao ver a figura distinta de Agata Zeldt surgir no terraço do *pulvinar*.

Usando um vestido branco, ela ficou deliberadamente nas sombras, vendo a multidão com olhos apertados. Topaz, invisível na multidão, olhou para ela e viu um garoto gorducho com flores no cabelo claro aparecer atrás dela.

Nathan ficou estupefato quando o viu.

— Charlie, eu estou ficando maluco — ele cutucou o amigo — ou aquele garoto é igualzinho àquele pateta do Caspar Isaksen?

Charlie seguiu o olhar dele.

— Da Suécia? Não seja ridículo. — Por um momento, o grupo de guardas bloqueou sua visão. Quando saíram do caminho, ele viu um jovem enfiando bolo na boca.

— Pelas barbas do profeta! — exclamou Charlie, sem conseguir acreditar direito no que via. — Que diabos...? — Caspar riu quando Agata sussurrou alguma coisa no ouvido dele.

— O que ele *está* fazendo aqui? E com ela?

— Explicaria nosso probleminha em Estocolmo — comentou Nathan secamente.

— Mas ele é um Isaksen! — insistiu Charlie. — Uma das famílias mais antigas e reverenciadas do Serviço Secreto dos Guardiões da História! Já estão conosco há oito gerações.

— E eu sou uma Zeldt, em teoria — lembrou Topaz. — A lealdade é um animal estranho.

Na pista, dez homens de túnica dourada fizeram fila com as costas para o camarote real. Quando a plateia percebeu que alguma coisa estava prestes a acontecer, um grande grito se espalhou pelo estádio. Cada homem carregava um trompete, um instrumento curvo no formato de um seis. Ao mesmo tempo, ergueram os instrumentos e sopraram. O som se espalhou acima da gritaria.

Nathan e Charlie olharam ao redor, e os gritos da multidão pareceram dobrar de volume. Cento e cinquenta mil pessoas ficaram de pé e uma tempestade branca caiu, flores claras jogadas de todos os cantos do estádio. No começo, Nathan e Charlie se perguntaram o que era aquilo, mas Topaz os cutucou e indicou o *pulvinar*. Não estava mais vazio. A figura distinta de Tibério tinha aparecido.

Era o imperador de Roma, o homem mais poderoso do mundo, de túnica dourada e roxa. É claro que não era Tibério de verdade, mas um ator de segunda linha de Herculano chamado Austerio. Mesmo de longe, Topaz, Nathan e Charlie reconheceram o rosto inchado. Mas, quando ele levantou a mão adornada por joias e deu um aceno real, a multidão soltou um rugido ensurdecedor.

Nathan olhou para a área dos senadores, na *spina* em frente a eles. Alguns dos homens acenaram e fizeram reverências para o líder, mas a maior parte dos sorrisos era forçada.

— Onde está aquela víbora do Leopardo? — perguntou-se Topaz, com os olhos ainda grudados no camarote real.

Mas não havia sinal dele.

— *Non possum*, Yake. — Lucius se sentou no chão, bloqueando parcialmente a rua movimentada e interrompendo o fluxo de veículos.

Todos começaram a gritar para que saíssem do caminho, e Jake o puxou rapidamente e arrastou para o lado. Demoraram trinta minutos sofridos para descerem o lado leste do Palatino com muito esforço, se escondendo cada vez que viam um soldado. Mas agora o estádio estava tentadoramente perto.

— Estamos quase lá — disse Jake alegre. — Você não está ouvindo?

Ele levou a mão ao ouvido e escutou o grito intenso que se espalhava no ar.

— Me deixe, eu imploro — insistiu Lucius. — *Non possum*.

Jake hesitou. Estava começando a ver a lógica do amigo: estavam agora a uma distância segura da *villa*, e ele seria bem mais eficiente sozinho.

Ali perto, um homem assava carne em uma *taberna*.

— Olhe só, eu posso comer — disse Lucius, abrindo um sorriso — enquanto você salva o mundo.

Jake mordeu o lábio em dúvida, mas o tempo estava se esgotando.

— Tudo bem, combinado — disse, em tom decisivo.

Ele colocou Lucius de pé e o ajudou a ir até o banco ao lado do bar, depois pegou água em uma fonte e ofereceu a ele.

Depois de beber, o soldado olhou para Jake.

— Obrigado — disse ele baixinho.

Impulsivamente, Jake o abraçou.

— Volto para buscar você, não se preocupe — prometeu, e saiu correndo pela rua, desviando das carroças e liteiras.

Estava tão preocupado com os ferimentos de Lucius que tinha se esquecido dos seus. Agora, seus hematomas latejavam, seus cortes ardiam, estava todo dolorido e se sentia enjoado e tonto.

— Tenho que encontrar os outros — murmurou. — Eles estão em segurança, é claro que estão. Vou encontrá-los. Vamos desativar as bombas de alguma maneira, vamos conseguir.

22 Sete Voltas para o Fim

Quando Austerio se sentou no trono de alabastro, houve outro estrondo de trombetas. Os trompetistas se viraram e andaram pela pista na direção do grande arco na ponta sul. Enquanto isso, um grupo começou a surgir na abertura, como se atraído pela música. Os trompetistas se viraram e marcharam de volta pela pista, agora liderando uma grande procissão.

Na frente, estavam os atletas, jovens despidos da cintura para cima, seus corpos cobertos de óleo, brilhando no sol, cada um com uma coroa de louros na cabeça. Em seguida, veio a cavalaria: soldados armados, montando garanhões, as espadas erguidas rigidamente na frente do rosto. Um grupo de músicos veio atrás, formado por tocadores de flauta e lira. Em seguida, vieram os carregadores de incenso, com tochas de aroma doce. Atrás deles, uma trupe de dançarinos apareceu: garotas e garotos usando roupas de seda flutuante, alguns balançando lanças, outros tocando címbalos. Logo atrás viram os *mimi*, atores vestidos como deuses e heróis romanos: Júpiter, Apolo, Hércules e Odisseu, liderando um exército de faunos, sátiros e todos os tipos de criaturas míticas.

Houve um breve hiato, e outra leva de aplausos precedeu a entrada dos animais selvagens. Doze elefantes antecederam uma mistura de leões, tigres, leopardos e ursos gigantes. As criaturas estavam com coleiras apertadas e eram seguradas por homens fortes usando armaduras completas. A visão fez Charlie ferver de raiva. Os animais e os treinadores se afastaram e seguiram para as jaulas por um portão no centro da *spina*, exceto quatro ursos de pelagem escura, que foram levados para um plinto baixo na frente do camarote do imperador e acorrentados em pares. Um escravo levou uma cesta de carne crua e se preparou para jogar os pedaços para eles. Uma das enormes criaturas ergueu a cabeça e rugiu em expectativa, o que fez a multidão gritar de novo. Austerio olhou para baixo e seu sorriso ficou um pouco tenso, como se ele estivesse se perguntando em que diabos ele se metera.

O grito mais ensurdecedor foi reservado para os homens nas bigas e seus cavalos. Eles surgiram das sombras do grande arco, quatro garanhões puxando cada uma das oito bigas, e formaram uma fila perfeita. Os cavalos brilhantes e musculosos usavam enfeites de cabeça extravagantes, com penas, combinando com as roupas dos homens que os guiavam. Esses homens de expressão séria usavam túnicas coloridas e manoplas de couro, além de carregar chicotes de muitas pontas.

— Cada cor representa um distrito diferente da cidade — explicou Nathan —, e a competição entre equipes é acirrada. Há histórias de fãs decepcionados que se jogaram em piras acesas quando sua equipe perdeu. É muito italiano.

Nathan, Charlie e Topaz viram as oito bigas se movimentarem ao mesmo tempo. *Todo mundo* as observou: o imperador, os senadores e mais de cem mil outros. Os olhos dos homens nas bigas eram duros e determinados, e seus punhos apertavam bem as rédeas. Nathan sentiu uma pontada de inveja. Não conseguia imaginar nada tão arrebatador quanto uma corrida na arena mais famosa da história, incentivado por mais de cem mil fãs.

— Olhem! — gritou Topaz, indicando a equipe mais distante.

Quatro corcéis negros enormes puxavam uma biga de ébano, pilotada por um homem vestido de preto com cabelo louro perfeitamente liso: Leopardo. Topaz tremeu quando ele se virou para a multidão, com o queixo ereto e a boca curvada em um sorriso arrogante. Agata, sua mãe orgulhosa, deu um grito alto quando o viu.

— Que diabos eles estão tramando? — Charlie balançou a cabeça de exasperação. — Não me digam que ela vai fazer com que ele assassine o imperador no meio da corrida!

Nathan deu de ombros.

— Não desconsidero nada. É o tipo de melodrama do qual eles gostariam — disse, como se *ele mesmo* nunca tivesse sido melodramático na vida.

Nesse momento, Jake entrou cambaleando, ofegando de exaustão, na praça parcialmente deserta atrás da arena. Ao ouvir o grito da multidão, sentiu uma mistura de pânico, medo e uma excitação estranha. Ele já tinha ido a alguns jogos de futebol em Londres, um deles em Wembley, mas o som vindo *desse* lugar não se parecia com nada que ele tivesse ouvido antes.

Jake espiou lá dentro: entre os arcos da frente e os doze que levavam à arena em si, na largura do prédio, havia um pórtico amplo. Ali, um pequeno exército de escravos, empregados e cavalariços se preparava para a corrida. De um lado, ele viu baias com cavalos adicionais e todo tipo de aparatos para bigas. Atrás dos pilares dos arcos, na luz intensa do sol, ele viu uma procissão seguindo pela pista. Os atletas de peito nu contornavam o final da *spina* e começavam o trajeto de volta. Quando seus olhos acompanharam os dançarinos, os címbalos tocando e as lanças com fitas foi que Jake reparou na fila de objetos idênticos suspensa sobre a extremidade da ilha central.

Ele prendeu a respiração.

Ovos. Ovos dourados, cada um do tamanho de um pedregulho, enfileirados sobre um grande corrimão de bronze. *Um, dois, três...* Jake os contou. Para ter certeza, contou de novo, arregalando os olhos de estupefação.

— Sete ovos dourados — murmurou, sem acreditar.

Sua mente disparou quando ele começou a juntar as peças do quebra-cabeça. Ele tinha visto os símbolos em Vulcano e de novo na noite anterior na sala de guerra de Agata; a palavra *Contadores* estava escrita embaixo.

— Contadores de voltas — disse Jake baixinho. — São sete voltas; cada uma é contada com um ovo. Eles precisam ser movidos ou virados cada vez que as bigas completam uma volta no circuito.

Ele relembrou o que Agata dissera naquela manhã: *No clímax da corrida, na virada do sete, uma bola de fogo, do tipo jamais vista no mundo, vai anunciar a revolução mais sangrenta de todos os tempos.*

Agora Jake entendia o que ela queria dizer.

— O sete, o sétimo ovo... — Ele sentiu os pelos se eriçarem na nuca. — É um detonador! A corrida termina e a bola de fogo é disparada. — Ele percebeu que só tinha uma opção. — Tenho que impedir a corrida.

De repente, na área entre os arcos, houve uma comoção. Quando as bigas se afastaram do final da procissão e entraram na colunata, os treinadores, ajudantes e cavalariços entraram em ação: foram cuidar de cavalos, ajustar arreios, verificar rodas de bigas e dar água e comida aos competidores.

Houve um som alto quando os portões de ferro da largada foram posicionados em cada arco. Os competidores manobraram as bigas para as posições de largada, uma atrás de cada portão, e seus treinadores sussurraram encorajamentos e instruções.

Enquanto Jake observava, levou outro choque. O último da fila era o Leopardo. Ele estava de pé em sua biga de ébano, estalando o chicote, e não só nos cavalos, mas também nos escravos. Ao sentir que estava sendo observado, ele se virou, mas Jake recuou rapidamente para trás de um pilar.

— Como faço para impedir isso? — disse Jake com desespero, sem nem conseguir pensar direito.

Na arena, "Tibério" ficou de pé e andou lentamente até a beirada do terraço. Ele pegou um lenço branco e o levantou alto no ar, olhando maravilhado para a multidão que esperava com grande expectativa. Austerio nunca tinha tido uma plateia assim e estava decidido a apreciar cada minuto dela.

Debaixo do pórtico, as bigas avançaram, os competidores segurando as rédeas com tensão. O Leopardo fechou os olhos e murmurou uma oração.

Por fim, o imperador baixou o lenço branco.

Os portões se abriram. As bigas dispararam pelos arcos em uma explosão de poeira, e cento e vinte e oito patas bateram no chão como trovão. Os milhares e milhares de romanos gritaram e acenaram para eles.

Sem pensar, Jake correu por um arco e saiu na pista. Sentiu o chão tremendo sob seus pés. Parou de repente, uma figura solitária no grande arco vazio da arena. Um amontoado de senadores em frente aos ovos de ouro olhou para ele, totalmente perplexos, quando ele se virou, voltou pela pista e passou pelo pórtico de novo.

Os treinadores e cavalariços o observaram marchar até as baias dos cavalos. Um já estava selado para um cavaleiro e mastigava palha silenciosamente quando Jake pulou nas suas costas, pegou um chicote pendurado na parede, bateu nos flancos do cavalo com os calcanhares e saiu cavalgando. (Bem antes de Jake conhecer os Guardiões da História, ele era um cavaleiro mais do que competente. Antigos amigos dos pais dele tinham um estábulo em Kent, e ele costumava ir lá com o irmão.) Houve gritos zangados, e homens saíram correndo para tentar bloquear sua passagem, mas Jake passou direto por eles, seguiu por debaixo de um arco e entrou na pista, logo atrás da nuvem de poeira. Ele se agachou e fez o cavalo galopar. O animal deu um salto, e Jake se segurou para se manter a salvo. Na verdade, ele não fazia ideia do que estava fazendo. Agiu por impulso, uma parte do cérebro dizendo que, para parar a corrida, ele primeiro teria que estar *nela*.

Ele prosseguiu, e o cavalo aproveitou a oportunidade de galopar sem estar preso em uma biga. Os romanos que gritavam não passavam de um mar rugindo nas extremidades da visão de Jake.

Em segundos, já se aproximava da última biga. Ela estava bem atrás, com uma roda torta. De repente, houve um estalo violento, e a roda saiu voando como um míssil. O cavalo de Jake desviou para o lado para fugir dela, que saiu girando e quicou na direção da plateia que gritava.

O veículo virou de lado, jogou o homem no ar e caiu no chão. A biga quebrada continuou sem ele, e o eixo partido fez uma fenda funda na areia. Jake a ultrapassou por dentro, mas os quatro garanhões continuaram correndo mesmo assim, com olhos selvagens, as patas batendo no chão, os enfeites de cabeça com penas voando ao vento.

Jake estava agora se aproximando das outras bigas. Em meio à nuvem de poeira, ele nem conseguia ver direito as patas batendo no chão, os membros em movimento e os chicotes voando. Eles fizeram uma curva fechada no final da *spina*, aproximando-se perigosamente. O eixo da roda da biga mais perto do centro da pista raspou no muro de mármore e gerou uma chuva de fagulhas. Por um momento, Jake achou que ela ia virar, mas o competidor mudou de posição, e a biga se endireitou e seguiu em frente.

Na lateral do estádio, onde ficava o imperador, gritos frenéticos surgiram. As sete bigas que restavam correram em direção aos doze arcos. Quando Jake contornou a *spina*, reparou em outra fileira de contadores dourados grandes acima dele, com formato de golfinhos, em vez de ovos. Dois servos puxaram uma alavanca para virar o primeiro de cabeça para baixo; ele brilhou na luz do sol ao virar. Jake percebeu o olhar perplexo deles ao passar. Isso o fez lembrar que o que fazia era loucura; acabaria sendo apreendido a qualquer minuto. E o pior era que o espaço entre ele e as bigas estava crescendo. Ele seguiu em frente mesmo assim: *tinha* que encontrar uma forma de fazê-las pararem.

Nathan, Charlie e Topaz estavam tensos de ansiedade. Tinham se aproximado do *pulvinar*, cada um de olho nos ocupantes. Caspar continuou comendo desesperadamente, enquanto

Agata Zeldt chegou à frente e se posicionou ao lado do imperador. Mas isso foi tudo que aconteceu.

Eles viram a corrida começar e repararam em um único cavaleiro partindo atrás das bigas. Charlie não foi capaz de explicar quem era ele.

— Só um maluco, eu acho — murmurou.

Só quando ele fez a curva e começou a galopar na direção deles Topaz enxergou melhor. Havia alguma coisa nele que parecia familiar, mesmo de longe. Lentamente, ela se deu conta.

— *Mon dieu!* — exclamou. — *C'est lui.* Olhem — ela segurou os braços dos companheiros —, é Jake. Aquele no cavalo é Jake! — A sensação inicial de alívio por ele ainda estar vivo foi substituída por incompreensão absoluta. — *Qu'est-ce qu'il fait ici?*

— Acho que o sol deve estar fazendo mal a você — disse Nathan ao olhar para o cavaleiro. De repente, percebeu que Topaz estava certa. — Mas o quê, pelo amor de Deus...? — Ele parou de falar, boquiaberto.

— Rapaz inteligente — declarou Charlie, e os cantos da boca subiram em um sorriso. — Não faço ideia do que ele está fazendo, claro, mas ele é um rapaz inteligente.

Nesse momento, Jake passou por eles, bem abaixo. Charlie teve que se impedir de pular e gritar. O que ele fez foi fechar as mãos de empolgação e murmurar:

— Ele tem um plano! Unicórnios saltitantes, ele tem um plano!

Nathan balançou a cabeça e espiou com cautela Agata Zeldt e Caspar Isaksen no *pulvinar*.

Caspar estava de pé, boquiaberto, paralisado e confuso; ele também tinha visto Jake. Obviamente com medo da reação dela, ele se inclinou e sussurrou no ouvido de Agata. Enquanto ela ouvia, seu sorriso sádico se transformou em uma expressão ácida de desprezo e ela mostrou os dentes em fúria.

Nessa hora, Charlie e Topaz sufocaram um grito ao mesmo tempo, com expressões congeladas de pavor...

Jake viu o acidente desde o começo. As sete bigas restantes estavam muito perto umas das outras, seguindo pela reta final da pista, quando o Leopardo, em segundo lugar, desviou e forçou a biga ao lado contra o muro da *spina*. Houve uma chuva de fagulhas quando a biga ricocheteou. Ela balançou, mas se endireitou. Mais uma vez, o Leopardo jogou a biga contra a outra. Entretanto, a roda do oponente se partiu e rodopiou por cima dos cavalos.

Os animais relincharam de pânico quando a biga e o homem caíram ao lado deles. Os dois do meio caíram e arrastaram os outros na direção do *pulvinar*; em seguida, caíram bem no caminho das outras. Os cavalos que se aproximavam tentaram pular o obstáculo, mas as bigas se emaranharam e viraram uma pilha caótica que puxou os cavalos para trás.

Quando Jake estava se aproximando dos destroços, seu cavalo foi diminuindo a velocidade e parou de susto, quase derrubando o cavaleiro. Por um momento, Jake avaliou a cena enquanto se perguntava se sua missão de impedir a corrida já não tinha sido alcançada.

Mas então ele viu que o Leopardo tinha se desviado da pilha de cavalos e veículos e seguia em frente. Uma equipe de cavalos cinza também tinha conseguido se soltar da confusão e seguia atrás dele.

Mais uma vez, Jake não pensou, apenas agiu. À sua direita, uma equipe de baios também tinha se libertado, mas estava agora puxando uma biga vazia. Ele se virou na sela e, depois de escolher o momento certo com atenção, se jogou do cavalo na biga. Ele segurou as rédeas e as balançou. Os quatro cavalos dispararam, contornaram a confusão do acidente e aceleraram atrás do Leopardo e do oponente dele. A plateia rugiu de euforia, sem perceber que um novo condutor tinha se juntado à briga, enquanto Agata Zeldt retorcia as mãos de irritação.

Um pequeno exército de escravos surgiu para retirar os destroços de bigas e cavalos e limpar a passagem para os competidores que restavam.

Enquanto conduzia os animais pela reta de trás, Jake viu de soslaio o segundo ovo dourado sendo virado. Ele se segurou desesperadamente, pois a biga era leve e flexível, feita apenas de tiras de madeira e ganchos de metal, e sacudia a cada irregularidade na areia. As duas rodas de oito raios também eram de madeira, com cobertura de bronze; uma vara central debaixo do veículo o ligava aos arreios dos cavalos.

De repente, Jake bateu em uma fenda profunda, foi jogado no ar e perdeu o equilíbrio. Ele se agarrou às rédeas e conseguiu cair na parte de trás da plataforma, vendo a pista passando com velocidade alarmante abaixo dos pés. Ele se puxou para a frente, enrolou as rédeas nos pulsos e firmou bem as pernas. Começou a pegar o jeito e acelerou, o vento soando alto nos ouvidos.

23 Bola de Fogo em Roma

Depois de quatro voltas tensas, Jake ainda não conseguira diminuir a distância. Pensou em dar meia-volta e seguir em direção aos outros de frente; duas vezes, ele tentou executar essa manobra, mas os cavalos foram treinados para rodar em uma direção e não entenderam o comando dele. Quando começaram a galopar, ele nem conseguiu direito fazê-los diminuírem a velocidade. E agora, a distância entre ele e os outros tinha aumentado, e, quando ele passou no final da *spina* e viu o quinto ovo dourado virar, começou a entrar em desespero. Cada parte de seu corpo latejava de dor. Até respirar tinha se tornado uma agonia.

Mas, quando sentiu que não conseguiria prosseguir, uma coisa apareceu na poeira à frente dele, enevoada no começo, mas ganhando foco gradualmente. Era o espectro de um homem, pairando no ar à frente dele. A barulheira ao redor de Jake sumiu quando a figura ganhou forma. Sua postura era nobre, o sorriso era caloroso e os olhos brilhavam. Era seu irmão Philip, não com a aparência de quando desaparecera três anos antes, mas como estaria agora, um jovem de dezessete anos. Jake sabia que isso não passava de uma miragem, um produto de seu delírio, mas agora tinha certeza de que Philip estava vivo em algum lugar, que o chamava de algum canto escuro da história. A aparição foi se apagando e sumiu, mas os olhos permaneceram um momento a mais do que o resto.

Mais uma vez, os gritos da plateia o ensurdeceram; o som tinha voltado, assim como sua determinação. Se Philip estava vivo em algum lugar deste mundo, em algum lugar deste multiverso de tempo, *esse* era um motivo para seguir em frente.

Jake dobrou os joelhos e fez os cavalos seguirem mais rápido. A plateia, sentindo sua determinação, pulou de pé na hora em que ele contornou a *spina* e seguiu pela reta perto da linha de chegada.

Agata Zeldt, boquiaberta, deixando a discrição de lado, correu até a beirada do camarote real (literalmente pisando nos dedos do imperador), enquanto Jake avançava. Ele a viu, um brilho de cabelo ruivo, passando em disparada.

O chão tremeu quando ele começou a alcançar as outras duas equipes. Acabou chegando junto ao segundo condutor, um homem enorme e musculoso de barba escura e um rosto coberto de cicatrizes, que não se virou para olhar para Jake e focando altivamente para a frente, usando o chicote nos cavalos cansados.

Quando Jake o ultrapassou por dentro, o oponente desviou de repente, tentando forçar Jake contra o muro da *spina*. Mas ele se manteve firme, e as duas bigas se encostaram. Agora, foram lançadas na direção oposta, contra o muro externo. Jake forçou cada vez mais o oponente, de forma que a roda mais distante caiu em uma vala de escoamento funda. Ela saiu arrastando e forçou as duas bigas a quase pararem. De repente, Jake conseguiu soltar sua roda, na mesma hora em que o adversário virou e caiu no chão.

Os gritos da plateia haviam chegado ao ápice. Jake disparou atrás da biga preta do Leopardo. Ao contornar a *spina* mais uma vez, ele viu o *sexto* ovo dourado ser virado. Faltava uma volta.

O Leopardo finalmente olhou para trás e ficou estupefato quando viu quem estava atrás dele. Ele bateu o chicote na direção de Jake, horrorizado quando viu que cada filamento terminava em uma garra afiada. Jake se abaixou quando o chicote passou assobiando por cima de sua cabeça e perfurou o flanco de um de seus garanhões. O cavalo deu um grito de dor na hora que a lâmina arrancou uma tira da sua pele. Jake ferveu de raiva e ficou ainda mais determinado a derrotar aquele monstro. Quando o Leopardo bateu o chicote outra vez, Jake segurou uma ponta, a enrolou na mão e puxou, quase conseguindo desalojar o inimigo. Mas o Leopardo puxou com ainda mais força, apertando o couro ao redor da mão de Jake.

O Leopardo tinha mais truques escondidos na manga: chutou uma alavanca no chão do veículo, o que fez uma série de facas surgir dos eixos das rodas. Ele deu um sorriso malicioso ao puxar o chicote, arrastando a biga de Jake na direção das lâminas giratórias.

Jake não podia fazer nada para impedir: os raios da roda se quebraram, o eixo estalou e a biga saiu voando, levando Jake junto. Ele se agachou e se jogou com um salto no ar até cair com um solavanco no eixo do veículo do Leopardo. Ele olhou para baixo e viu o chão passando a centímetros.

A multidão estava eufórica. Todos pulavam nos assentos e berravam de prazer; todos, exceto Agata, que enfiava as próprias unhas no pescoço. Ao lado dela, Caspar ficou olhando, completamente confuso.

Quando Jake se recuperou e se equilibrou precariamente, o Leopardo, não mais sorrindo, puxou a espada e o atacou. Jake desviou da lâmina e saltou para a frente, segurou o pulso do garoto e bateu com ele na frente da biga. Quando a arma caiu com um estalo no chão, Jake pulou e deu uma cabeçada no Leopardo, mas o bárbaro conseguiu segurar o rosto de Jake. Enquanto os garanhões negros galopavam na direção da linha de chegada, o Leopardo foi apertando cada vez mais, afundando os dedos nos olhos de Jake.

Agata sentiu que conseguia respirar de novo, mas só por um segundo. De repente, os cavalos tropeçaram em um resto de biga quebrada. As rédeas foram arrancadas da mão do Leopardo. Jake aproveitou a oportunidade e deu um soco no queixo dele, depois na bochecha, para depois pular e rolar pela areia. Por um momento, o Leopardo cambaleou como bêbado. Em seguida, a biga se espatifou contra o muro, e ele foi jogado longe e caiu esparramado na vala de escoamento.

O sétimo ovo dourado ainda não tinha sido virado.

Os lábios pálidos de Agata tremeram. Por um momento terrível, pensou que o filho estivesse morto, mas ele moveu a cabeça e tentou levantar o braço. Ela se virou furiosa e gritou para dois de seus guardas:

— Ajudem-no, seus idiotas!

Enquanto eles corriam pela pista, Agata reparou em mais três pessoas pulando na arena: Nathan, Charlie e Topaz.

— Traidores! Bruxa! — gritou ela, e partiu para cima dos soldados que restavam. — Matem-nos! — O rosto dela estava roxo de fúria. — Matem todos! Piquem em pedacinhos!

O grito dela foi tão agudo que Caspar e Austerio colocaram os dedos nos ouvidos e ficaram olhando os guardas correrem para a pista.

Os Guardiões da História correram até Jake. Topaz caiu de joelhos ao lado dele.

— Jake! — disse ela, ofegante, aninhando a cabeça dele nas mãos. O rosto dele estava quase irreconhecível, coberto de sangue seco, cortes e hematomas.

Ele abriu os olhos e, quando viu a aparição acima, uma deusa enevoada emoldurada pela luz do sol, abriu um sorriso.

— O que você estava fazendo? — perguntou, impressionada.

— B-Bola de fogo — gaguejou Jake.

— Bola de fogo? — perguntou Nathan. — Que bola de fogo?

Jake se controlou.

— Bomba — disse ele. — Pólvora. Ali. — Ele apontou um dedo coberto de sangue para a *spina*. — Os senadores... — Ele fez um gesto de explosão com as mãos. — *O fim das soberanias.*

— Há bombas debaixo da *spina*? — esclareceu Charlie.

Jake assentiu e apontou de novo.

— Quando o sétimo ovo for virado.

Um arrepio de percepção os fez tremer.

— O plano é assassinar os senadores — exclamou Charlie —, não o imperador.

— Temos que tirá-los dali... — O cérebro de Nathan já estava procurando uma solução.

Jake esticou o braço para Topaz e agarrou a mão dela. Por um segundo, ele se perdeu nos olhos dela. Eles estiveram frios e duros por muito tempo, mas agora pareciam brilhar como no dia em que a conheceu.

— Lucius está vivo — disse.

Topaz se inclinou e deu um beijo nele.

— Você é incrível — sussurrou ela.

— Topaz! Atrás de você! — gritou Nathan quando os guardas se aproximaram com as espadas em riste.

Topaz deu um salto e puxou a arma ao se virar. Ela lutou com eles com precisão implacável, e Charlie e Nathan correram para ajudá-la. Os três estavam tão incendiados pelo entusiasmo, seus movimentos tão precisos de tanta adrenalina, que despacharam os soldados quase imediatamente.

Jake sentiu um calor pulsar pelo corpo. *Você é incrível*, repetiu, e concluiu que, se morresse agora, morreria feliz.

Mais soldados pularam na vala funda para ajudar o Leopardo. Embora atordoado, ele só tinha uma coisa em mente: o sétimo ovo dourado.

— De joelhos — ordenou ele a um dos homens, que se abaixou obedientemente. O Leopardo o usou como degrau para voltar à pista. Mas, quando saiu no sol forte, o estádio todo tremeu na frente de seus olhos, e ele caiu na areia.

Mais uma vez, os guardas o colocaram de pé. Ele os empurrou e mancou cambaleante na direção dos ovos dourados no final da *spina*.

— Vocês vão morrer — rosnou ele para os senadores. — Vocês todos vão morrer.

Agata arregalou os olhos de alarme ao vê-lo.

— Querido — murmurou ela —, o que você está fazendo…?

Mais uma vez, as pernas do Leopardo cederam, mas, de novo, ele se levantou e foi em frente.

Nathan percebeu que deveria agir rápido. Ele se virou e partiu para onde os ursos estavam acorrentados. Pegou um pedaço enorme de carne do cesto de alimentação e soltou o maior, um animal enorme coberto de cicatrizes. Usando a carne como isca, levou o urso pela pista, na direção dos degraus do outro lado da *spina*. Vários senadores observaram horrorizados quando o urso andou pela areia na direção deles, rosnando e salivando. Alguns começaram a se afastar e descer pelo outro lado, correndo para se esconder.

Agata não os estava vendo. Seus olhos estavam grudados no Leopardo, que agora subia os degraus na direção dos ovos dourados.

— Querido — ela balançou a cabeça, confusa —, o que você está fazendo? — Ela se virou para Caspar. — O que ele está fazendo?

Ele não precisou responder. O Leopardo pretendia ele mesmo detonar a bomba.

O urso seguiu em frente, hipnotizado pelo cheiro da carne cheia de sangue. De repente, partiu para cima da comida. Mas, como um toureiro, Nathan a afastou dele. A grande fera ficou de pé nas patas de trás e rosnou de fúria.

A plateia ficou de pé mais uma vez, excitada pela virada repentina nos jogos.

Enquanto isso, o Leopardo chegava ao alto da escada e cambaleava na direção da fila de ovos. Sua expressão era tão assassina que os responsáveis pela contagem de voltas saíram correndo para a multidão. Ele pisou na base e esticou a mão para o último ovo. O metal, quentíssimo devido ao sol, queimou sua mão quando ele tocou nele.

Ao perceber que não havia mais tempo, Nathan se virou e jogou o pedaço de carne. Ela espiralou pelo ar e jogou uma hélice de sangue em todas as direções enquanto seguia para a *spina*. Um grupo de senadores observou com perplexidade a carne seguir na direção deles. Eles se separaram, e o alimento caiu com um estalo na pedra. O urso saiu atrás da carne e subiu os degraus. Ao mesmo tempo, seiscentos senadores deram gritos de pavor e começaram a se jogar por cima do parapeito, um grande mar branco e roxo caindo na pista. Eles se espalharam pelo estádio como uma flor gigante que abria as pétalas de repente. O urso era grande e desajeitado, e teve dificuldade para subir a escada estreita na direção da comida.

Ignorando o calor intenso, o Leopardo esticou a mão na direção do ovo novamente, mas agora foi jogado para trás pela correria de senadores. Ele sibilou de raiva enquanto forçava caminho entre eles. Trincou os dentes e esticou a mão.

— Faço isso pela história! — gritou, e desta vez girou o ovo com determinação no próprio eixo.

— Não! — exclamou Agata, sem voz, com olhos arregalados.

Mas não houve explosão. O Leopardo não tinha virado o ovo completamente. Por um momento, ele ficou olhando para o objeto, confuso. Ao redor dele, os homens fugiam em pânico, enquanto o urso ia pegar seu prêmio. O Leopardo estava alheio a tudo, sua mente concentrada em uma coisa apenas. Mais uma vez, ele levantou a mão e virou o ovo.

Desta vez, o mecanismo estalou e entrou em ação.

Agata parou de respirar, paralisada e boquiaberta.

Jake reparou que se fizera um silêncio estranho, como se tudo estivesse abafado de repente. E então, seus ouvidos estalaram, ele ouviu a explosão e sentiu a onda de calor intenso. Houve um brilho, e Jake viu o Leopardo sair voando. Ele pareceu gracioso, quase um bailarino, mesmo quando sua cabeça se separou do corpo.

— Nãããããããão! — gritou sua mãe, o rosto iluminado pela explosão.

Houve um grande estalo. A extremidade da *spina* desmoronou e os três cones de mármore preto caíram como pinos de boliche. Animais começaram a sair dos escombros: tigres, leões e leopardos. O urso que tinha subido na plataforma estava parado com a carne pendurada na boca. Ele também pulou da *spina* e caiu em meio a uma nuvem de poeira. A plateia inteira estava paralisada de perplexidade.

Mais explosões vieram em seguida, uma a uma, pela ilha central, jogando chuvas de pedras. O gigantesco obelisco balançou para a frente e para trás, houve um som de pedra arrastando e ele também caiu de lado. O inferno foi extraordinário, espetacular, o calor das chamas ainda mais intenso do que o sol no céu. Onda após onda de calor rolou para cima de Jake e seus companheiros.

Gritos soaram pelo estádio enquanto as pessoas corriam para as saídas, os fracos e velhos empurrados para o lado e pisoteados no meio do desespero. Fumaça densa cobria a pista. Os animais, alguns feridos e uivando de dor, surgiram do meio dela, junto com senadores sufocados e chocados. Um tinha perdido o braço e o procurava, e vários estavam deitados na areia, sem vida. Mas a maioria tinha sobrevivido à explosão e subia para a arquibancada.

— Eles estão indo embora — murmurou Caspar para Agata, com um pedaço de bolo pendurado na boca. — Eles deveriam estar indo embora?

Agata torceu as mãos e rosnou como um gato selvagem olhando com raiva para os Guardiões da História.

Tossindo com a fumaça, Topaz pegava as espadas dos soldados mortos enquanto Nathan e Charlie ajudavam Jake a se levantar.

— Quantas vezes preciso mandar? — gritou Agata para o resto de sua comitiva. — Matem-nos! Matem-nos todos. Matem minha filha!

Os soldados se afastaram dela; eles estavam relutantes em descer para a pista e encarar as feras selvagens. Um leão comia um pedaço de mão, enquanto um tigre rosnava de pé em cima de um montinho branco e imóvel, o corpo de um senador.

Nesse momento, Agata reparou em Austerio, com o rosto vermelho de pânico, murmurando baixinho enquanto procurava fugir. Ela o interceptou e lhe deu um tapa na cara.

— Você pertence a mim, seu sapo — sibilou ela, arrastando-o de volta ao trono pela orelha. — Vai fazer o que eu mandar!

O pobre ator se encolheu para longe dela, lágrimas escorrendo pelas bochechas.

— Não consigo trabalhar assim — gaguejou ele. — Tenho baixa tolerância ao perigo. A mera menção de perigo me deixa incapaz.

Agata partiu para cima dele, extravasando toda sua ira. Ele cobriu a cabeça com as mãos e implorou por misericórdia enquanto ela lhe dava socos e tapas.

Ao ver o que estava acontecendo, Charlie percebeu imediatamente uma oportunidade. Ele pulou na balaustrada e, indicando Austerio, gritou o mais alto que conseguiu que o imperador estava em perigo:

— *Imperator in periculo est! Imperator in periculo est!*

O barulho na plateia era tanto que apenas algumas poucas pessoas o ouviram a princípio. Mas, quando entenderam o que acontecia no camarote imperial, viraram-se para as pessoas ao lado e apontaram. Primeiro perplexidade, depois raiva tomaram conta da plateia. Já convencida de que uma rebelião mortal estava acontecendo, a multidão partiu para cima do imperador.

Caspar engoliu em seco ao vê-los e puxou o vestido de Agata. Ela parou de bater em Austerio, virou-se e viu as pessoas se aproximando e sacudindo os punhos. Ela levantou a mão e, com uma voz trovejante, mandou que parassem, mas as pessoas a ignoraram.

Agata percebeu que não tinha mais tempo. Ela largou Austerio como um saco de lixo; em seguida, se virou e abriu a porta dupla do *pulvinar*. Por um segundo, olhou para o oceano de pessoas furiosas, para a ruína fumegante da *spina*, para os restos partidos e sangrentos na extremidade da arena que no passado foram o filho dela. Três tigres o envolviam, lambendo os lábios.

Agata rosnou com despeito.

— Que a ignorância mate todos vocês! — gritou ela para o povo, e desapareceu no prédio. Caspar e o resto dos guardas foram atrás e bateram as portas.

Nathan foi o primeiro a pular no camarote. Charlie e Topaz ajudaram Jake em seguida.

Ainda tremendo, Austerio espiou entre os dedos. Ao reconhecer os agentes, ele se sentou, balançando a cabeça de surpresa.

— Meus fãs — soluçou. — Vieram salvar Austerio!

— Isso mesmo — respondeu Nathan, passando direto por ele e jogando o peso do corpo contra a porta dupla. — E bem na hora do clímax.

Charlie foi ajudá-lo, e juntos acabaram arrombando a porta.

— Vamos? — perguntou Nathan, virando-se para os outros. Topaz olhou para Jake.

— Você fica aqui. É mais seguro.

— Você acha que vou abandonar vocês agora? — gritou ele.

Os quatro jovens agentes passaram pela porta.

— Me esperem! — disse Austerio, correndo atrás deles. — Não me deixem com essa ralé.

O interior era uma câmara branca e quadrada cheia de estátuas e iluminada por braseiros fumacentos presos à parede. No fundo estavam cinco soldados, protegendo a entrada do longo túnel que levava ao Palatino. Quando viram os invasores, levantaram as armas, mas havia insegurança nos olhos deles.

— É sério, rapazes — disse Nathan com um sorrisinho —, vocês devem saber que já era agora!

Um dos guardas esticou a mão para o bracelete prateado, mas Nathan foi mais rápido, lançando sua adaga como um tiro. Ela cortou a corda que o prendia ao teto, e brasas acesas caíram na cabeça do homem. Os outros soldados correram para ajudá-lo, mas tropeçaram no carvão quente. Em uma série de movimentos de tirar o fôlego, Nathan desarmou o primeiro homem com um golpe certeiro, paralisou o segundo com um golpe de cotovelo e derrubou o terceiro ao virar um busto de mármore de Augusto na cabeça dele.

— *Nós* podemos brincar? — perguntou Charlie com ironia quando os quatro agentes se aproximaram do soldado que restava, que apontou a espada para um deles de cada vez e os xingou.

— Batata quente. — Charlie piscou, pegou um pedaço de carvão com a ponta da espada e jogou precisamente nas dobras da túnica do guarda.

Quando o homem começou a pular de pânico, Austerio deu um passo à frente.

— Que drama — comentou ele secamente, empurrando a barriga e jogando o homem contra a parede. — Estão vendo? — disse ele, fazendo beicinho. — Não sou só um rostinho bonito.

— Vamos! — ordenou Nathan, e os cinco correram pela passagem atrás de Agata, seus passos ecoando alto pela passagem.

No final, bem ao longe, viram um retângulo de luz que piscou quando duas pessoas passaram por ele. Os quatro agentes apressaram o passo, e a respiração de Austerio chiava enquanto ele tentava acompanhar.

Pareceu uma eternidade até que chegassem à luz, mas, de repente, viram uma escadaria iluminada pela intensa luz do sol. Nathan espiou por ela e sinalizou para que os outros o seguissem em silêncio. Com as armas em riste, eles subiram com cautela.

Saíram em um jardim tropical cheio de flores coloridas. Jake o reconheceu daquela manhã cedo; ele o vira da sala onde ouviu os planos diabólicos de Agata. Estava vazio, e Nathan seguiu na frente pelas árvores, na direção de um arco.

Eles andaram até a arena onde acontecera a festa. Ficava diferente à luz do dia, vazia e silenciosa, exceto pelo chafariz. De repente, de cima, ouviram um som curioso, e uma forma enorme surgiu, alta, acima do jardim. Jake ficou olhando sem entender, mas Charlie reconheceu na mesma hora.

— O balão! — exclamou ele. — Agata deve estar fugindo nele.

Ele estava certo; o balão se balançava de um lado para outro, quase inflado.

Foram até a porta ao lado da estátua de Saturno. Nathan ainda tinha a chave, e a destrancou apressadamente. Todos entraram e subiram a escadaria em espiral, um lance, dois, três... No alto, Nathan passou por outra porta.

Naquele exato momento, o balão decolou, levando Agata e Caspar na cesta, ela agarrando uma caixa de madeira entalhada e o falcão empoleirado no ombro. Quando o balão se encheu ao máximo e os ergueu no céu, os quatro Guardiões da História se jogaram nele e cada um agarrou uma das cordas penduradas.

Com o peso deles, o balão voltou ao chão. Agata reagiu imediatamente: com um movimento de espada, cortou a corda de Charlie, depois a de Nathan. O balão começou a subir de novo, Jake ainda pendurado de um lado e Topaz do outro.

Agata olhou para a filha, e seus olhares se cruzaram. Havia tanta história entre elas. A espada de Agata ficou no ar, com a ponta a dois centímetros do olho de Topaz; ela podia perfurá-la e nunca mais ter notícias dela. Mas impediu-se. Apenas uma palavra saiu dos lábios dela:

— Ingrata...

Ela cortou a corda. Topaz caiu, seu vestido voando no vento. Nathan e Charlie correram e conseguiram segurá-la.

— Jake! — gritou Topaz quando o balão começou a subir novamente.

O estômago de Jake deu um nó quando ele viu toda Roma espalhada a seus pés. Com determinação implacável, enquanto Agata estava distraída, observando Topaz, ele se ergueu até a beirada da cesta e segurou a toga de Caspar. Jake sentiu a barriga suada do garoto balançando quando ele deu uma risadinha aguda.

— Já falei uma vez, vou falar de novo — disse Caspar, debochando. — Você e sua família são as pessoas mais burras da história.

Jake continuou segurando, com os olhos grudados na caixa de madeira nas mãos de Agata.

— Vou apreciar sua morte... — Caspar pegou uma adaga com uma das mãos e segurou Jake pelo pescoço com a outra. O falcão de Agata bateu as asas, agitado, ao redor da cesta.

Jake olhou para baixo de novo. Estava tão alto acima do terraço que Topaz e os outros agora não passavam de pontos em movimento.

— Adeus, Jake — disse Caspar, e baixou a arma.

A lâmina reluziu, mas nunca atingiu o alvo.

Tudo pareceu acontecer em câmera lenta. O brilho malicioso no olhar de Caspar sumiu e foi substituído por uma expressão de confusão. Ele deu um grito quando Agata se inclinou e, com uma das mãos, empurrou-o pela beirada da cesta, pretendendo se livrar dos dois garotos de uma vez. A adaga de Caspar caiu da mão dele, mas, por um segundo, ele continuou se segurando enquanto olhava para ela com pavor e perplexidade.

— Você está fazendo peso demais — disse ela, soltando os dedos gordos dele um a um.

De repente, houve um grito agudo quando o falcão acidentalmente encostou a asa no queimador. Ele bateu as asas, desesperado, na cara de Agata. Quando ela o empurrava para longe, deixou cair a caixa no chão. Jake viu sua oportunidade, se inclinou pela beirada e a pegou. No mesmo momento, Caspar não conseguiu mais se segurar na cesta. Ele caiu, mas se segurou nas roupas de Jake, e o peso puxou os dois para baixo. Eles despencaram, com as roupas batendo no vento, presos em um emaranhado de membros. Foram de encontro ao chão rapidamente. Caspar bateu no terraço primeiro e rachou o mármore. Jake caiu em cima dele, e sua queda foi protegida pela barriga grande do garoto.

Por um momento, Caspar olhou para cima com uma expressão idiota, vendo o balão se afastar pela cidade e percebendo que fora abandonado.

Jake rolou de joelhos e levantou a caixa. Nathan a pegou, a abriu e sorriu. Dentro estavam dois frascos cheios de atomium, os mesmos roubados em Estocolmo.

Eles se viraram para olhar Caspar.

— Não consigo sentir nada — murmurou o garoto, com medo. Ele tentou levantar a mão. — Por que não consigo sentir nada? — Uma poça de sangue se espalhava no mármore branco debaixo dele. Ele olhou para cada um dos agentes. Mesmo naquele estado, sua mente ardilosa ainda estava trabalhando. — Talvez eu tenha ido um pouco longe demais... — Ele tentou sorrir. — Agata Zeldt faz uma lavagem cerebral em você, entendam... — Ele parou. — Por que está ficando escuro? — perguntou ele, ofegante.

— Caspar — disse Jake —, você precisa me contar. Você viu meu irmão?

— Não preciso fazer nada por você... Está escuro como breu! — gritou, o corpo tremendo e o rosto pálido.

— Me responda! — insistiu Jake. — Você viu o Philip? Me conte!

— Sim, eu o vi — disse Caspar com desprezo. — Eu até o torturei. Mas imagino que já esteja morto a essa altura. — O garoto tentou rir. — Ele pensou que vocês o tivessem esquecido... *Os Guardiões da História*. — Pareceu cuspir as palavras. — Vocês são todos amadores.

Jake o sacudiu.

— Onde você o viu? — perguntou em desespero.

— Uma escuridão tão terrível. — Caspar suspirou. E então seus olhos pararam de se mexer e ele ficou imóvel.

— Onde você o viu? — gritou Jake de novo. Mas Caspar estava morto, assim como tudo o que sabia. — Onde? Onde? — disse Jake, soluçando.

Topaz passou os braços ao redor dele e o abraçou. Nathan e Charlie trocaram um olhar sério.

O balão de Agata voou ao longe, indo cada vez mais alto no céu quente da tarde. Em cada rua, o trânsito parou e as pessoas olharam para cima, estupefatas pela aparição flutuando em silêncio no céu. O balão seguiu para noroeste, voando por cima do Circus Maximus; passou pelo Campo de Marte, pela ilha Tiberina e pelos moinhos de Trastevere. Passou pelo majestoso monte Janículo e sumiu de vista.

24 Um Lugar na História

Nathan e Charlie cobriram solenemente o corpo de Caspar. Ele podia ter sido um traidor, mas todos estavam tomados de remorso. Afinal, ele já tinha sido um deles, um Guardião da História, e de uma das famílias mais nobres do serviço secreto.

A remoção do cadáver não foi uma coisa prática; mas, depois de se esgueirarem escada abaixo e fugirem dos guardas que restavam, foram direto para um agente funerário (um *libitinarius*) no qual Charlie tinha reparado em meio a uma fileira de lojas no pé do Palatino. Lá, falaram com um homem sombrio e esquelético (Jake se perguntou por que agentes funerários sempre pareciam meio mortos), deixaram dinheiro e instruções para uma cerimônia completa. Sabiam que em algum momento teriam que se encontrar com a família de Caspar; queriam poder garantir que ele tinha sido enterrado com dignidade.

A próxima parada foi a *taberna* onde Jake tinha deixado Lucius. Conforme andavam em meio ao tráfego, Topaz acelerou o passo com nervosismo. Quando o viu sentado em frente ao bar, saiu correndo, segurou o rosto cheio de sangue nas mãos e o beijou. Jake parou e olhou para os dois. Concluiu que não sentia mais ciúme, e sim orgulho, pois, de sua maneira, conseguira uni-los de novo.

Nathan e Charlie foram buscar Mr. Drake no esconderijo (o papagaio ficou tão feliz por não ter sido deixado para trás que se esqueceu completamente de ficar zangado com o dono), depois para o Fórum Boário, na esperança de encontrar alguém que os levasse de volta a Óstia, onde o *Conqueror* estava ancorado.

O momento não poderia ter sido melhor: Gaius, o perfumista cego, tinha vendido todo seu estoque e estava lotado de pedidos de abastadas donas de casa. Em resumo, ele precisava voltar para sua cidade urgentemente para fabricar mais. Charlie e Nathan ficaram muito felizes em poder ajudá-lo. Eles subiram na carroça com o homem (bem mais espaçosa sem os frascos), foram buscar os outros na *taberna* e, com a trupe completa, inclusive Austerio, seguiram viagem de volta a Óstia.

Quando estavam subindo o monte Célio, Jake olhou para a metrópole abaixo, com o sol se pondo atrás do Circus Maximus. O estádio estava sem espectadores, mas um exército de trabalhadores já limpava os destroços da *spina*, prontos para consertá-la.

— Não é a primeira vez que é reconstruída — disse Charlie — nem vai ser a última. Vão fazê-la melhor, mais forte e até mais majestosa do que antes.

Quando chegaram ao cume, Gaius começou a cantar. Austerio se juntou a eles, e Lucius também. Apesar de não saberem a letra, os outros também começaram a murmurar a melodia. Nem Nathan, que costumava detestar cantorias, conseguiu resistir. Jake deu uma última olhada em Roma, agora não mais do que um amontoado de luzes tremeluzentes no crepúsculo, que logo sumiu de vista.

Ele se deitou, olhou para o céu azul-escuro e pensou nos eventos do dia: na fuga do aviário de Agata, na corrida de bigas no Circus Maximus, nas bombas, nas feras selvagens, no balão (tremeu ao pensar que poderia ter morrido mais de cinco vezes) e, por fim, na notícia sensacional de que Philip tinha sido visto vivo.

Vivo.

Sim, eu o vi, dissera Caspar com desprezo. Uma notícia maravilhosa, apesar de sua última frase parecer afastar a esperança novamente: *Mas imagino que já esteja morto a essa altura.* E o pior: *Ele pensou que vocês o tivessem esquecido.* Nunca. Philip *jamais* seria esquecido.

Jake olhou para o céu quando as primeiras estrelas piscaram e decidiu que, ao menos por aquela noite, Philip *estava* vivo, que a aparição que vira na arena era de alguma forma uma garantia de que seu irmão existia em alguma parte do mundo, em algum momento da história. Com isso, uma paz estranha tomou conta de Jake, e ele caiu em sono profundo.

Foi acordado no meio da noite por Topaz e Lucius conversando em sussurros.

— Não entendo — dizia Lucius. — Por que você tem que ir embora?

Topaz procurou as palavras certas.

— Lucius, eu... venho de uma parte diferente do mundo, bem, bem longe daqui. E preciso voltar... É meu dever — acrescentou ela solenemente.

— Dever? — Jake conseguiu ouvir a voz de Lucius falhar de emoção. — Você ama outra pessoa?

— Acho... que tem muitas coisas. É quase impossível explicar, é uma questão de honra.

O silêncio se estendeu por um longo tempo, até que Lucius disse:

— Eu queria construir uma casa perto do mar para você.

Jake abriu os olhos de leve e viu que Topaz acariciava o rosto dele, enquanto uma lágrima lhe escorria pelo rosto.

— Vamos cuidar para que você esteja em segurança — disse ela. — Que você tenha um lugar para ir.

Eles não disseram mais nada. Ela apertou o braço de Lucius com força enquanto a carroça seguia pela noite.

Só quando estavam chegando em Óstia na manhã seguinte é que Jake teve uma ideia repentina sobre Lucius. (O pensamento de que o romano tinha perdido tudo, não apenas o trabalho, mas Topaz também, era horrível. Na verdade, o assunto estava na cabeça de todos.) Jake lembrou-se da história que Nathan lhe contara a caminho de Roma, sobre os acontecimentos infelizes da vida de Gaius.

Ele se virou para o amigo.

— Você disse que antes de Gaius perder a visão ele era carpinteiro, não foi isso?

— E daí? — respondeu o americano.

— Bem, talvez o coroa conheça alguém que possa ajudar Lucius a conseguir um trabalho. Ele também vem de uma família de carpinteiros. O pai dele consertava barcos.

Nathan refletiu por um momento, depois deu um sorriso largo.

— Jake Djones, você é mesmo um gênio. Vou mencionar o assunto.

Quando Nathan queria ser gentil, não havia ninguém mais encantador e solícito. Ele levou Gaius e Lucius para o lado, e o plano foi recebido com entusiasmo. Em pouco tempo, os dois apertavam as mãos, enquanto o cachorro de Gaius latia e pulava de alegria. Acontece que Gaius conhecia muitas pessoas que poderiam empregar Lucius; e o que era melhor, ainda tinha a antiga carpintaria e adoraria se o novo amigo pudesse usá-la. Ele acrescentou com uma piscadela que sua cidade era cheia de belas garotas.

Ao ouvir isso, Topaz fez uma careta e olhou para os pés. E Lucius, sempre um cavalheiro, aproximou-se e passou o braço ao redor dos ombros dela.

Não foi fácil dizer adeus. Enquanto Charlie saiu para comprar provisões para a viagem, e Nathan e Jake voltaram para preparar o *Conqueror* para o trajeto até Messina (via Herculano, para deixar Austerio), Topaz e Lucius caminharam pelo cais. Eles compraram frutas e se sentaram em um muro baixo para observar os barcos partirem e chegarem. Lucius se ajoelhou em uma última tentativa em vão de convencer Topaz a ficar com ele. Mas, no final, os dois voltaram para o navio com expressões tristes.

Lucius deu um abraço em todo mundo e segurou Jake por um minuto antes de sussurrar no ouvido dele:

— Espero que você encontre seu irmão, Yake.

— Espero que você encontre o seu — respondeu Jake, com sinceridade.

— Cuide-se. Nunca vou me esquecer de você. Enquanto eu viver.

Lucius e Topaz deram um abraço final cheio de tristeza, depois os quatro Guardiões da História, junto com Austerio, subiram no barco e partiram.

Jake e Topaz ficaram lado a lado na popa, olhando para as figuras cada vez mais distantes de Lucius e Gaius. Jake lembrou-se da história que Rose tinha contado na viagem, de quando se apaixonou por um fazendeiro no Peru. É claro que não adianta nada se apaixonar por um civil, suspirara ela, *porque ele não pode voltar com você. Já é bem difícil explicar que você mora do outro lado do mundo, imagine do outro lado da história.* Jake não disse nada para Topaz, mas esticou a mão e segurou a dela. Estava quente, macia e trêmula. Ela apertou os dedos de Jake, e um nó lhe desceu pela garganta.

Austerio ficou muito empolgado pela velocidade com que o navio atravessou o mar e ficava pedindo bênçãos teatrais a Netuno. Em Herculano, eles o acompanharam até o teatro, onde ele se despediu de forma dramática, para pouco depois se reencontrar com o "inimigo", Fico, o Fantástico. Ao ver os dois atores juntos pela primeira vez, ficou claro para todos que se adoravam mutuamente.

Quando os jovens chegaram ao mar aberto novamente, Nathan apareceu ao lado de Jake com a espada que havia confiscado.

— Acredito que isso pertença a você — disse ele.

Era a arma com o punho de dragão que Nathan dera a ele no Ponto Zero. Por sorte, Jake a tinha deixado no escritório romano ao pegar acidentalmente a espada de Nathan quando saiu correndo na missão maluca.

— Obrigado — agradeceu, aceitando-a com gratidão. Em seguida, acrescentou com um sorriso tímido: — Aprendi uma lição ou duas.

— A verdade é que todos nos deixamos levar de tempos em tempos — disse Nathan. — Em um baile em Habsburgo,

Viena, eu achei que podia ir com estampa de oncinha grudada no corpo. Fui a piada da cidade. — O tom dele ficou mais sério. — Cada um de nós fica de cabeça quente de tempos em tempos. Até Charlie tem seus momentos.

Eles seguiram para o sul de Messina e logo viram os morros da grande cidade. Pouco antes de partirem, Nathan enviou uma mensagem Meslith para o Ponto Zero, para informar a comandante do progresso deles. Por sua vez, eles fizeram contato com Rose e Jupitus, que estavam de pé bem próximos um do outro quando o *Conqueror* chegou.

Jake pulou em terra antes mesmo de atracar e deu um grande abraço na tia. Ela fingiu estar horrorizada por todos os cortes e hematomas dele, mas sentiu muito orgulho, na verdade. Jupitus acenou para outro navio no cais, anunciou que o *Hippocampus* estava funcionando perfeitamente de novo e que todos deviam zarpar logo. Em seguida, pegou as muletas, saiu mancando e lutou para subir sozinho.

— Vocês dois estão se dando bem? — perguntou Jake, hesitante.

Rose sorriu.

— Surpreendentemente bem. Por que você não vem conosco e me conta todas as suas aventuras?

Quando Jake viu o *Hippocampus* pela primeira vez no Ponto Zero, teve certeza de já tê-lo visto antes. Quando subiu a bordo agora, teve a mesma sensação: a madeira queimada pelo sol e as velas de listras creme e azuis ainda eram familiares.

Os dois navios partiram pela baía lado a lado. Em minutos, contornaram o farol e estavam seguindo para mar aberto.

Rose apareceu com uma bandeja de chá e biscoitos.

— Um lanche...

Ela entregou uma xícara para Jupitus. Ele a pegou e deu um leve sorriso; em seguida, Rose e Jake se sentaram de pernas cruzadas e começaram a comer biscoitos.

— Por que reconheço este navio? — perguntou Jake.

— Como é, querido?

— Sinto que o conheço de alguma forma. Até o nome...

Rose era uma daquelas pessoas que não conseguem mentir nem guardar segredo sem corar ou ficar agitada. Agora, fazia as duas coisas: mexia agitadamente na xícara e tinha as bochechas vermelhas. Jake a examinou com desconfiança, o que a deixou ainda mais sem graça.

— Você sabe de alguma coisa, não sabe? *Existe* um motivo para este navio ser familiar... Quando perguntei a mamãe e papai, eles também começaram a se comportar de maneira estranha.

— Eu não estou me comportando de maneira estranha — insistiu ela.

— Rose, você ficou vermelha.

— Droga! Vou ficar muito encrencada se falar alguma coisa. Seus pais me fizeram jurar segredo.

— Então *existe* um segredo!

Rose tomou um gole de chá e mastigou o biscoito, pensando no que fazer. Por fim, suspirou.

— Bem, acho que você ia descobrir logo de qualquer maneira.

Jake sentiu uma onda de emoção, como se estivesse prestes a ouvir algo importante. E não se decepcionou. Rose olhou ao redor para verificar se Jupitus não estava ouvindo, depois se inclinou para mais perto.

— Você *já* viajou neste navio, várias vezes... quando era bebê.

— Bebê? — disse Jake, surpreso. — Não entendi.

— Quando você era pequeno — sussurrou ela —, seus pais e eu fizemos algumas viagens nele juntos, em família. Alan, Miriam, eu, você... Philip. — E agora, a bomba. — A última vez foi na Pérsia, 1327...

— Pérsia? Em 1327? — gaguejou Jake.

— Eu lembro porque sua mãe estava com uma dor de dente horrível — refletiu Rose.

Jake precisou se levantar e ir até a amurada para respirar fundo e se acalmar.

— Então já viajei pela história antes?

— Umas poucas vezes, antes de todos nós desistirmos. Parecia errado deixar você em casa. E você não dava trabalho. Passava a maior parte do tempo dormindo.

Jake riu.

— Acho que você vai ter que contar para sua mãe e seu pai que soltei o segredo. Vou ter que ir dormir na casinha do cachorro.

Em determinado momento, os passageiros dos dois navios tomaram suas doses de atomium em preparação para o ponto de horizonte. Depois da viagem terrível de ida, Jake se preparou para outra igual. Mas, apesar de ser tão dramática, com a mesma experiência extracorpórea incrível, ele não sofreu alucinações horríveis. Eles seguiram até o Atlântico, até um ponto de entrada na baía de Biscaia, a oeste de La Rochelle. Estava escurecendo quando Jake viu a forma cônica do monte Saint-Michel surgindo ao longe.

Desde a confissão de Rose, a mente de Jake trabalhava a toda, refletindo sobre a informação de que ele já tinha viajado pela história antiga quando pequeno. Ele fez várias outras perguntas a ela, mas, ao se certificar de que Jupitus não estava por perto, insistiu que os pais dele deveriam contar o resto. Agora, ele se agarrou à amurada da proa do *Hippocampus*, querendo fazer com que andasse mais rápido. Tinha tanta coisa para dizer aos pais, não só sobre a revelação de Rose, mas sobre Philip.

Assim, quando o navio atracou logo atrás do *Conqueror*, recebido com entusiasmo, Jake foi o primeiro a desembarcar e correu pela prancha na direção dos pais.

— Pelos céus! O que fizeram com você? — perguntou Miriam.

Como Rose, ela ficou surpresa pelos ferimentos no rosto do filho.

— Miriam, isso não é jeito de cumprimentá-lo. — Alan beliscou a bochecha de Jake. — Esta é a aparência de um aventureiro.

Jake estava prestes a contar as novidades quando Jupitus deu um grito urgente e repentino:

— Navio estranho se aproximando!

Todos se viraram ao mesmo tempo.

Outro navio, a silhueta de suas velas inclinadas desenhada pelo sol poente, cruzava o mar em direção a eles. Instintivamente, o grupo todo se juntou, e Galliana pegou um telescópio do cinto e examinou o navio.

— É chinês — afirmou, parecendo alarmada.

— Devemos nos armar? — perguntou Jupitus.

Foi o bastante para Oceane agarrar as pérolas e recuar para a segurança do castelo, puxando Josephine junto.

Galliana continuou olhando pelo telescópio e examinando os ocupantes do navio. Conseguiu identificar seis silhuetas de pé na proa.

— Já vi esse navio. Pertence ao escritório chinês. — Ao identificar uma das passageiras, ela relaxou. — Aquela é Madame Tieng, sem dúvida.

Houve um suspiro de alívio coletivo.

— Tem certeza? — perguntou Jupitus.

Galliana assentiu.

— Ela está sorrindo para mim.

— Quem é Madame Tieng? — perguntou Jake.

— É o braço direito da comandante em Pequim — sussurrou Miriam. — Uma dama incrível. Mas que diabos está fazendo aqui?

Depois de alguns momentos, o navio atracou, uma prancha foi baixada e os viajantes desceram com nervosismo para o píer; eram homens e mulheres de aparência distinta, todos vestidos com exóticas roupas chinesas. Jake reparou que não havia jovens entre eles, eram quase todos da idade de Galliana. Eles tremeram no vento brusco do Atlântico. As damas pareciam flores raras importadas de um clima exótico.

Madame Tieng, uma mulher impressionante, de cabelo branco, olhos pretos e lábios rosados, deu um passo à frente e fez uma reverência para Galliana.

— Fugimos no meio da noite — informou ela. — O escritório chinês foi saqueado.

— Saqueado? — perguntou Galliana, se esforçando para controlar as emoções. — Por quem?

Madame Tieng olhou para ela, balançou a cabeça e fechou os olhos.

— Pelos homens de Xi Xiang — disse ela. — Mandei um time jovem em busca dele, mas acredito que estamos todos em perigo agora.

Houve um grito sufocado de horror. Jake não fazia ideia de quem era Xi Xiang, mas ficou claro pela conversa apressada e nervosa que outra missão seria confirmada em breve, talvez para o Oriente, talvez para a própria China. Ele já desejava fazer parte dela. Seu pai estava certo: era um aventureiro, estava em seu sangue. Era um Guardião da História. Já tinha provado isso. E, afinal, já tinha viajado pela história quando bebê.

Ele se virou e olhou nos olhos de Topaz; em seguida, os dois fitaram o mar. Jake pensou de novo no irmão. A brisa do Atlântico pareceu agitar seu coração.

— Você está vivo... — murmurou enquanto a brisa bagunçava seu cabelo. — Sei que você está aí...

Agradecimentos

Mais uma vez, eu gostaria de agradecer às cinco deusas sábias: Jo Unwin, Becky Stradwick, Sue Cook, Sophie Nelson e Lauren Bennett, por todo o trabalho incrível e apoio infinito. E, é claro, a Ali Lowry por ser uma pessoa tão fantástica.

Por fim, gostaria de dedicar este livro a meu irmão Justin, e também a Berne, Lukas e Zak, em memória de Justine, uma mulher maravilhosa e inspiradora que jamais será esquecida.

Impresso na Gráfica JPA Ltda., Rio de Janeiro – RJ.